LA NOiRE

OiRE

LA NOiRE

NOiRE

LA NOiRE

LA NOiRE

LA NOiRE

LA NOIRE

LA NOIRE
LA NOIRE
A NOIRE
LA NOIRE
LA NOIRE
LA NOIRE

TOM LIN

Les mille crimes de Ming Tsu

Traduit de l'anglais (États-Unis)
par Doug Headline

nrf
GALLIMARD

Cet ouvrage a été publié avec le concours
de Marie-Caroline Aubert

Titre original :
THE THOUSAND CRIMES OF MING TSU

This edition published by arrangement with Little, Brown and Company, New York, New York, USA. All rights reserved.

Tom Lin, né à Pékin en 1996, a émigré aux États-Unis avec ses parents à l'âge de quatre ans. Diplômé du Pomona College, il prépare un doctorat en littérature à l'université de Californie, à Davis.

Les mille crimes de Ming Tsu est son premier roman, pour lequel il a reçu, comme avant lui Richard Ford, Colson Whitehead, Donna Tartt et Viet Thanh Nguyen, la prestigieuse Carnegie Medal for Excellence in Fiction.

À mes parents.

PREMIÈRE PARTIE

獵

1

Depuis longtemps déjà, tuer avait cessé de lui poser un problème. La ville appelée Corinne, avec ses tripots et ses saloons et ses bars remplis d'hommes en colère, était à présent derrière lui. À peine deux heures plus tôt, Ming y avait tué un homme et déjà, dans son esprit, ce souvenir commençait à s'évaporer dans les flammes de l'imagination. D'ici une journée peut-être, il contournerait la pointe nord du Grand Lac Salé et, à l'horizon, l'éclat monstrueux de la voie ferrée se rapprocherait jusqu'à devenir une apparition faite de fer et de bois. Pour le moment, seul le lac s'étendait devant lui.

Enfin, le soleil plongea vers la surface de l'eau et se pressa un instant contre son propre reflet avant de se laisser couler. Ming installa son campement, alluma un feu et retira ses bottes, puis brossa ce qui ressemblait à des milliers de moucherons écrasés accrochés à ses chaussettes. Une odeur de pourriture flottait dans l'air.

L'homme que Ming avait tué se nommait Judah Ambrose, un ancien recruteur de main-d'œuvre pour la Central Pacific qui portait sur la hanche un colt Pocket à cinq coups avec des chambres cylindriques forées spécialement pour accueillir des cartouches au lieu de l'habituelle combinaison d'une amorce et d'une balle. Ming avait déjà vu de telles armes auparavant, mais n'en avait encore jamais tenu ni soupesé une, jusqu'à l'instant où il s'était penché sur le corps recroquevillé de Judah et avait pris dans sa main le revolver du mort. L'arme était encore chaude quand il l'avait ramassée. Le chien était relevé, la détente attendait la pression d'un index. L'index de Judah.

L'homme avait lâché un coup de feu avant que Ming le tue, mais la balle s'était perdue, manquant Ming de cinquante centimètres. Ming s'assit près de son feu de camp, fit basculer le barillet du revolver de Judah et compta quatre cartouches neuves et une chambre vide. L'arme valait une forte somme et il la garderait pour lui, même s'il ne réussissait pas à trouver d'autres munitions.

Il tourna l'arme de tous les côtés sous la pâle clarté de la lune et regarda son reflet s'allonger et se déformer sur le canon d'acier bleui. À mesure que le feu se consumait, les bûches se changèrent en charbon de bois noirci puis en cendres, la lune sombra sous l'horizon et l'aube vint interrompre sa rêverie. Il pensait avoir dormi et cela seul lui suffisait.

La bouche pâteuse à cause de la soif, Ming vida sa gourde et se remit en marche. Avant midi, il n'était plus qu'à deux kilomètres de la tête de ligne de la Union Pacific. Il supposait se trouver à soixante-quinze kilomètres environ de la tête de ligne de la Central Pacific, à l'ouest de la corne du lac.

S'attardant sous un surplomb rocheux, il tira de son paquetage une lunette d'approche toute rayée et la braqua sur le camp de la Union Pacific. Là-bas, les ouvriers irlandais nivelaient une pente et un, deux, trois y posaient des traverses, un, deux, trois, y enfonçaient des crampons. Le cliquetis métallique des masses s'abattait en rythme, ponctué par les cris et les appels des hommes. Une douzaine de chevaux attendaient, attachés à des poteaux, leur longue encolure se courbant quand ils buvaient à l'abreuvoir. D'autres transportaient paresseusement des surveillants aux regards masqués par l'ombre de chapeaux à larges bords. Un feu brûlait, presque invisible sous le soleil du désert. Ming reposa sa lorgnette, cracha sur son pouce, nettoya de son mieux les lentilles à l'avant et à l'arrière. Il porta à nouveau la lorgnette à son œil et ne la trouva pas plus limpide, puis la pointa vers l'ouest, esquissant de possibles itinéraires pour traverser l'espace vide. Il lui faudrait un cheval.

Il survola le camp une dernière fois. Une locomotive remonta les rails et s'arrêta une fois parvenue à leur terme. Des hommes s'activèrent sur la machine, l'air au-dessus de la chaudière se tordant sous l'effet de la chaleur. Au bout de quelques minutes, la locomotive repartit dans la direction d'où elle était venue. Ming abaissa sa lunette d'observation et la rangea dans son paquetage.

Il s'approcherait sous couvert de l'obscurité. Car d'ici là, du travail l'attendait. Un homme doit prendre ses dispositions.

Près d'un buisson d'herbe sauvage, Ming creusa le sol à mains nues jusqu'à ce que la terre sous ses ongles devienne froide et humide. Il plongea le regard au fond du trou, y vit la pellicule d'eau brillante qui suintait. Il trempa un doigt dans l'eau froide et la goûta. Saline, mais potable. En de larges mouvements, il agrandit le trou avec ses mains jusqu'à ce qu'il soit possible de placer sa gourde vide à plat dans la fosse. Goutte après goutte, l'eau vint remplir la gourde et, une fois celle-ci pleine, il la reboucha et la remit dans son paquetage, repoussa dans le trou la terre exhumée, puis aplanit le sol du tranchant de la main.

Un corps doit traverser le monde sans laisser de traces.

Il s'assit et tira de l'étui sur sa hanche un clou destiné aux traverses du chemin de fer, long de six pouces et bien affilé, et le posa dans la poussière. De son paquetage, il tira une pierre à aiguiser et une fiole d'huile. Il frotta la pointe du crampon de fer contre la pierre en un va-et-vient cadencé, l'affûtant jusqu'à en faire un aiguillon mortel. Puis il retira la ceinture de son pantalon et, assis en tailleur, tendit la ceinture entre sa botte et sa main libre. Il fit glisser le crampon le long de la lanière de cuir d'un geste souple et vif, et le fer acquit d'abord un lustre patiné, puis enfin il brilla comme un miroir.

L'ombre du surplomb rocheux s'allongea. Ming sortit son propre revolver, le nettoya, chargea chacune des chambres avec une mesure de poudre et des fragments de bourre. Il logea les balles une par une, leur arrachant de minuscules croissants de plomb. Ensuite, il tira de son paquetage une poignée d'amorces qui scintillèrent à la lueur déclinante du soleil comme autant de petites étoiles de cuivre tombées du ciel. Il plaça les amorces sur chaque téton de cuivre et, quand il eut terminé, il remit le barillet à sa place dans son revolver qu'il rangea dans son étui.

Ming se laissa aller en arrière et se souvint du visage blême de son aimée, à présent perdue si loin de lui. Il songea à ce qu'il lui dirait quand il la reverrait, et à l'expression sur son visage quand elle viendrait lui ouvrir la porte. Il s'imagina comment son visage s'illuminerait, comment elle se jetterait dans ses bras.

Ada, chérie, lui dirait-il, tout ça, c'est fini.

Et il pensa à comment il l'embrasserait, d'un baiser lent et doux, et comment il lui dirait qu'il était désolé que cela lui ait pris si longtemps, mais regarde-moi, dirait-il en remontant ses manches pour lui montrer toutes ses cicatrices et ses brûlures et ses coupures à moitié cicatrisées. Regarde, lui dirait-il, j'ai dû affronter presque toute la foutue création pour pouvoir rentrer à la maison.

Il se surprit à sourire et il ouvrit les yeux et secoua la tête. La froideur nocturne persistante du désert lui frappa le visage. La lune au firmament brillait assez pour qu'il tire à nouveau sa lunette d'approche de son paquetage et survole le camp une fois de plus. À présent, l'endroit était vide. Les hommes avaient sûrement tous regagné leurs tentes pour y jouer aux cartes et boire. Par-dessous les pans de toile des tentes, la lumière des lampes s'échappait et déferlait en nappes sur le sable sombre. Les bruits étouffés des hommes et de leurs jeux s'attardant dans la nuit, le cliquetis des dés en os, le tintement des verres sur les tables. Ce que l'on racontait était vrai. La Union Pacific engageait n'importe qui, du moment qu'il ne s'agissait pas de Chinois. Ici, vétérans démobilisés, tricheurs et voleurs posaient les rails.

Enfin, on souffla les lampes et, une à une, les tentes virèrent au bleu profond. Quand Ming eut la certitude que tous s'étaient endormis, il reposa sa lunette et se mit en route vers le camp en silence, ignorant la fatigue. Il y arriva une demi-heure plus tard. Une lune gibbeuse ascendante flottait bas sur l'horizon. Les chevaux de trait se tenaient là où on les avait attachés, immobiles et silencieux, selle appuyée contre les poteaux d'attelage. Ming se glissa près de l'une des bêtes, la détacha et la sella. Les étoiles tournoyaient au-dessus de lui et, levant les yeux, il chercha l'ouest, puis donna des éperons. Les rails derrière lui filèrent comme une paire de lignes fluides puis se fracturèrent en un amas de traverses à demi posées, de crampons mal fixés, de traits d'acier luisants. Au bout d'un moment, les rails disparurent et il n'y eut plus que le vent du désert pour lui fouetter le visage et il chevaucha vers l'ouest à travers la grande étendue salée, antique, blanche et immortelle.

2

Quand vint l'aube, Ming fit halte, mit pied à terre et, d'une franche claque sur la croupe, renvoya le cheval là d'où il venait. L'animal ne trouverait nulle part où s'abreuver, dans ce désert salé. Il reprendrait le chemin du campement. Ming repartit vers l'ouest, prêt à parcourir le reste du trajet à pied, le Grand Lac Salé dans son dos, l'image d'un autre lac scintillant devant lui, lisse et parfaite comme savent l'être les illusions, le vif-argent d'un mirage. À chaque pas, le mirage s'estompait et, au fur et à mesure qu'elle se retirait, la marée étincelante laissait derrière elle une étendue de sel mou et collant. Le sel s'attachait aux semelles de ses bottes, les alourdissait et, tous les deux ou trois cents mètres, Ming s'arrêtait pour gratter la pâte de sel blanche qui s'y était accumulée.

Le soleil rôdait, gris et opaque dans le ciel brumeux. Il crut entendre le trille des tangaras et des gobe-mouches, mais aucun ne passa à proximité. Rien ne respirait dans ces étendues vides. Du nord-ouest provenait la mélodie des masses frappant le fer : les équipes travaillant à l'avant de la ligne Central Pacific. Les chocs des coups portés glissaient comme de l'écume à la surface du mirage sans perdre leur force, comme si les ouvriers n'étaient qu'à quelques mètres de distance. Il avait noirci ses joues avec de la suie, mais l'éclat de ces plaines nacrées lui brûlait les yeux. James Ellis, sa prochaine cible, se trouverait là-bas. Et le prophète avec lui.

Ses anciens camarades de travail s'y trouveraient aussi, même si à présent il ne se souvenait plus de leurs noms; mais les avait-il jamais connus ?

Sur ces platières changeantes, la capacité qu'avait l'homme de reconnaître les choses ne fonctionnait qu'à grande échelle : les contours d'une chaîne de montagne au loin, les collines et les vallées qui enflaient et dégonflaient, les cieux chamarrés. Mais le paysage, en se rapprochant, devenait vulgaire et dénué de sens, dur et plat et lourd de conséquences. Entre les ombres griffées par le soleil des buissons d'herbes sauvages, tout s'érodait, même sa propre capacité à mesurer le temps. Ces formations géologiques étaient plus vieilles encore que le souffle.

Ming n'avait pas dormi depuis près d'une journée. Ses yeux irrités le piquaient, mais il n'éprouvait aucune fatigue. C'était une sensation qu'il connaissait bien. Quand il était arrivé pour la première fois dans la sierra Nevada, presque deux ans plus tôt, il avait été frappé de cécité pendant près d'une semaine, les yeux brûlés par le soleil. Ici, face à ces étendues salées désertiques, une nouvelle cécité des neiges lui venait. Aucune ombre à cent cinquante kilomètres à la ronde. Il s'arrêta et but un peu d'eau. Sa gourde était presque vide. Un instant, il plissa les paupières en direction de l'ouest et, se remettant en marche, les garda fermées. Sur leur face interne, il pouvait voir l'image spectrale en négatif d'un horizon noir sous un ciel blanc-gris.

Il avança ainsi, vagabondant au fil de ses souvenirs. Il sentait l'arme de Judah Ambrose remuer dans son paquetage, un poids nouveau et inhabituel. Cela lui avait pris longtemps pour le traquer, des semaines, puis des mois, à visiter les carcasses remplies d'ombre des petites villes, à poser des questions à voix basse aux hommes rudes qui emportaient la poussière à travers l'ouest desséché. La rumeur de l'évasion de Ming l'avait précédé, loin vers l'est, et Ambrose avait déjà quitté Reno depuis longtemps au moment où Ming était descendu des montagnes.

Mais un salopard dans le genre d'Ambrose laissait des traces derrière lui, comme un serpent qui abandonne sa vieille peau craquelée. D'un vétéran de la guerre, à Wadsworth, Ming apprit qu'Ambrose s'était choisi un nouveau nom et avait quitté son poste au sein de la Central Pacific pour partir vers l'est, même s'il ignorait où exactement. Et d'un cheminot à Lovelock qui était si saoul qu'il tenait à peine debout, Ming avait appris qu'Ambrose, qui portait désormais le nom de Theodore Morgan, avait engagé à Corinne une cinquantaine de vétérans pour le compte de la Union Pacific. À ce stade, cela faisait déjà longtemps qu'Ambrose avait baissé la garde. Il avait gaiement touché sa commission, avait déboulé en ville en exhibant sa fortune toute neuve, l'avait dépensée en putains et en whiskey jusqu'à ce qu'il se retrouve à sec.

Puis il était passé aux putains les moins chères et au tord-boyaux et avait laissé des ardoises dans tous les bars de la ville, il les avait mis à sac jusqu'à devenir le nécessiteux le plus détesté de tout Corinne. Ming l'avait trouvé à une table dans le dernier bar qui le tolérait encore, la tête enfouie entre ses mains, une bouteille de whiskey à demi vide et son revolver posés à côté de lui.

«Ambrose», avait lancé Ming, et quand l'homme avait relevé la tête, son visage était devenu livide.

Sa main avait volé vers son arme et il avait tiré une fois, mais il était ivre et maladroit, et le coup avait manqué sa cible.

Ming avait répondu de trois balles au milieu de la poitrine d'Ambrose, planté une botte sur sa gorge et lui avait demandé où se trouvaient les autres : Ellis, Dixon, Kelly. Du sang s'échappait de son torse et coulait sur le plancher et son expression reflétait de la terreur émoussée par l'ivresse, une peur presque enfantine par sa pureté. Difficile de songer que la petite créature pathétique qui convulsait sous la botte de Ming était bien le même individu responsable d'une si grande part de ses souffrances.

Ellis travaillait toujours à la tête de la ligne de la Central Pacific. Et Kelly avait été nommé juge à Reno, à ce qu'Ambrose avait entendu dire. Mais il ne savait rien au sujet de Dixon, il n'avait même plus entendu prononcer son nom depuis longtemps. C'était la vérité, avait-il ajouté. Il l'avait même juré. Ming s'était attendu à ce qu'Ambrose le maudisse, ou lutte mieux que ça, ou rassemble un semblant de mépris. Mais au bout du compte, il avait seulement eu peur.

« Merci », avait répondu Ming et, se penchant, il avait tranché la gorge d'Ambrose avec la pointe de son crampon de rail aiguisé.

Personne ne dit le moindre mot à Ming lorsqu'il quitta la ville.

Il ouvrit les yeux une seconde et, instantanément, le paysage étincelant se grava au fer rouge sur sa rétine. Il n'avait aucune idée de la distance qu'il avait parcourue depuis qu'il avait relâché le cheval volé. Ses yeux le brûlaient et il savait qu'il lui faudrait se reposer toute une journée s'il voulait éviter de devenir complètement aveugle. Il marcha encore les yeux fermés durant des heures, l'esprit délibérément empli d'un vide total, une absence de pensée proche de la torture. Mais il n'existait aucune obscurité, même derrière ses paupières closes, seulement un champ de lumière laiteuse. Quand il rouvrit les yeux des heures plus tard, c'était le milieu de l'après-midi. Malgré lui, il ne put s'empêcher de regarder tout droit le large disque du soleil qui glissait vers la terre. Le jour s'était fait vieux et pâle. Au loin, Ming distingua un amas de rochers et, au-dessous, l'entrée de cavernes. Il camperait là cette nuit.

3

Ming atteignit les cavernes alors que le jour se dissolvait dans le crépuscule et, parmi les ombres qui s'allongeaient, dressa son campement sans y allumer de feu. Le soleil plongea vers un horizon du même rouge qu'une plaie à vif et resta un instant suspendu au-dessus du mirage avant de sombrer sous ses vagues éphémères. Ming sentait que le sable, le sel et la lumière lui collaient les yeux, mais les rouvrir ne lui causa pas de douleur. Pendant un jour, il se reposerait. L'ombre du promontoire se projetait, plus noire encore, vers l'est, à travers les plaines salées qu'il avait traversées. Sur les ombres à peine déposées se leva la lune, pleine à l'exception d'un mince croissant découpé sur son flanc, comme sur une balle que l'on enfonce dans la chambre d'un revolver. Sous la lumière froide et bleutée, Ming étudia la carte qu'il avait tracée sur son carnet de notes, estimant les distances de l'épaisseur du pouce, prévoyant haltes et comptes à régler. Quand il eut terminé, il feuilleta le carnet jusqu'à la dernière page et y trouva sa liste de noms. Avec un bout de crayon, il biffa celui de Judah Ambrose. Sur la liste, il en restait trois, disséminés à travers ces étendues américaines désertiques : James Ellis, Charles Dixon, Jeremiah Kelly. Puis, au-delà des sierras et plus au sud, vers la Californie, deux derniers noms, ceux des frères Porter : Gideon, à qui sa bien-aimée avait d'abord été promise, et son frère, Abel. Et ensuite, enfin, sa bien-aimée qui l'attendrait.

Ming vida sa gourde, l'eau saline piquant ses lèvres craquelées. Il y avait de l'eau un peu plus loin, il pouvait la sentir. Il s'avança dans la caverne jusqu'à ce que l'air devienne glacial et humide et, grâce aux rares flèches de lumière qui parvenaient à le suivre jusque-là, il trouva une petite mare très froide et au goût de craie. Il remplit sa gourde, la vida, la remplit de nouveau. Il retourna près de l'entrée de la caverne, déroula son couchage et s'étendit. Toute la nuit durant, passant de l'éveil au sommeil, il rêva un peu à ces hommes qui voulaient sa mort, au dur labeur de la pose des rails, à son Ada si lointaine et si familière. L'aube grise venue, les étoiles furent chassées du ciel et les plaines salées attrapèrent la lumière oblique du matin pour la transformer en une nouvelle nappe d'étoiles étincelantes. Quand le jour au-dehors devint trop brillant pour être supportable, Ming se retira plus profondément dans la caverne et, dans la pénombre, il dormit d'un sommeil sans rêves tout au long de la journée.

Il ne rouvrit les yeux qu'une fois la nuit tombée. Il constata, soulagé, que sa cécité passagère avait disparu. Il s'approcha de l'entrée de la caverne. Devant lui s'étendait la nuit, glaciale et patiente. Il regarda encore une fois les noms sur son carnet. Peut-être que ces imbéciles à Corinne n'avaient jamais entendu celui de Judah Ambrose et pensaient vraiment que c'était Theodore Morgan qui avait été tué dans cette taverne. Les cinq autres noms continuaient de tournoyer dans l'esprit de Ming. Ellis, Dixon, Kelly, Abel et Gideon Porter. Peut-être qu'il pourrait leur régler leur compte sans que nul ne s'en aperçoive.

Un vœu pieux. Quelqu'un qui connaissait la véritable identité d'Ambrose avait probablement déjà télégraphié à Ellis, qui à son tour alerterait les autres qu'Ambrose était mort et que c'était Ming qui l'avait tué.

Rassemblant ses affaires, Ming localisa l'étoile Polaire et se remit en chemin vers l'ouest. Le lointain martèlement des masses s'était tu. Tous ces hommes, endormis sous leurs tentes. James Ellis, et le prophète aussi. À part soi, Ming eut un petit sourire. Un homme à tuer et un autre pour le guider vers son foyer.

Se découpant sur le ciel blanchi d'étoiles, les silhouettes déchiquetées des crêtes apparurent au loin. La terre durcissait sous ses pieds et l'empreinte de ses pas se faisait plus distincte et plus nette. Le matin venu, il atteignit les collines basses des Silver Islands, qui bordaient le désert d'alcali à l'ouest. Avec le soleil tout neuf, le cliquetis des masses reprit. Il en était beaucoup plus près, à présent. Avant que le jour ne devienne incandescent et brûlant, Ming franchit un étroit défilé entre les montagnes et commença à descendre leur flanc ouest. Il s'arrêta sur la pente sous un érable à feuilles de frêne, et là, assis dans la poussière, sortit sa lunette et étudia le paysage au loin. À travers le voile du jour nouveau qui se levait, il discernait les silhouettes spectrales des hommes et des locomotives à l'horizon. La tête de la ligne Central Pacific n'était plus qu'à quelques kilomètres maintenant. Plus bas sur la pente, il découvrit une petite caverne qui pouvait masquer la lueur d'un feu et y dressa son campement.

Dans le froid cristallin de cette nuit-là, Ming s'assit le dos contre la paroi et plongea le regard dans son feu de camp. Fortuitement, un souvenir l'envahit. Il était là, dans la cave à opium, englouti par ses couches successives d'obscurité, une pipe chaude et lourde entre ses mains, une boulette encore intacte dans la gueule de la pipe en céramique. Il était sobre et lucide. À peine quelques heures plus tôt, il avait tué un homme et à présent, dans la cave, il restait étendu, parfaitement immobile et silencieux, comptant du bout des doigts les pétales et les feuilles gravés en filigrane sur sa pipe. Il savait qu'il lui faudrait, comme d'habitude, plusieurs jours avant de pouvoir quitter sa tanière et rejoindre le monde à la surface, plusieurs jours avant que les policiers se fatiguent de chercher et de ne rien trouver.

Dans les caves à opium, au milieu de tous ces Chinois qui rêvaient des rêves heureux, il était invisible. Il se souvint de l'épaisse fumée tourbillonnant dans l'air au-dessus de lui, des boucles de fumée bleue qui s'enroulaient et se déroulaient, et il se souvint de s'être retourné et d'avoir vu Ada pour la première fois, le visage empourpré et luisant, la plus belle femme qu'il avait jamais vue, attirant les regards, les questions, l'attention. Avec elle dans la cave à opium, il n'y était plus en sécurité. Il lui avait dit de s'en aller et puis elle s'était excusée, timide, disant qu'elle n'avait pas vraiment voulu goûter à l'opium, qu'elle n'était venue là que parce qu'elle désirait essayer quelque chose de nouveau, n'importe quoi, parce que tout le reste de sa vie avait déjà été décidé pour elle. Et il se souvint de l'avoir regardée et d'avoir senti son souffle se bloquer dans sa gorge et du sourire malicieux qui s'était peint sur son visage lorsqu'elle lui avait dit qu'au fond, lui aussi, il pourrait être quelque chose de nouveau et il avait répondu *Ah oui, vraiment ?* et elle avait ajouté *Et si vous vous en alliez d'ici avec moi, jeune homme ?* Deux idiots en train de tomber amoureux.

Ming essaya de se représenter le visage d'Ada, mais n'y parvint pas. Ses traits ondulaient dans son esprit comme s'ils flottaient sur une eau incertaine. L'ombre de ses pommettes quand elle souriait, le vert de ses yeux. Certains après-midi, la lumière tombait, épaisse comme du miel, se drapant sur l'herbe pâle des collines de Californie. Main dans la main, le long de petits parcours privés, ils marchaient dans un silence confortable et éternel. Sans rien d'autre à faire certains jours en dehors de s'asseoir auprès de la petite fenêtre tordue de leur foyer et de regarder la terre respirer. Il se souvint de la courbe de ses lèvres, de la manière dont sa voix résonnait dans l'immobilité des nuits sans lune. Ses yeux embrumés dans le miroir, les plis de sa chemise de nuit encore inscrits sur sa peau. Il ressentit une douleur sans nom au creux de l'estomac. Pour chaque détail qui lui revenait, un autre s'évaporait. Son souvenir se désintégrait au toucher comme la poudre argentée sur les ailes des papillons.

Une erreur. Il n'aurait pas dû se remémorer tout ça. S'égarer dans les souvenirs était dangereux. Les nouveaux effaçaient les anciens, à leur point de rencontre. Ming parcourut son esprit, cherchant quelque autre souvenir, mais ne trouva rien de plus, seulement ce visage protéiforme, si familier il y avait déjà si longtemps. Leurs pouls s'emballant de concert aussitôt après leur grande fuite ensemble, enfin mari et femme, sa respiration rapide et hachée derrière son large sourire malicieux. Le poids de son corps pressé contre le sien, le vent qui balayait leur chambre, les sauterelles qui murmuraient juste sous leur fenêtre…

Davantage de souvenirs à présent, jaillissant dans son esprit, sans qu'il les ait invoqués ou souhaités, un torrent soudain d'images et de sensations. Des mains brutales le tirant de son lit, le jetant sur le sol, des voix qu'il ne reconnaissait qu'à moitié, appartenant à des hommes qu'il n'oublierait jamais. Ses propres bras levés devant sa tête, pour essayer de bloquer les coups incessants qui pleuvaient sur son crâne. Et l'ombre de son corps frêle, pieds nus sous le clair de lune, courant sur le palier, avalée par les silhouettes floues qui surgissaient des escaliers. Poings et bottes s'abattant sur lui de toutes les directions, et pourtant ses pensées ne cessaient de courir. Où était-elle partie ? Était-elle en sécurité ? Et enfouie sous tout ce tumulte, l'armure inébranlable due à son entraînement de mercenaire, son esprit rationnel guidant ses mains sous le lit alors même qu'ils le frappaient, ses doigts brisés cherchant l'arme cachée en dessous, tout cela en vain, il le savait déjà, car il était trop tard, et ils étaient trop nombreux.

Et alors les souvenirs ralentirent et se firent tactiles, incisifs. Des mains projetant son corps avachi contre le mur, tous les os de son corps endoloris. Il y avait eu la froide pression du canon d'un revolver contre sa tempe et les cris d'Ada lancés du palier, les suppliant de ne pas le tuer. Puis la voix de son père qui accédait à ses suppliques, ordonnait à ses hommes de se calmer. Et la pression sur sa tempe qui faiblissait, le chien du revolver rabattu à sa place. Le visage cruel qui était venu flotter devant son regard brouillé par le sang, une expression de dégoût, un ordre aboyé, *Dixon, viens passer un collier au chien bâtard de Silas.*

Une vague de chaleur déferla sur Ming et ses yeux s'ouvrirent d'un coup. Il respirait fort et ses mains crispées formaient deux poings serrés. L'air nocturne était froid et propre. Son feu s'était éteint. Dehors, au-delà de l'entrée de la caverne, les étoiles traçaient leurs arcs au firmament. C'était une nuit légère et bleutée. À l'est, la pleine lune planait bas dans les cieux. Il s'étendit sur sa couverture et dormit d'un sommeil sans rêves.

4

À peine quelques heures passèrent avant qu'il s'éveille, ni rafraîchi ni épuisé, simplement éveillé. Alors que la rosée du matin s'évaporait et laissait place au jour brillant, il distingua une grappe d'hommes attroupés en tête de la ligne Central Pacific. Il se dirigea vers eux.

Comme il s'approchait, Ming aperçut plus clairement les chapeaux de coolies, les queues de cheval se balançant sur les nuques au rythme régulier des masses et des crampons. Une fois plus près des bruits de leur labeur, il n'entendit toujours aucune conversation, rien d'autre qu'un décompte scandé. Et quand enfin il les rejoignit, ils ne semblèrent pas s'en apercevoir ; si l'un d'entre eux le reconnut, il n'en dit rien. En silence, il se glissa au milieu des Chinois occupés à poser des traverses. Les hommes s'écartèrent pour lui ouvrir un passage, lui tendirent une masse pour planter les crampons, le laissèrent travailler à leurs côtés. Peut-être le dévisagèrent-ils un peu aussi, cet étranger dépourvu de queue de cheval autour de qui flottait une calme et inhabituelle aura de danger. Et puis leurs rangs se refermèrent autour de lui, bien serrés, on l'attira plus près, et en un instant, il avait disparu au milieu des autres.

Le contremaître fumait, assis sur un petit monticule poussiéreux de terre jaune, à trente mètres de là. C'était un homme grand et maigre, à la silhouette d'araignée, et à présent il se levait et descendait vers l'endroit où s'activaient les Chinois au visage fermé. Sa démarche était hésitante et curieuse, comme s'il n'était qu'un pantin désarticulé qu'on aurait fait marcher par un artifice, suspendu au bout d'un fil de pêche. Sa main serrait un manche de pioche en bois de caryer, usé aux deux bouts. Ming reconnut aussitôt James Ellis.

Celui-ci se pencha pour inspecter la fixation d'un rail, sa pipe pendant au coin des lèvres. Derrière lui, un autre contremaître s'approcha à cheval et fit s'arrêter sa monture. C'était un homme courtaud, à l'air un peu mou, à peine plus grand qu'Ellis même perché sur son cheval. Ming ne reconnut pas ce nouvel arrivant qui salua Ellis et plissa les paupières tout en braquant ses petits yeux noirs sur les Chinois qui travaillaient. Les masses retombaient, une, deux, une, deux. Ming enfonça un crampon en deux coups et passa à la traverse suivante, écoutant les deux hommes converser.

« Le travail avance plus vite qu'hier, dit le petit bonhomme.

— Ouais, répondit Ellis. On devrait pouvoir tenir le rythme jusqu'à la semaine prochaine.

— Tu crois vraiment ?

— Eh bien, il y a un creux à combler à dix kilomètres d'ici. Mais j'ai déjà des gars sur place qui y travaillent.

— Auront-ils terminé quand nous arriverons ?

— Ils n'ont pas d'autre choix », dit Ellis avec un ricanement.

L'autre homme rit aussi. Il y eut une brève interruption dans leur conversation. Ming gardait la tête baissée et le regard fixé sur les rails. Un, deux, un, deux. La masse était lourde, un poids familier entre ses mains.

« James, dit l'autre homme, il faut qu'on se parle de la paie. Combien touchent tes gars ?

— Cinq dollars.

— Eh bien, M. Alloway veut les passer à trois par jour. Il dit que le travail est plus facile maintenant et je suis d'accord avec lui.

— Ça, ça ne va pas leur plaire, dit Ellis.

— Ça n'a pas beaucoup d'importance, pas vrai ? dit l'autre contremaître, et il fit un grand sourire. Bon Dieu, ils peuvent bien refaire le chemin à pied jusqu'au grand bain et puis rentrer chez eux à la nage, si trois dollars par jour ça ne leur convient pas. Le nouveau tarif s'appliquera dès demain.

— Je suppose que oui », dit Ellis en haussant les épaules. Il se tourna vers les Chinois pour s'adresser à eux.

Ming se tenait derrière les autres, observant le visage d'Ellis, cherchant le moindre signe qu'il le reconnaissait. Il se mit à regretter de ne pas s'être laissé pousser une nouvelle queue de cheval. À son arrivée dans la sierra, Ellis avait tranché celle de Ming pour pouvoir le distinguer des autres. Mais à cet instant, Ellis semblait ne pas le voir du tout, queue de cheval ou non.

Plusieurs Chinois rejoignirent le groupe et Ellis s'éclaircit la gorge. « Les gars, vous faites du bon travail, efficace et rapide.

— Merci, dit l'un des Chinois au premier rang. C'est vrai ce que le monsieur a dit ? Trois dollars ? » Il s'exprimait avec facilité et assurance, dans un anglais aussi fluide qu'étranger. C'était peut-être pour cette raison qu'il était le porte-parole du groupe.

Ming étudia plus attentivement le visage de l'homme, mais il ne lui était pas familier. Il ne se souvenait pas de l'avoir déjà vu.

Les hommes regardaient Ellis en silence. Certains s'appuyaient sur le manche de leur masse. D'autres s'étaient accroupis sur les talons, plissant les yeux pour mieux voir les deux contremaîtres à travers la lumière blanche.

« Vous travaillez si vite que M. Alloway pense qu'il vous paie trop cher », déclara Ellis, esquivant la question de l'ouvrier.

Une ombre passa sur les visages des Chinois.

« Monsieur Ellis, dit celui qui parlait couramment l'anglais. C'est là une pensée tout à fait navrante. » Son accent conférait une certaine musicalité à son intonation.

Le visage d'Ellis s'était durci. « Désormais, vous serez payés trois dollars par jour.

— Monsieur Ellis », répliqua la voix chantante, avec plus d'insistance maintenant.

Le deuxième contremaître eut un rapide signe de tête

pour Ellis, fit tourner bride à son cheval, et un instant après le cavalier et sa monture étaient repartis.

« Monsieur Ellis », répéta une troisième fois le porte-parole.

Il y eut un long silence. Ellis ajusta sa prise sur le manche de pioche et crispa la mâchoire. L'atmosphère s'épaissit, la possibilité d'une explosion de violence soudain devenue palpable. Puis les hommes perdirent toute leur énergie et une morne résignation vint la remplacer.

« Retournez au travail, les gars », dit Ellis sans emphase, et il s'apprêta à partir.

Le battement rythmique des masses reprit. Ellis s'éloignait. Ming laissa tomber son marteau et dégaina son revolver. Quelques Chinois à côté de lui s'en aperçurent et s'écartèrent, mais le restant des masses continuait à s'abattre, une, deux. Ming prit en ligne de mire la silhouette d'Ellis qui s'éloignait et, du pouce, il ramena le chien en arrière. Personne ne parlait. Les masses frappaient, une, deux, une, deux. Ellis était à cinquante mètres de lui.

« Ellis, sale fils de pute, s'écria enfin Ming. Tu ne me reconnais pas ? »

James Ellis se retourna pour le regarder, les yeux plissés, et fronça les sourcils, frappé de confusion pendant une seconde. Puis une expression terrifiée s'inscrivit sur son visage. Derrière Ming, les masses tombaient, une, deux, une, deux, une, et à deux, il fit feu.

Le chœur des masses noya complètement la détonation, Ellis bascula en avant et s'affala sur la crête. Les Chinois cessèrent vite de travailler et certains se mirent à crier. Ming remit son arme dans son étui et marcha vers le corps de l'homme étendu dans la poussière, le sang s'échappant en petites bulles par un trou en bas de la nuque. Il retourna Ellis sur le dos et contempla ce qui restait de son visage, du sang et des os scintillant à la lumière du soleil. Avec des mouvements rapides, Ming fouilla les poches d'Ellis. Un peu d'argent. Mais pas la moindre information sur Dixon ou Kelly ou qui que ce soit d'autre.

Il se remit debout et jura entre ses dents. Les Chinois le regardaient fixement. L'agitation était retombée. Ming traîna Ellis par les chevilles derrière le faîte de la crête, là où personne ne pourrait le voir. Puis il s'en retourna vers le groupe des Chinois, soudain frappés de mutisme.

« Où est le prophète ? » leur demanda-t-il.

Tous restaient silencieux. Ming scruta leurs rangs, à la recherche d'un visage qu'il aurait connu autrefois.

« Prophète, appela-t-il. C'est moi. »

L'un des Chinois s'avança lentement, cherchant son chemin à tâtons. Les ouvriers s'écartèrent pour le laisser passer. Une cécité ancienne avait blanchi les yeux de cet homme et il paraissait plus âgé que le temps lui-même. « Mon enfant, dit-il. Enfin, tu es venu. » Le vieil homme eut un sourire chaleureux.

« Amenez-le par ici », dit Ming. Personne ne broncha. Il leva son arme et la pointa sur le groupe. « Amenez-le par ici », répéta-t-il.

En toute hâte, un jeune Chinois saisit le prophète par le creux du coude et l'entraîna vers l'avant. Ming tendit la main et prit celle que lui tendait le prophète, et le jeune Chinois battit en retraite.

« Prophète, dit Ming. Tu te souviens de moi ?

— Non, murmura le prophète. Mais je sais pourquoi tu es venu. Je dois te guider, n'est-ce pas ?

— Viendras-tu avec moi ? »

Le prophète dit qu'il viendrait. Ming tourna son arme vers l'ouvrier qui avait parlé avec Ellis un peu plus tôt et lui demanda à quelle distance de Lucin ils se trouvaient.

« À deux jours de marche, dit l'homme. Vers le nord-ouest.

— Merci bien », dit Ming. Il fit décrire au revolver une révolution autour de son doigt et le replaça dans son étui.

Accompagné du prophète, il marcha au nord des rails pendant environ un kilomètre et demi avant de bifurquer vers l'ouest et de suivre en parallèle la ligne lointaine de la voie ferrée. Des stries de brume s'attardaient au-dessus du paysage et, évoluant à travers cette distorsion, ils cheminèrent sans s'arrêter tout le restant de la journée et toute la nuit jusqu'à ce que le jour se lève une nouvelle fois. Ni l'un ni l'autre ne parlaient. Quand ils atteignirent enfin Lucin, Ming trouva une auberge aux abords de la ville et loua une chambre avec l'argent d'Ellis. Dans leur chambre, le prophète s'assit les jambes croisées sur le dur plancher de chêne et fixa sans le voir le soleil étincelant au-delà des murs. Ming trouva le nom de James Ellis dans son carnet et le raya. Il en restait quatre. Après avoir fait cela, il arpenta la pièce, insomniaque et chargé d'électricité, attendant la tombée de la nuit et, ensuite, un nouveau jour.

5

Le lendemain, Ming fit couler une livre de plomb pour fabriquer des balles et utilisa ce qu'il restait de l'argent d'Ellis pour acheter deux chevaux et un fusil. Il rentra à l'auberge en fin d'après-midi. Le prophète était toujours là où Ming l'avait laissé, assis les jambes croisées, l'air vaguement divin. S'il avait remarqué le retour de Ming, il ne le montrait pas. Il ne mangeait rien et ne buvait rien. Les deux hommes ne se parlaient toujours pas. Dans leur chambre, Ming aiguisa la pointe de son crampon jusqu'à ce qu'elle brille. Cela fait, il nettoya et huila son revolver, travaillant lentement et soigneusement. À l'extérieur, les ombres s'allongèrent, puis le soir les engloutit. Ming s'allongea sur le lit sans se déshabiller et y trouva un sommeil sans rêves.

Le prophète le réveilla au beau milieu de la nuit. « Mon enfant, prépare-toi, murmura le vieil homme, et combats en toute liberté. » Le prophète se tenait debout à son chevet, ses yeux blancs fixant la poussière bleue.

On entendait du raffut derrière la porte, des gens qui grimpaient les escaliers. Des voix en colère, trois hommes, peut-être quatre, belliqueux, railleurs, ivres. Les escaliers grinçaient sous leur poids. Ils atteignirent le premier étage, et les bruits de bottes s'arrêtèrent devant la porte. Ming dégaina son revolver et se glissa de côté, le long du battant. Derrière, quelqu'un chuchotait aux intrus de ne pas faire de bruit.

« Je vais prendre ta place », murmura le prophète. Le vieil homme s'étendit sur le lit, un corps factice.

Tout près de la porte, Ming jeta un coup d'œil à son arme. Six balles.

Une lanterne approchée du trou de la serrure projetait un mince rayon de lumière qui dansait follement à travers la pièce poussiéreuse. On retira la lanterne et quelqu'un colla un œil à la serrure.

« Je crois que je le vois. Il est dans son lit, dit l'un des intrus à voix basse.

— Très bien, en silence, alors », dit un autre.

La poignée de la porte tourna et se heurta à une serrure.

« Hector, siffla quelqu'un. Cette foutue porte est fermée à clé. »

Ming entendit des clés tinter. Peu après, la serrure s'ouvrit avec un cliquetis.

« C'est bon, chuchota le dénommé Hector. Prêts, les gars ? »

Des murmures, des oui s'élevèrent.

« Une minute, dit une voix que Ming reconnut comme celle de l'aubergiste. Vous êtes bien certains que c'est lui ?

— Sûrs et certains. Tu as dit toi-même que c'était un grand Chinetoque.

— Il n'était pas si grand, répliqua l'aubergiste. Juste plus grand que les Chinois le sont en général.

— Et il y avait un autre Chinetoque avec lui ?

— Oui, un vieux coolie aveugle.

— Alors, c'est lui. Ça ne peut être personne d'autre. »

Il y eut un instant de pause.

« C'est bon, les gars, on va l'attraper, ce fils de pute », dit Hector, et il fit tourner la poignée.

La porte commença à s'ouvrir vers le couloir, dessinant un pilier de lumière grandissant sur le mur du fond. Ming s'avança droit dans l'embrasure et d'un grand coup de pied, il poussa le battant. Une des silhouettes trébucha et partit en arrière, s'étala dans les escaliers, sa tête rebondissant contre la rampe. Celui-là devait être Hector. Deux hommes dans l'embrasure, essayant tous les deux de retrouver leur équilibre. La porte heurta quelqu'un derrière et Ming posa le canon de son revolver contre le bois mince et tira. On entendit un bref gémissement de douleur et de surprise, puis le bruit d'un corps touchant le plancher. De la main gauche, Ming balaya alors d'un geste souple le dessus de son arme, réarmant le chien, et fit à nouveau feu à travers le panneau, visant l'endroit où l'homme avait dû tomber. Il lui restait quatre balles. L'homme qui se tenait en face de lui avait retrouvé son équilibre et sorti son arme. De la hanche, Ming tira et le toucha à la cuisse. L'homme tomba lourdement sur ses fesses, laissant échapper une balle qui passa au-dessus de la tête de Ming et se perdit dans la chambre, où elle alla s'enfouir dans le plafond. Plus que trois balles. L'aubergiste s'élançait vers la porte et, vivement, Ming fit un pas de côté et lui asséna un coup de coude en plein visage, le précipitant au sol. L'homme touché à la cuisse leva son arme et, les dents serrées par la douleur, visa Ming à la poitrine.

« Feu ! » lança le prophète, de la chambre.

Ming obéit et tira au moment où l'aubergiste se relevait en titubant. La balle frappa le malheureux à la clavicule et le renvoya s'écraser sur le sol.

« Bien », dit le prophète.

L'homme qui avait une balle dans la cuisse poussa un juron et voulut de nouveau faire feu, mais Ming lui tira dans la mâchoire. Il ne lui restait que deux balles. Ming entendit une étrange mélodie qui montait derrière lui et il lui fallut un instant pour en déterminer la source. Le prophète s'était mis à chanter à part soi. Ming sortit dans le couloir, découvrit l'homme qu'il avait abattu fort occupé à ramper sur le sol et l'acheva. Plus qu'une balle. Il coucha en joue la silhouette recroquevillée au bas de l'escalier, releva le chien de son revolver et abattit cet homme-là aussi.

Tout était silencieux dans la taverne, on entendait seulement la chanson du prophète. Celui-ci s'était avancé en haut des escaliers et semblait maintenant regarder vers le bas, vers Ming. Il chantonnait un vieil hymne.

Ming leva les yeux vers lui. « Tout va bien ?

— Oui, dit le prophète. Mon heure n'était pas encore venue.

— Merci, dit Ming.

— Ce n'est pas moi qui ai fait tout ça. »

Sur le comptoir gisait un avis de recherche, arraché du

mur où il était épinglé. L'affiche promettait une récompense de mille dollars pour l'arrestation et la livraison de M. Tsu, meurtrier d'un certain James Ellis de la compagnie des chemins de fer Central Pacific, d'un certain Judah Ambrose de Salt Lake, et de beaucoup d'autres personnes inconnues de ce shérif. Un assassin chinois : Cheveux noirs, ne porte pas de queue de cheval. Yeux noirs. Taille : 5 pieds 11 pouces. Poids : 180 livres. Meurtrier connu et hors-la-loi recherché venu de Sacramento, Californie, plus grand que la plupart des Chinois, à n'approcher qu'avec la plus grande prudence. Voyage avec un coolie aveugle, très âgé. La récompense ci-dessus sera versée pour sa capture et sa livraison au shérif Charles Dixon, d'Unionville.

« Unionville », dit Ming, un sourire maléfique s'étendant sur son visage.

Dixon s'était donc trahi. Le père d'Ada avait dû l'envoyer là-bas après l'évasion de Ming, et lui avait dit de se montrer bien attentif à ce qu'il entendrait raconter au sujet de cet assassin chinois. Et puis ce salaud avait réussi à se faire nommer shérif là-bas aussi.

« Une bande de vautours cupides, dit le prophète depuis le premier étage, interrompant son train de pensées.

— Oui. » Ming inspecta le portrait de lui dessiné sur l'avis de recherche. Ce personnage ne lui ressemblait pas du tout. « Charles Dixon les a envoyés, dit Ming au prophète, à voix haute. Ce shérif corrompu dont je t'ai parlé dans les sierras. Tu t'en souviens ?

— Non, répondit le vieil homme.

— J'imagine que je n'ai rien dit à son sujet, dit Ming, à

moitié pour lui-même. Eh bien, il se trouve à Unionville, maintenant. » Il plia l'affiche nettement et la rangea entre les pages de son carnet, puis il feuilleta sa liste de noms et inscrivit « Unionville » à côté de celui de Dixon. Il vérifierait sur sa carte plus tard, et tracerait un itinéraire. « Descends, vieil homme, appela-t-il vers le haut de l'escalier. Nous n'avons pas beaucoup de temps avant que des gens viennent par ici nous causer des ennuis. »

Le prophète s'exécuta. Ming le laissa au bar et remonta à l'étage, prenant soin de ne pas marcher dans les flaques de sang glissantes. Il passa la porte ouverte trouée par les balles et récupéra son paquetage. Il fouilla les trois morts à l'étage. Deux couteaux et une livre de poudre, à eux tous. Il fourra le tout dans son sac, retourna à la taverne et passa derrière le bar, où il vida le contenu de la caisse dans son sac. Les pièces tintaient en tombant. Puis il fouilla le mort au bas des escaliers. Quatre livres de plomb, un jeu de moules à balles, deux livres de poudre de plus. Tout ça finit dans son sac.

Il se leva et inspecta la taverne vide. Tout était silencieux. Il passa derrière le bar et attrapa une bouteille de whiskey.

« Il est temps de partir », appela le prophète, du dehors. Ming fourra la bouteille dans son sac et le referma.

Quand Ming sortit de la taverne, le prophète était déjà à cheval. Ming détacha le sien, grimpa en selle et donna un grand coup d'éperons.

6

« Tu ne te souviens pas de moi. »

Ils étaient assis auprès d'un maigre feu alimenté par les restes desséchés de branches de sauge et de brindilles de caryer. Ils avaient chevauché tout au long de la nuit et d'un jour lumineux puis s'étaient arrêtés là où le soleil couchant les avait trouvés. Ming remua les braises à l'aide d'un bâton et regarda le prophète, qui levait son regard aveugle vers le firmament.

« Non », répliqua le prophète. Il fixa Ming de ses yeux opaques. « Pensais-tu que je me souviendrais ?

— Je suppose que oui, dit Ming. Si tu ne te souviens pas de moi, pourquoi m'avoir suivi ?

— Je savais que c'était nécessaire. »

Le visage du prophète était à la fois antique et sans âge. Si le temps avait voulu marquer de ses jours et de ses heures la face burinée par le soleil du vieil homme, il n'y avait trouvé nulle prise. Le prophète était pareil à une pierre vivante. Quand il parlait, les années s'envolaient des lames creusées de ses joues et des cavités profondes de ses orbites, comme les mouches s'élèvent du dos d'une bête endormie à l'instant où elle s'éveille. C'était un homme qui ne connaissait pas le poids du souvenir, un homme à qui les fils non encore déroulés de l'avenir semblaient clairs et brillants et le passé, trouble et effiloché.

« Dis-moi ce dont tu aurais aimé que je me souvienne, dit le prophète d'une voix claire et sereine.

— Bon sang », dit Ming. Pendant un instant, il se sentit redevenir un enfant, mutique faute de savoir quoi dire, empli de mots qu'il ne savait pas formuler. Il baissa le regard vers ses mains, croisa les doigts. Dans les flammes, les braises se décharnaient encore et encore, en cascades de cendres successives. L'air était froid et vif. « On se connaissait, reprit Ming. Dans les sierras. Ce type que j'ai tué sur la voie ferrée, James Ellis, c'était notre contremaître, un foutu fils de pute. On crevait sur nos jambes, là-bas », dit-il, penchant la tête vers l'ouest. Sa voix était grave et étrange. Il parla au vieillard des traîneaux qui emportaient les ouvriers par douzaines à travers les vallées gelées et des hommes que l'on retrouvait, par certains matins d'après l'orage, les cils glacés de givre. D'Ellis et de son manche de pioche, motivant de ses coups les plus épuisés ou ceux qui étaient assez stupides pour arrêter leur traîneau et se reposer. De la poignée de Chinois, jamais les mêmes, qui venaient chaque matin sous la tente du prophète, à la recherche de proches qu'ils espéraient encore en vie. Il étudia le visage du prophète. « Le nom de Silas Root te rappelle-t-il quelque chose ? Mon protecteur ? »

Le vieil homme répéta ce nom à voix basse, comme s'il

égrenait ces syllabes pour la première fois. Puis il secoua la tête. Le nom ne lui était pas familier, dit-il.

Tant que Silas était encore vivant, poursuivit Ming, il était lié à Ellis, aux rails, à la servitude. Chaque jour, il venait voir le prophète et lui demandait si Silas était mort. Ming avait compris que Silas ne resterait pas longtemps de ce monde. C'était un vieil homme, à l'époque, malade et chétif. « Et puis, dit-il, un jour tu m'as dit qu'il était mort. Sans lui, j'ai deviné que ce n'était plus qu'une question de temps avant qu'Ellis reçoive l'ordre de me tuer. Alors je me suis enfui. »

Tous deux se turent un moment.

« Je ne sais pas, dit enfin Ming. J'espérais sans doute que tu te souviendrais de m'avoir aidé. »

Le prophète secoua la tête. « De cela, je ne me souviens pas. Mais ici et maintenant, je te connais. » Il eut un sourire chaleureux. « Tu es un homme qui n'a plus de limites, ni d'attaches. »

Il était dans le caractère du prophète de s'exprimer par énigmes.

« Que veux-tu dire ? demanda Ming.

— Dans la taverne. J'ai dit que mon heure n'était pas encore venue. Cela, je me le rappelle encore. Je voulais simplement dire que je n'allais pas mourir à ce moment précis. Et c'est bien ce qu'il est advenu. » Il tourna vers les flammes ses yeux blancs comme le sel. « Un homme est immortel jusqu'à l'instant de sa mort. Et à cet instant, il devient vulnérable à toutes choses. Mais jusqu'alors, il vit éternellement et il n'existe rien dans toute la création qui puisse l'anéantir. Ces hommes dans la taverne qui étaient venus pour te tuer. Leur heure était venue. C'est une bonne chose que tu les aies tués, mais sache que cela aurait pu être n'importe qui d'autre, n'importe quoi d'autre. Ça aurait pu être Dieu en personne, tendant la main vers eux et les foudroyant sur-le-champ. Mais toi, tu es un homme dépourvu de limites. Tu aurais dû mourir ce jour-là, quand tu t'es enfui en courant vers les montagnes, et pourtant tu es en vie et tu respires. » Le prophète releva la tête comme s'il scrutait la lune. « Je connais l'heure de tous ceux qui n'ont pas encore péri. Et la mienne également. » Il regarda Ming. « Mais la tienne est changeante, volage, elle évolue à chaque instant. »

Ming ouvrit la bouche pour répondre, mais dans cette nuit bleue du désert, il n'y avait place pour nulle parole. Le feu s'éteignait, il s'était éteint, il refroidissait. Les chevaux se tenaient immobiles telles des figurines de bois dressées contre le ciel nocturne. À côté de lui, le prophète restait assis, aveugle comme un chiot qui vient de naître, gardien des cendres muettes au fond du brasier éteint. Ming s'étendit sur son mince couchage et trouva un sommeil aussi lourd que celui qu'apportait l'opium.

7

Quelques heures plus tard, Ming s'éveilla, inquiet. Un tressaillement agitait ses membres et lui interdisait le repos ; même les yeux fermés, il pouvait encore voir danser sous ses yeux l'immense paysage sculpté de glyphes. Finalement, il se redressa, secoua doucement le prophète pour le réveiller et lui demanda s'il avait encore besoin de sommeil.

« Non, fut la réponse.

— Quel étrange vieil homme, se murmura Ming à lui-même. Alors, repartons. »

Ils voyagèrent de concert sous la lune écailleuse, suivant les sillons qui sinuaient entre les replis du terrain, sentiers naturels creusés par les sabots des milliers de bovins que l'on avait guidés ici vers l'ouest. Leurs traces restaient visibles par endroits, empreintes fossiles rappelant la pression exercée par les bêtes sur la terre. Au fil des heures, alors que la lune baissait à l'ouest, un jeune soleil monta à l'horizon et vint leur réchauffer le dos. On n'entendait aucun bruit, hormis le souffle des chevaux et le cliquetis régulier des objets qui s'entrechoquaient dans le paquetage de Ming. Le vide spectaculaire du vaste paysage qu'ils traversaient engloutissait tout.

Après deux jours et deux nuits de voyage, leurs chevaux devenaient de plus en plus décharnés à cause de la faim et de la soif, mais Ming les poussait toujours plus avant. Il se retourna vers le prophète et lui demanda quand leurs chevaux allaient mourir.

« Pas aujourd'hui, répondit le prophète.

— Et demain ?

— Pas demain non plus. »

Ming opina du chef, bascula son chapeau en arrière afin d'ombrager sa nuque. Pendant un long moment, il fixa le garrot de son cheval, regardant les muscles se tordre et onduler sous la peau fine comme du papier. Il retira l'un de ses gants et tendit sa main nue sous le soleil, remuant les doigts comme s'il jouait du piano, puis ferma le poing, ressentant la douleur de vieux tendons meurtris qui durcissaient tout du long. Il gardait dans son corps le souvenir du labeur, de la force, du poids et du mouvement. Il remit le gant sur sa main brunie et se retourna vers la silhouette menue du prophète, assis sans bouger sur son cheval. Il y avait aussi des souvenirs enfouis dans ce vieux corps. Peut-être même que ces yeux blancs et vides conservaient une lointaine mémoire de la vue.

Ming, lui, portait en son corps le souvenir de sa bien-aimée, Ada. La façon dont il la prenait dans ses bras, la façon dont il balayait les mèches de cheveux de son visage, la façon dont il berçait son corps contre le sien. Il gardait aussi en lui d'autres souvenirs, des souvenirs plus amers. La façon dont elle frissonnait puis se crispait, assaillie de cauchemars qu'elle redoutait en vertu de leur valeur prémonitoire. Tous ces souvenirs flottaient au-delà du langage, inaccessibles pour son esprit éveillé, mais préservés dans ses nerfs et ses tendons. Il suivait leurs ombres sous la surface, vers le fond, toujours plus profond. Et une fois le fond atteint, chacun de ces souvenirs ne se révélait qu'une enveloppe vide. Quand enfin il remonta à la surface, il ne restait plus aucune pensée dans son esprit.

Le paysage autour de lui s'était modifié pendant ses rêveries. Ils avaient voyagé tout au long de la journée et le soleil se rapprochait à présent de la terre. Le temps s'écoulait d'une manière étrange dans ces étendues arides.

Une question lui vint à l'esprit. « Prophète, appela-t-il. Te souviens-tu de ce que je t'ai dit ? De la raison pour laquelle je fais tout ça ?

— Non, dit le vieil homme d'une voix faible. Mais je le sais.

— Pour une femme.

— Oui. »

Les chevaux peinaient sous leur poids. Le soleil rougissait et miroitait devant lui. Un moment, Ming resta silencieux.

« Est-elle toujours en vie ? demanda-t-il alors.

— Oui. »

Ming ne laissa pas percer son soulagement. « Et est-ce qu'elle sera morte avant que j'arrive ? » demanda-t-il.

Le prophète resta silencieux pendant un moment. « Non », répondit-il enfin.

Ming poussa un profond soupir. « Merci », murmura-t-il. Ainsi, elle était encore bel et bien en vie.

Le soleil restait suspendu dans le ciel, tel un jaune d'œuf immobile pour l'éternité, jusqu'à ce qu'enfin un pic lointain transperce son enveloppe et que sa lumière s'écoule goutte après goutte sous l'horizon, plongeant le ciel dans la lueur bleue du crépuscule.

Sous la pâle clarté de la lune ascendante, une autre question prit forme dans son esprit. « Vieil homme, dit-il. Est-elle heureuse ? »

Le prophète resta silencieux si longtemps que Ming se retourna sur sa selle pour voir s'il ne s'était pas endormi. Ses yeux étaient à moitié fermés et ses doigts parcheminés semblaient démêler les fils d'un écheveau fantôme placé devant lui.

Ming répéta sa question.

Un sourire se dessina sur le visage du vieil homme et ses doigts cessèrent de papillonner. « Oui, elle l'est, dit-il.

— Oui ? répéta Ming, d'une voix chargée d'incrédulité.

— Oui. »

Il caressa ses rênes comme s'il égrenait les perles d'un rosaire. « Sait-elle que je rentre à la maison ? demanda-t-il à voix basse, espérant à moitié que le prophète ne l'entendrait pas.

— Homme sans limites, dit le prophète, cela, je l'ignore. »

Ming relâcha un souffle qu'il n'avait pas eu conscience de retenir.

Ils s'arrêtèrent alors que le clair de lune brillait pour quelques heures encore et construisirent un petit feu de broussailles trop faible pour tenir à distance le froid de la nuit. La soif rendait à présent les chevaux à moitié fous.

Le prophète marchait dans l'obscurité en décrivant de grands arcs de cercle, s'arrêtant de temps en temps pour s'accroupir et caresser de ses mains noueuses la poussière sur le sol. Il revint vers le feu et s'assit. « Il y aura de l'eau demain, déclara-t-il.

— Où cela ?

— Je le saurai le moment venu. »

Ming attisa le feu qui s'éteignait. Le prophète se mit à chantonner pour lui-même de curieuses mélopées dépourvues de rythme et de tonalité. Quand Ming lui demanda ce qu'il chantait, le prophète lui dit que c'était une vieille berceuse.

« Qui te l'a apprise ? » demanda Ming.

Le prophète répondit qu'il la connaissait depuis toujours.

« Et que raconte-t-elle ? »

Le prophète expliqua qu'elle racontait ce que racontent toutes les vieilles berceuses, c'est-à-dire rien du tout. Et il ajouta que ces chansonnettes n'avaient ni signification ni mélodie, ce n'étaient que des chansons destinées à être fredonnées d'une voix lente et douce, à la fin du jour.

8

À l'aube du matin suivant, les chevaux étaient assez reposés pour se remettre en route. Cela faisait désormais longtemps qu'ils n'avaient rien bu ; au fil de leur marche, de la bave coulait de leurs lèvres craquelées en d'épais rubans d'écume blancs qui se détachaient et s'écrasaient dans la poussière du désert. Les deux hommes chevauchèrent tout l'après-midi et, vers le début de la soirée, Ming commençait à douter de la promesse du prophète à propos de l'eau.

Enfin apparut à l'horizon un amas de formes indistinctes, la masse ombragée d'une ville abandonnée de longue date. La plupart des bâtiments s'étaient écroulés. Le prophète fit signe de s'arrêter et Ming amena sa monture au bord de la ville fantôme et l'attacha aux vestiges squelettiques d'une clôture. Il sortit son revolver et se dirigea vers ce qui avait dû un jour être la rue principale. Le prophète restait campé sur son cheval, immobile, tel un moine.

« Il y a de l'eau ici ? demanda Ming.

— Oui », dit le prophète.

Ming survola du regard la ville en ruine. Il n'y vit pas le moindre puits.

« Tu trouveras de l'eau dans l'église, dit le prophète, comme s'il anticipait sa question. Quelqu'un y a creusé un puits.

— Qui cela ? »

Le prophète ne lui répondit pas.

Ming chemina le long de la rue, avec six balles dans son revolver. À dix mètres des ruines calcinées de la chapelle, il se retourna vers le vieil homme toujours perché sur son cheval. « Prophète, appela-t-il. Vais-je mourir ici ?

— Non, répondit le prophète.

— Merci bien », dit Ming et il entra.

L'atmosphère à l'intérieur de l'église était chaude, lourde et d'une immobilité absolue. Les poutres de la charpente étaient carbonisées et les bancs recouverts de cendres, signes qu'un incendie avait ravagé l'édifice religieux, longtemps auparavant. Par endroits, le toit avait entièrement brûlé ; à travers ces ouvertures, le soleil couchant dessinait des piliers obliques de poussière incandescente, des contreforts fantômes venus soutenir cette église détruite par le feu. La lumière s'infiltrait par les interstices des murs, entre les poutres brutes, comme si elle jouait sur un vitrail. Ming resta un instant dans les travées, levant les yeux vers le toit en ruine.

Il avança dans l'église, marchant vers la chaire effondrée. Là, le plancher brûlé avait été arraché et, au-dessous, on avait retourné la terre sombre et nue. L'air était plus frais, humide même. Une fosse d'une profondeur de cinq ou six pieds béait à cet endroit. Ming resserra le poing sur son revolver et fit un pas en avant, scrutant le puits obscur. Il sursauta en découvrant qu'il avait devant lui le squelette d'une femme revêtue de haillons, ses os desséchés retenus ensemble seulement par la grâce de fragments de tendons flétris. Elle était assise contre la paroi de la fosse, la mâchoire grande ouverte en une expression de perpétuelle stupéfaction. Ming s'approcha avec précaution et se laissa glisser dans la fosse. Près du squelette, il y avait un trou plus petit et plus profond large comme deux mains environ et, à côté, un seau attaché à une longueur de cuir brut. Le prophète avait vu juste. Ming fit descendre le seau dans le puits primitif et le remonta ; une eau trouble, limoneuse, en débordait. Il regarda droit dans les orbites creuses de la femme et un frisson lui parcourut l'échine.

Le prophète avait mis pied à terre quand Ming sortit dans la pénombre du soir. Il posa le seau devant les chevaux qui se penchèrent vers celui-ci et burent à grand bruit. Une fois le seau vide, il le remporta au puits à l'intérieur de l'église et le remplit à nouveau. Cela lui demanda quatre voyages au total pour que les chevaux se désaltèrent. Les ombres rougeoyantes des hommes et de leurs montures s'allongèrent. Quand le soleil fut sur le point de se coucher, ils laissèrent les chevaux à leur place et dressèrent leur campement sous le toit démoli de la vieille église. Sur la chaire, Ming ramassa des tisons à demi calcinés et bâtit un feu qui s'amenuisa à mesure que l'air nocturne vif et glacial frémissait.

« Cette femme, là-bas. Elle est morte depuis sept ans », dit le prophète.

Ming jeta un regard à l'endroit où la femme gisait, assise dans sa fosse. Il ne vit qu'une obscurité mouvante et sans profondeur perceptible.

« Savais-tu qu'elle était là ?

— Au début, non. Maintenant, oui. »

Ils restèrent silencieux un moment. Le feu crépitait et rapetissait de plus en plus. Quand il fut presque éteint, Ming scruta le visage du prophète et lui demanda ce qui les attendait à présent.

Le vieil homme tourna le regard vers l'ouest, puis vers le sol, comme s'il voyait le soleil poursuivre sa course sous leurs pieds. « Elko », dit-il.

9

Ils avaient pu emporter assez d'eau pour étancher leur soif, mais pas assez pour celle des chevaux. Des jours durant, ils traversèrent un paysage qui semblait se matérialiser devant eux aussi vite qu'il s'évaporait une fois derrière eux, comme s'il avait seulement été convoqué pour servir de toile de fond à leur passage. Le prophète chevauchait sa monture décharnée et, entre ses doigts, tamisait la terre qu'ils foulaient. De temps à autre, il parlait des vastes nappes aquifères emprisonnées dans la roche à des centaines de mètres sous leurs pieds. Ming avala sa salive avec difficulté, la gorge sèche, déboucha sa gourde, but un peu. Au début, il avait proposé de l'eau au prophète. Mais chaque fois, le vieillard avait refusé et avant peu, la soif de Ming avait eu raison des rares restes de piété filiale qui l'avaient au départ incité à partager. Les deux cavaliers progressaient dans un silence que seule la voix du prophète rompait parfois, évoquant la présence de cette eau inaccessible, enfouie dans les profondeurs.

À ce stade, les chevaux étaient à peine plus que des squelettes articulés enveloppés de cuir, mais ils continuaient loyalement d'avancer, leur foulée se raccourcissant, leur tête baissée se rapprochant un peu plus du sol à chaque heure qui passait. Un léger renflement de la terre s'éleva autour d'eux; à la lueur oblique du soleil de l'après-midi, les minces contours du paysage paraissaient sculptés par l'ombre et la lumière. Ming était certain que leurs chevaux mourraient avant la fin du jour et, pourtant, le prophète déclarait toujours qu'il n'en serait rien.

Le soir les prit, la lune encore invisible. Ils continuèrent d'avancer. Peu après le lever de la lune, leurs chevaux refusèrent d'aller plus loin. Les cavaliers mirent pied à terre et les bêtes étendirent leur corps sur le sol et se couchèrent sur le flanc, respirant à peine, montrant déjà l'image de leur mort prochaine. Ming et le prophète dressèrent leur campement là où les chevaux s'étaient arrêtés et construisirent un petit feu.

Ming s'étendit sur son couchage, mais ne trouva pas le sommeil. Finalement, il se redressa et regarda la silhouette prostrée du prophète et secoua doucement le vieil homme pour le réveiller. « Prophète », dit-il.

Le vieil homme remua un peu, ouvrit les yeux. « Oui, mon enfant.

— Je n'arrive pas à dormir. »

Le prophète se redressa avec lenteur, s'assit et se tourna vers Ming. « Ça n'a guère d'importance, dit-il. Seuls les chevaux ont besoin de dormir.

— Ils vont bientôt mourir, pas vrai ?

— Oui. »

Au-dessus d'eux, la lune atteignait son zénith.

« Puis-je te poser encore une question, prophète ? »

Le vieil homme braqua ses yeux vides sur Ming et hocha la tête.

« Comment as-tu acquis cet étrange don de vision ?

— Ah », murmura le prophète. Il réfléchit un moment. « Je crois que je l'ai toujours possédé. Mais peut-être que tout simplement, je ne me souviens pas d'avoir jamais été vraiment aveugle.

— Tu ne te souviens jamais de rien. » Les paroles de Ming sonnèrent plus comme une accusation qu'il ne l'aurait souhaité.

« Non, dit le prophète. De rien.

— Et cela ne te tracasse pas ? »

Le prophète eut un sourire ironique. « Non, pas du tout. » D'un seul coup, le vieil homme se leva. « Attends ici », dit-il, et il commença à marcher vers l'endroit où la lune s'était levée. Il se déplaçait à petits pas réguliers, les mains tendues devant lui, les paumes parallèles à la terre. Le monde était silence, à l'exception du crépitement du feu et des pas feutrés du prophète.

« Tu essaies encore la radiesthésie ? lui demanda Ming.

— Non », fut la réponse du vieillard.

Ombre contre le ciel scintillant d'étoiles, la silhouette du prophète se pencha pour extirper quelque chose de la terre. Quand il revint auprès du feu, il tenait en main un petit disque noir, strié de spirales concentriques. Un fossile.

« Prends-le, dit le prophète, et garde-le entre tes mains. »

Ming s'exécuta. Il passa le bout rugueux de ses doigts sur les reliefs de la pierre, chassant la poussière qui s'en détachait. Le prophète s'assit à côté de lui.

« C'est un coquillage, dit Ming.

— Pas tout à fait, dit le prophète en lui reprenant le fossile. Mais ça l'a été, autrefois. » Il tourna son visage vers le feu et ses yeux d'un blanc laiteux balayèrent la terre, comme s'ils survolaient une mer immense, puis au-delà, vers les cieux, au sud. « Ceci n'est pas un coquillage », déclara le prophète. Il tourna le fossile entre ses mains et la lueur du feu glissa sur ses faces lisses. « C'est une pierre qui a pris la place d'un coquillage, la forme d'un coquillage, une forme dépourvue de sens. Un vestige. La créature qui a fabriqué cette coquille s'est éteinte il y a des millénaires. Mais la terre a gardé son souvenir. C'est la vie au-delà de toutes limites, une pierre sans esprit qui conserve la mémoire de la vie. »

Le prophète se tourna alors vers les étoiles.

« Autrefois s'étendait ici une mer peu profonde. » Ses yeux aveugles semblaient briller d'une lumière filtrée par des eaux antédiluviennes. Il les referma et relâcha lentement son souffle. « Tu me demandes si cela me tracasse de ne pas me souvenir. » Le fossile tournait, tournait, cascadait entre ses doigts noueux. « Comment cela pourrait-il me tracasser, mon enfant ? Avec le temps, tout finit oublié, tout finit effacé. Si la mémoire relevait entièrement du domaine de la création, je pourrais me sentir tracassé. Mais la mémoire existe au-delà de l'emprise des hommes. La terre peut témoigner de tout, elle peut témoigner du temps par-delà même le temps, de l'œuvre des hommes comme de celle de toutes les créatures. » Il lança le fossile en l'air et le rattrapa. « La mémoire ne tracasse que ceux chez qui elle brûle le plus vivement, mon enfant. Mais moi, elle ne me tracasse pas. » D'un geste fluide, inattendu de la part de son vieux corps, il fit claquer son poignet et précipita le fossile à travers la nuit. « Il est temps de te reposer maintenant, même si tu ne peux trouver le repos. »

Ming s'allongea sur son couchage et, pendant un long moment, il regarda les étoiles, la lune qui s'enfonçait dans l'oubli qu'apporterait le matin. Puis il dormit, et rêva qu'il nageait dans un vaste océan, le fond sablonneux visible à travers les eaux claires. Il rêva qu'il plongeait et tendait la main pour toucher le fond, il rêva que la lumière au-dessus de lui se tordait et dansait, puis il rêva qu'il se noyait.

Il s'éveilla dans une aube sans couleurs et prit une inspiration douloureuse après l'autre. Le prophète était encore endormi. Ming dispersa les cendres du feu éteint et, dans la fraîcheur du matin, partit à la recherche du fossile, mais il n'en trouva aucune trace. C'était comme s'il avait fondu là où il avait atterri, comme si la terre desséchée l'avait absorbé, à la manière d'une goutte d'eau.

10

À dix kilomètres d'Elko, leurs chevaux firent halte et refusèrent d'aller plus loin. Quand Ming et le prophète mirent pied à terre, le cheval de ce dernier plia ses genoux détruits et s'écroula sur la terre sèche, sa respiration à peine plus qu'un râle d'agonie lent et pénible. Celui de Ming restait debout, la tête basse, les côtes visibles à travers sa peau pareille à du papier paraffiné. Cela faisait des jours qu'ils avançaient sans prendre de repos. Dans la lumière froide de l'aube, les deux hommes s'approchèrent de leurs chevaux et regardèrent les animaux respirer. Bientôt, le ciel s'illumina de bandes criardes de rose et de rouge. Comme l'aube et le crépuscule peuvent sembler identiques à un œil détaché du temps, de l'est et de l'ouest. L'une imite l'autre, et le temps attend de se mettre en mouvement partout à la fois.

« Leur heure est proche », dit le prophète en parlant des chevaux, et tel était le cas. Le sien restait étendu là, si squelettique et si immobile qu'il paraissait déjà mort depuis au moins un siècle. Le vieil homme s'agenouilla devant les yeux vitreux du cheval qui ne voyaient plus et tourna sa propre cécité vers l'animal.

« Bientôt, nous trouverons de l'eau, dit Ming. La rivière Humboldt coule un peu au sud d'ici. » Sa voix était basse, presque apaisante, comme s'il réconfortait les chevaux.

« Nous l'atteindrons, oui, dit le prophète, mais eux non. »

Ming regarda le vieil homme. « La rivière est à quelques kilomètres à peine, dit-il. Ils n'ont même plus assez de forces pour ça ? »

Le prophète fit un signe de dénégation et posa une main sur la tête de son cheval, lui fermant les yeux au monde qui l'entourait. « Ils vont mourir aujourd'hui. Je te l'ai déjà dit.

— Combien de temps leur reste-t-il ? demanda Ming. Avant qu'ils meurent.

— Combien de temps reste-t-il avant que quiconque ne meure ? » répondit le prophète.

Ming tendit la main et caressa le chanfrein de sa monture, il sentit la chaleur qui se dégageait de ses larges naseaux. Ses yeux étaient énormes, sombres et entièrement vides. Sa main toujours posée sur l'animal, il se retourna et regarda la forme misérable et immobile du cheval du prophète qui gisait à terre. « Combien de temps avant que quiconque ne meure ? » se murmura-t-il à lui-même. Il retira sa main du chanfrein. Les yeux de l'animal restaient fixés sur lui, un regard vide. Ming le contempla à son tour. Pendant un long moment, aucun des deux ne bougea. « Alors, soit », dit enfin Ming. Il détestait se voir forcé d'abattre un cheval. « Recule-toi », dit-il pour avertir le prophète.

Le vieil homme, toujours agenouillé à côté de son cheval agonisant, se leva et prit un peu de distance.

Ming dégaina son arme et arma le chien. Dans son esprit, il traça deux lignes se croisant sur le front de l'animal, chacune allant d'un œil à l'oreille opposée. Viser à l'endroit où les lignes se croisent, et vers le bas, en suivant l'encolure de l'animal. S'il tirait plus bas, ce ne serait pas un geste de miséricorde.

La mort est toujours une miséricorde, lui avait dit Silas, en pressant le revolver dans ses petites mains tant d'années plus tôt, après que son poney avait trébuché et s'était cassé une jambe. Il ne devait pas avoir plus de sept ou huit ans à cette époque. Ça avait été son premier véritable meurtre. Il avait déjà tiré sur des chiens de prairie avec une vieille carabine à air comprimé, il en avait même touché quelques-uns, mais pour lui c'étaient des créatures dépourvues de nom, interchangeables, étrangères. Son poney était plus vivace que ces deux bêtes épuisées, hennissant tout en essayant de se remettre debout sur sa jambe tordue et fracturée. Ming avait pleuré et pleuré encore, jeté l'arme, et refusé par lâcheté enfantine. Un des hommes de Silas s'était approché, le revolver à la main, prêt à abattre le poney de Ming à sa place. Silas lui avait fait signe de s'en aller. *Il faut que le garçon apprenne.* Quand ça avait été fini, Silas avait pris l'arme si lourde de ses mains jeunes et tremblantes, lui avait ébouriffé les cheveux et lui avait souri. *La mort est toujours une miséricorde.*

Il avait dû abattre d'autres chevaux après celui-là, probablement une douzaine selon son propre décompte, mais la dernière fois remontait déjà à bien des années; à présent, il était sur le point d'en achever deux de plus. Il rectifia sa visée et tira. Les genoux du cheval se dérobèrent sous lui et il s'écrasa au sol. Celui du prophète rejeta la tête en arrière, les yeux fous, cherchant désespérément la source du bruit. Ses jambes affaiblies s'agitèrent un peu dans la poussière, par à-coups. Ming arma de nouveau son revolver et se pencha vers l'endroit où le cheval du prophète se débattait, et un autre coup de feu retentit.

Pendant un petit moment, il n'y eut plus que le bruissement sourd du vent passant sur la terre.

Ming s'assit entre les cadavres et, sans dire un mot, rechargea son arme, amorce à percussion, poudre, balle. Quand il eut terminé, il se releva et brossa de son pantalon les grains de poudre et de sable. « Allons-y, dit enfin Ming. Nous trouverons de l'eau à la rivière Humboldt.

— Attends, dit le prophète en s'approchant des chevaux morts. Merci bien. » Il posa ses mains grandes ouvertes à plat sur leur corps et ferma les yeux. « Retournez d'où vous venez », souffla-t-il. Puis il ouvrit ses yeux aveugles et se détourna pour suivre Ming.

« Je te dirai ce qu'il adviendra d'eux », annonça le vieil homme. Ils continuèrent à pied, réduisant la distance jusqu'à Elko, et le prophète raconta à Ming que les océans cédaient la place à la terre sèche, puis à nouveau aux océans. Un cycle continu de déluge et de sécheresse. Avec le temps, ces déserts alcalins seraient à nouveau engloutis sous une mer peu profonde, et ces bosquets d'armoise et d'herbes sèches noyés sous des eaux grouillantes d'une vie inconnue, ces os creux remplacés atome par atome par des pierres et des cristaux, réduits à leur plus simple expression, l'insinuation d'une colonne vertébrale, la suggestion d'un crâne.

Le prophète demanda à Ming s'il savait ce que signifiait se voir réduit à sa forme la plus pure et Ming lui répondit qu'il l'ignorait. Ils s'arrêtèrent sous la lumière linéaire du soleil de midi pour se reposer et, passant les mains sur la terre en de curieuses circonvolutions, le prophète traça des ombres sur la poussière. La silhouette d'un faucon en piqué. Le profil d'un chien. D'un homme. La forme engendre la forme, dit le prophète. Se voir réduit à la forme, c'est se voir réduit à rien du tout. Pour la première fois depuis des jours, Ming se sentit épuisé.

Sur les berges de la rivière Humboldt, Ming se lava le visage et remplit sa gourde. L'eau était froide et avait un goût de limon et de neige fondue au printemps. Les voies du chemin de fer se rapprochaient désormais d'heure en heure au fil de leur marche, en une lente convergence. Par intermittence, un train passait à toute vitesse, filant vers l'est, chargé de bois et de fer, ou vers l'ouest, des visages indéchiffrables collés aux fenêtres de ses wagons. Les pas des deux hommes se calquèrent sur le même rythme et, avançant de manière presque imperceptible à travers le paysage, ils poursuivirent leur chemin, l'homme sans limites marchant en tête, l'aveugle le suivant comme s'il pouvait y voir. Le jour se changea en une nuit que d'innombrables étoiles peuplaient d'un horizon à l'autre.

Quand ils arrivèrent enfin à Elko, ils louèrent une petite

chambre dans une pension de famille non loin de la rivière. Ming regarda l'aubergiste avec méfiance, guettant un signe qu'on les avait reconnus. Mais rien ne vint. Ils n'étaient que deux simples Chinois en quête d'un toit. Dans la chambre, le prophète s'installa sur le sol en position assise, regardant par-delà les murs, comme s'il s'était changé en pierre. Ming n'était pas fatigué, il ne pouvait pas dormir et, avant que la lune ne se lève, il repartit errer dans les ruelles sombres avec le vice et l'alcool en tête.

11

Sous une tente dévolue aux jeux d'argent, il joua aux dés et ruina les autres joueurs à sa table. Il descendit de petits verres de whiskey et de tord-boyaux et joua au faro, gagnant des poignées de pièces et de billets qu'il fourrait vite dans ses poches. Le monde oscillait bizarrement sur un axe subtil et il ressortit dans la nuit froide et cristalline en titubant. Ivre, il resta à traîner dans les rues désertes à la recherche d'une bagarre, mais n'en trouva pas. Il ne savait plus vraiment où il était.

La femme surgit de la nuit dans un tel silence et avec une telle aisance qu'il ne sursauta même pas lorsqu'elle lui chuchota à l'oreille, et resta un instant à contempler son visage très pâle. C'était comme si elle avait été à ses côtés depuis le début, la chaleur de son souffle toujours sur sa joue.

« Vous voulez voir des miracles ? » lui demanda-t-elle. Ils s'étaient arrêtés au milieu de la rue en terre battue et, dans l'obscurité, elle lui prit les mains et le guida un peu à l'écart, vers une tente éclairée par la lueur des lampes. « Un spectacle de magie, dit-elle. Des miracles à découvrir et à admirer. Pour de vrai. C'est juste vingt-cinq *cents.* »

Il lui restait encore de la monnaie au fond de sa poche et, d'une main malhabile, il y piocha une pièce. La femme prit son argent et quand Ming regarda à nouveau son visage, il cessa presque de respirer. « Est-ce que je vous connais ? demanda-t-il, les syllabes s'entrechoquant sur sa langue alcoolisée. On s'est déjà rencontrés ?

— Dans une autre vie, peut-être, lui répondit la femme. Dans une autre vie, tout le monde a rencontré tout le monde. »

Il lui demanda son nom.

« Je voyage avec le spectacle de magie, dit-elle, comme si elle n'avait pas entendu, et il se demanda s'il avait vraiment posé sa question à voix haute. Nous nous occupons de miracles. »

Ming fronça les sourcils et se concentra, luttant pour mettre de l'ordre dans ses pensées. « Ce n'est pas toi, Ada, ma douce ? Tu ne te souviens plus de moi ? » interrogea-t-il enfin, d'une voix que l'ivresse rendait frêle et enfantine. Il se retourna vers elle, attendant sa réaction, mais déjà elle n'était plus là.

À l'extrémité la plus éloignée de la tente, il y avait un espace de terre battue en demi-cercle, bordé de lanternes, d'où l'on avait balayé les cailloux. Des rideaux gris tout délavés, pendus entre deux mâts de tente, délimitaient l'arrière-scène et les coulisses, tandis que le demi-cercle de terre battue et la toile qui le surplombait constituaient la scène et l'avant-scène. Autour de la scène, un certain nombre de bancs poussiéreux avaient tout l'air de provenir de l'église incendiée de la ville fantôme, bien loin de là.

Il se trouva une place sur un banc proche et attendit, encore ivre, que commence le spectacle de magie, posant les coudes sur ses genoux et laissant le poids de sa tête entraîner tout son corps vers le sol. Quelques douzaines d'autres individus, tous ivres morts, complétaient l'assistance. Certains parmi eux s'étaient couchés sur les bancs et dormaient à poings fermés. Au bout d'un long moment, un homme en habit apparut qui, du bout de sa canne, donna une série de coups sur la scène, secouant les dormeurs. Le regard de Ming flotta paresseusement de gauche et de droite avant de se poser sur le visage de ce Monsieur Loyal, pâle et marqué par une acné d'adolescence, ou peut-être par la guerre. Son costume en lambeaux, d'une étoffe très mince, avait été si souvent rapiécé qu'il semblait entièrement fait de pièces plutôt que de tissu. Ming se frotta le visage et prit une profonde inspiration, espérant que les effets de l'alcool allaient vite se dissiper.

Le maître de piste se déplaça au centre de la scène et prit la parole sur un ton grandiloquent, comme s'il s'adressait à un amphithéâtre rempli de milliers de gens. « Messieurs ! »

Les spectateurs se tassèrent sur leurs bancs.

« Ce soir, vous allez voir des miracles. Vous les verrez vous-mêmes de vos propres yeux et vous saurez alors qu'il s'agit bel et bien de miracles. Je peux vous assurer, vous donner ma parole même, que rien ce soir ne relèvera de la duperie. Certes, les démonstrations de ce type abondent, et vous aurez sans nul doute déjà vu une magie de pacotille dans l'un ou l'autre saloon, mais je vous jure que les miracles que nous vous réservons ce soir sont d'une nature bien différente. Oui, nos miracles sont faits de chair et de sang, ils vivent et respirent comme vous et moi, et détiennent cependant des pouvoirs étranges et fantastiques. Leurs capacités sont telles qu'à l'issue de notre spectacle je suis persuadé que vous serez leurs apôtres aussi volontiers que moi-même, ou que n'importe quel homme.

— Blasphème ! » s'écria l'individu assis à côté de Ming.

Ming tourna la tête pour le regarder. L'homme portait la soutane et le col d'ecclésiastique, mais ses yeux étaient injectés de sang et ses vêtements effrangés par l'usure. Même de là où Ming se tenait, il pouvait sentir le whiskey dans son haleine.

Le maître de piste leva un sourcil et jaugea le trouble-fête avec un certain amusement. « Vous, mon bon monsieur, dit-il. Seriez-vous un prêtre ?

— Je l'étais », marmonna l'homme. Il sourit et leva tout haut une bouteille de whiskey de couleur ambrée. « Jusqu'à ce que je trouve Dieu dans la bouteille ! » ajouta-t-il à voix haute.

S'ensuivirent quelques vociférations d'approbation peu convaincues.

Monsieur Loyal ne se laissa pas démonter. « Alors, vous n'avez rien contre nos miracles séculiers. »

L'ancien prêtre haussa les épaules. « Je suppose que non.

— Peut-être alors que le premier de nos miracles vous convaincra. »

Deux machinistes sortirent des coulisses en traînant une

lourde cage de fer forgé. Un homme nu s'y tenait accroupi dans un coin sombre, les cheveux emmêlés, le regard vitreux. Les machinistes déposèrent la cage auprès du maître de piste et se retirèrent dans les coulisses obscures. Suspendue au plafond de la cage, une lanterne se balançait doucement. Monsieur Loyal cogna contre les barreaux de fer du bout de sa canne et le personnage à l'intérieur tourna la tête vers lui.

« Debout », ordonna le maître de piste d'une voix grave.

L'homme dans la cage se leva et s'avança sous la lumière de la lanterne de manière que son corps entier fut visible. Un sourd murmure parcourut l'assistance. Du sommet du crâne à la plante des pieds, l'homme était intégralement couvert de tatouages, une litanie de glyphes étranges. Il regardait la foule avec une expression où se mêlaient la curiosité et l'indifférence.

« Voici Proteus, ainsi que nous l'avons appelé », dit Monsieur Loyal, ses yeux scrutant de haut en bas l'homme tatoué. Celui-ci ne semblait pas s'en soucier. Monsieur Loyal se tourna de nouveau vers le public. « Il constitue le premier miracle que vous verrez de vos yeux ce soir. »

Le public s'agita un peu.

« À présent, messieurs, je veux vous parler de Proteus. C'est un païen sauvage d'une lointaine île du Pacifique, trouvé par un navire baleinier de Nantucket, l'habitant solitaire de son île tropicale personnelle. Il ne parle pas un seul mot d'aucune des langues civilisées dont nous avons connaissance. Ses curieuses capacités ne se sont révélées que bien tardivement. Le navire baleinier qui l'a découvert a lui-même été retrouvé à la dérive au large des côtes du Chili, sans un seul homme ni une seule bête en vie à son bord. Il ne restait plus à bord du navire que notre sauvage, Proteus ici présent. » Un sourire glissa sur le visage du maître de piste. « Pour ce miracle, j'aurai besoin d'un volontaire dans le public. » Il pointa sa canne vers un ivrogne assis au premier rang. « Vous, monsieur. Approchez. »

Marmonnant des paroles inintelligibles, l'homme se leva en titubant et grimpa sur la scène.

D'une main ferme, Monsieur Loyal le guida vers le païen en cage. « À mon signal, vous regarderez Proteus dans les yeux et ferez un geste.

— Un geste ? grogna l'infortuné volontaire.

— C'est cela, remuez, répondit le maître de piste. Agitez les bras ou tapez des pieds. »

L'ivrogne haussa les épaules. « Si vous le dites.

— Regardez bien ! » dit Monsieur Loyal. Il claqua des doigts et, à son signal, le volontaire s'avança vers la cage et attendit. Après un instant, Proteus tourna le regard vers l'individu qui s'était approché de lui. Le sauvage tatoué saisit les barreaux de fer et se pencha en avant. Les deux hommes se fixèrent pendant ce qui sembla une éternité. Hésitant, le volontaire leva un bras en une sorte de salut étrange. Proteus leva à son tour son propre bras pour imiter le geste du volontaire, un peu à la traîne, comme un reflet au ralenti dans un miroir trouble. Ensuite, l'homme abaissa le bras et Proteus fit de même, le délai entre leurs gestes s'amenuisant. À l'unisson, ils clignèrent des yeux, ouvrirent et refermèrent la bouche, levèrent et abaissèrent les membres. Chacun synchronisait de mieux en mieux ses mouvements avec ceux de l'autre. Et puis cela se produisit.

Ce fut si rapide que tout d'abord Ming ne remarqua rien; et le temps qu'il soit capable de formuler ce qui s'était passé précisément, l'effet s'était déjà évanoui. Proteus se tenait dans la cage comme il l'avait toujours fait, et le volontaire était à l'extérieur comme il l'avait toujours été. Mais, et de façon indéniable, un bref instant, ce n'avait plus été Proteus dans la cage; un bref instant, ce sauvage nu et tatoué était devenu le double exact de l'individu à l'extérieur de sa cage, de telle sorte que Proteus lui-même avait complètement disparu.

Le volontaire recula en titubant sous l'effet du choc et s'étala sur la scène. À côté de Ming, l'ancien prêtre restait immobile, la bouche grande ouverte de stupéfaction. Plusieurs personnes dans l'assistance poussèrent des jurons et se levèrent d'un bond, leurs bancs raclant la poussière. L'un des hommes sortit son revolver et l'agita en l'air, mais, même en état d'ébriété, Ming savait bien que c'était là un acte gratuit. Monsieur Loyal appela l'assistance à se calmer, à se détendre, et un à un les spectateurs reprirent leur place. Celui qui avait dégainé son arme la remit dans son étui. Proteus se tenait sereinement à l'intérieur de la cage, inchangé.

«Merci, mon bon monsieur», dit le maître de piste en aidant l'ivrogne étendu sur la scène à se relever.

Le visage du volontaire exprimait encore la peur et Monsieur Loyal fit un geste avec sa canne, lui signifiant de retrouver sa place. Les machinistes ressortirent des coulisses et, en grognant tout bas, ils traînèrent la cage vers la pénombre.

Une petite silhouette fit alors son entrée sur la scène dans la lumière des lanternes. C'était un jeune garçon. Monsieur Loyal glissa sa canne sous le bras et, des deux mains, guida l'enfant par les épaules jusqu'au milieu de la scène.

« Voici Hunter Reed, déclara-t-il. Il constitue le deuxième miracle que vous verrez de vos yeux ce soir. » Monsieur Loyal se baissa afin que son visage se trouve face à celui du garçon, l'examina un instant avant de s'adresser à nouveau au public. « Comme vous le constaterez bientôt, le miracle de Hunter Reed doit être entendu plutôt que vu. Car ce garçon est le premier et le seul véritable ventriloque au monde. » Le maître de piste agita les mains pour dessiner une série de signes impénétrables. Le garçon hocha la tête et tendit en avant ses bras minces, les paumes ouvertes vers le public. « Vous remarquerez de vous-mêmes qu'il vient à nous les mains vides, sans marionnette, sans accessoires pour l'aider à tenir sa promesse de ventriloquie. Et ceci, pour une bonne raison.» Monsieur Loyal afficha un large sourire et ses mains esquissèrent un nouveau geste plus complexe, que Ming eut grand mal à suivre.

Le garçon baissa les bras et hocha de nouveau la tête. « Je m'appelle Hunter Reed », dit-il. Ou parut-il dire, car ses lèvres ne bougèrent pas. « Quand j'étais petit, j'ai contracté une violente grippe. Mes parents ont commencé les préparatifs pour mon enterrement. Mais le quatrième jour, ma fièvre est tombée et, par la grâce de Dieu, je me suis complètement rétabli. Ma chère mère et mon cher père, eux, n'ont pas eu la même chance. Ils ont contracté la même fièvre que moi et sont morts à quelques heures d'intervalle, peu de temps après. »

Les mots provenaient de partout et de nulle part à la fois. La voix du garçon résonnait, forte et claire, dans la tête de Ming. L'ancien prêtre assis à côté de lui arborait une expression confuse et craintive.

« La fièvre m'a rendu sourd et muet, dit le garçon. Mais j'ai découvert que je pouvais encore parler, et que les gens pouvaient encore m'entendre.

— Messieurs, fit Monsieur Loyal, il n'y a ici aucune tromperie. Ce n'est pas un tour joué à vos oreilles. C'est notre deuxième miracle, le véritable ventriloque. »

Le garçon fit une révérence. Quelqu'un dans l'assistance l'appela et lui demanda s'il avait des frères et sœurs comme lui, mais il ne répondit pas.

« Il n'entend rien du tout », s'exclama un autre spectateur stupéfait. Un troisième s'inquiéta de l'affreux silence qui devait régner dans la tête du garçon.

Puis celui-ci se mit à chanter, et sa chanson retentit dans l'esprit de Ming. Il démontra qu'il pouvait chuchoter aussi bien que crier. Il démontra qu'il pouvait choisir de parler à une seule personne, ou à deux ou trois, ou à toutes les personnes présentes. Quand il eut terminé, Monsieur Loyal le regarda et lui adressa un signe. Le garçon fit une dernière courbette et souhaita une bonne soirée à l'assistance.

Alors, le maître de piste annonça le troisième miracle. Leur dernier miracle, dit-il, était aussi le plus impressionnant. Il avait provoqué des évanouissements chez les hommes comme chez les femmes, mis les chevaux en état de panique et suscité des accusations de sorcellerie et des cris de terreur parmi les spectateurs. Des coulisses obscures sur le côté de la scène apparut la femme qui avait amené Ming au spectacle de magie. Elle était vêtue d'une robe diaphane et portait dans une main une torche et dans l'autre une carafe de cristal qui scintillait sous la lumière dansante de sa torche. Ming l'observa, médusé.

« Messieurs, dit le maître de piste en faisant tournoyer sa canne, je vous présente, pour votre considération, le troisième et dernier miracle que vous verrez de vos yeux ce soir. » D'une main tendue, il fit un signe à la femme qui tenait la torche et la carafe et commença à se retirer vers les coulisses. « La femme ignifugée », annonça-t-il.

La femme fit décrire un arc de cercle à sa torche, dessinant une courbe de chaleur et de lumière. Elle rapprocha la flamme du sol, où celle-ci se répandit et vint lécher la poussière. Puis, elle en balaya l'air devant les spectateurs assis tout près d'elle, qui eurent un mouvement de recul. Un machiniste apporta alors un modeste bûcher de petit bois et de broussailles et le mit en place sur la scène. La femme ignifugée leva sa torche en l'air et s'approcha du bûcher d'une démarche théâtrale.

« Je vais à présent vous prouver que cette flamme est bien réelle », déclara-t-elle. Elle toucha le petit bois de l'extrémité de la torche et, presque aussitôt, du bûcher jaillirent gerbes de flammes et langues de feu ondulantes. « Du vrai feu », dit-elle. Elle posa la carafe de cristal à ses pieds et, tenant la torche près de son corps, elle fit danser sa main libre à travers la flamme, avec une lenteur presque exagérée, une lenteur à la limite de la crédibilité. Elle sourit au public et le souffle de Ming se coinça dans sa gorge. « Je ne brûle pas, dit la femme tout en se penchant pour récupérer la carafe. Je ne *peux pas* brûler », assura-t-elle.

D'un seul geste souple, elle déboucha la carafe avec son pouce et la leva au-dessus de sa tête, puis la renversa. Le contenu liquide se déversa sur elle et imprégna sa robe, soudain lourde et translucide, de sorte que les courbes de son corps devinrent visibles à la lueur vacillante du feu. Il ne fallut pas plus d'une seconde pour que les vapeurs se propagent jusqu'aux bancs ; quand elles atteignirent Ming, celui-ci sut que c'était du kérosène. Il fut saisi d'une pulsion inconsciente, se lever d'un bond et l'arrêter. Dégoulinant de kérosène qui chatoyait sur son corps, la femme ignifugée laissa tomber la torche à ses pieds et elle s'enflamma. Par réflexe, les spectateurs au premier rang eurent un mouvement de recul et manquèrent de renverser leurs bancs. Le public poussa de grands cris alarmés.

Ming regardait fixement, comme paralysé, la femme ignifugée enveloppée de flammes, et à cet instant précis, celle-ci posa un index brûlant sur ses lèvres incandescentes : *faites silence à présent, et voyez plutôt*, tout se passait comme prévu pour elle. Sa robe se consumait en braises volatiles et elle se tint là, nue et absolument intouchable face à son public encore sous le choc. Elle joignit les deux mains et s'inclina, puis ramassa à nouveau sa torche. À ce moment précis, le feu se mit à crépiter le long de son corps gracile, à serpenter et se tordre en petites vagues de flammes. Alors, elle plaqua une main sur sa torche et étouffa la flamme. En un instant, femme et torche s'étaient éteintes, ne laissant plus qu'une obscurité totale et froide. On avait éteint les lanternes et les lumières de la scène. Dans cette brusque obscurité, Ming entendit la femme quitter la scène à pas feutrés, puis les machinistes s'activer, enfin le bruit des bottes du maître de piste qui revenait sur scène.

L'un des machinistes ralluma une lanterne et Monsieur Loyal apparut devant eux, l'air vaguement soulagé. « Merci », dit-il simplement, et le spectacle se termina. Le type assis à côté de Ming se mit à lancer des bravos et bien vite les autres spectateurs l'imitèrent.

Ming resta un moment à sa place tandis que le public se clairsemait et se dispersait. Il était presque tenté d'aller parler à la femme ignifugée, de lui dire à quel point elle lui était familière, de la prendre dans ses bras et de l'appeler par le nom d'une autre. Ming se leva de son banc et aussitôt une vague de nausées le força à se rasseoir. Il était toujours complètement ivre. À nouveau, il essaya de se lever mais à nouveau il dut s'asseoir, en prenant de lentes et profondes inspirations. Il referma les yeux et le monde chancela. Il se demanda si la femme ignifugée comprendrait s'il lui avouait à quel point elle lui rappelait son Ada, dont le visage n'était désormais plus pour lui qu'un souvenir flou. D'ailleurs, ce n'était pas tant que toutes deux se ressemblaient, pas exactement, mais plutôt qu'elles paraissaient des variations de la même forme. Il se sentit tomber, ou peut-être glisser, vers l'avant ou vers l'arrière, il ne savait pas, ne s'en souciait pas, au bout du compte, chaque mouvement tendait vers le bas, tout mouvement avait toujours tendu vers le bas. Sa tête vint se poser sur la terre fraîche avec une secousse étouffée et indolore. Un moment, ou bien mille moments, s'écoulèrent ; puis des mains le tirèrent par les bras, on le redressa et, le bras drapé autour d'une petite silhouette à côté de lui, il se mit en marche.

12

On le secoua pour le réveiller. Ming ouvrit les yeux sur le prophète penché au-dessus de son lit, sa main très ancienne posée sur une de ses épaules endolories. Il était de retour à l'auberge, de retour dans le lit. La pièce était baignée d'une faible clarté bleutée. L'aube approchait. Comment était-il revenu ici ?

« Vite, mon enfant, dit le prophète. La violence est à sa recherche. Tu dois y aller. »

Sans l'interroger, Ming sut que le prophète parlait de la femme ignifugée. Il se leva et se rendit compte qu'il portait toujours son ceinturon. D'instinct, il passa ses mains sur le métal froid et rassurant de son revolver et de son crampon de rail. « Attends-moi ici, dit-il au prophète.

— Je dois t'accompagner, il le faut », insista le vieil homme.

Ming commença à protester mais se reprit. Il n'y avait pas de temps pour cela.

Ils sortirent de la pièce, descendirent les escaliers et franchirent la porte, le prophète en tête. Sous la lumière étrange qui filtre peu avant chaque aube dans le désert, les contours des bâtiments et des enseignes qui les coiffaient semblaient appartenir à un autre monde plus subtil. Des formes floues à quarante pas de distance se changeaient en hiéroglyphes une fois à vingt pas, puis en mots à cinq pas. Ils dépassèrent le saloon et le palais de justice, l'école, l'église. Le prophète empruntait des ruelles inconnues de Ming. Ou peut-être était-il ivre et ne s'en souvenait-il plus. Enfin, ils arrivèrent devant la portière en toile de la tente du spectacle de magie et le prophète demanda à Ming de prendre son arme, pas le revolver, le crampon, et de se mouvoir sans bruit. Ming obéit. Ensemble, ils écartèrent les pans de toile et plongèrent à l'intérieur.

La tente était sombre, à l'exception d'une unique lanterne qui brûlait doucement au centre de la scène. Sous cette faible lumière, Ming pouvait à peine distinguer les bancs vides où, quelques heures plus tôt, il s'était affalé dans une nausée alcoolisée. Il descendit l'allée et traversa la scène, passant devant la tache sombre sur le sol, la terre encore humide de kérosène du troisième miracle. Le prophète restait en arrière, s'attardant près de l'entrée. Ming eut un souvenir de la femme ignifugée au milieu des flammes, si belle que même l'évoquer était une douleur.

Il fut tiré de sa rêverie par des murmures étouffés provenant de derrière le rideau. Une voix d'homme qu'il n'était pas encore totalement capable de reconnaître. Il écarta le tissu noir et se glissa dans les coulisses. La litanie floue devenait plus claire à mesure qu'il se déplaçait dans l'obscurité. De-ci de-là, il réussissait à distinguer les mots que l'homme prononçait. « Blasphémateurs. C'est l'œuvre du diable. » Enfin, Ming aperçut la source de la voix. Une silhouette avachie, un revolver dans une main et une bouteille de whiskey dans l'autre, se déplaçant de manière instable. Ming avait reconnu la voix dans l'ombre, à présent. C'était le prêtre défroqué, son col et sa soutane tout chamboulés. Il avançait en titubant vers les pièces aux cloisons de toile, à l'arrière de la tente. Les quartiers des artistes.

« Tuez-le. » Un chuchotement insistant.

Ming tourna la tête, mais il ne vit le prophète nulle part.

« Tuez-le », répéta la voix. Ming balaya l'obscurité du regard. Il n'y avait personne en dehors de lui et du prêtre défroqué. En un éclair, il réalisa que c'était la voix désincarnée du deuxième miracle, le jeune Hunter Reed, le seul véritable ventriloque.

« Par pitié, monsieur, dit le garçon. Vous devez le tuer. Ou bien il la tuera. Il nous tuera tous. »

L'ancien prêtre cessa d'un coup de maugréer et s'arrêta dans son élan, comme si lui aussi avait entendu la voix. Il secoua la tête en arcs de cercle larges et paresseux. « Mon esprit me joue des tours », grommela-t-il, avant de lever sa bouteille de whiskey et de boire une rasade profonde. Quand il eut terminé, il haletait. Il regarda encore autour de lui et, ne voyant rien, revint à son projet de meurtre, le souffle lent et lourd. Le restant de son whiskey clapotait au fond de la bouteille à mesure qu'il se déplaçait et que ses pas écrasaient doucement la terre battue.

À croupetons, Ming s'approcha de l'homme par-derrière, marchant quand celui-ci marchait, l'imitant pas à pas.

« Blasphémateurs, répéta le prêtre défroqué. De faux prêtres, des insultes immondes envers Lui et envers Sa gloire. »

Ming ajusta sa prise sur son crampon de rail. Le fer commençait à se réchauffer à l'endroit où sa main le serrait.

« Ne suis-je donc pas encore un homme de Dieu ? demanda tout haut l'ancien prêtre. Ne suis-je pas encore sacré ? »

Une fois à deux pas, Ming abandonna sa position accroupie et se détendit comme un ressort. Il se jeta sur l'homme, passa un bras autour de sa gorge et lui serra la trachée tout en l'attirant en arrière, vers la pointe du crampon qui l'attendait. Le prêtre défroqué n'émit qu'un léger soupir quand Ming enfonça la pointe à travers ses haillons, puis profondément, dans son dos. La bouteille et le revolver glissèrent des doigts de l'homme et roulèrent sur le sol. Les yeux fous, les pieds battant de plus en plus lentement et soulevant de petites dunes dans la poussière, son regard devint finalement vitreux et alors Ming le laissa choir de tout son poids sur le sol. Ming tendit une main vers lui, dégagea son crampon et l'essuya sur la chemise souillée de sang du mort.

Sa tête lui faisait encore mal à cause de son ivresse nocturne et il s'assit à côté du cadavre de l'ancien prêtre. « Prophète, appela-t-il. Où es-tu ?

— Merci », dit une voix. Hunter Reed.

La portière d'une des pièces aux murs de toile s'ouvrit, laissant passer la lueur d'une lanterne. Ming rengaina son crampon et se leva. Sept personnes apparurent : le maître de piste, le sauvage tatoué, le jeune garçon, la femme ignifugée, les deux machinistes encore vêtus de noir et, à la surprise de Ming, le prophète lui-même.

« Vieil homme, comment diable as-tu... ? commença Ming.

— Ming Tsu, l'interrompit Monsieur Loyal. Enchanté. » Il s'avança, main tendue.

En un instant, Ming avait dégainé son arme et relevé le chien. « Arrêtez-vous là et causez plutôt, dit-il.

— Bien sûr, monsieur Tsu, dit le maître de piste, avançant toujours. Je suis certain que c'est une surprise pour... »

Ming fit feu sur le sol à trois pas de ses pieds en guise d'avertissement. « Arrêtez-vous là, l'ami. »

Monsieur Loyal s'arrêta et sourit. « Mes excuses, monsieur Tsu. Je suis tout simplement heureux de faire officiellement votre connaissance ce soir. »

Ming réarma son revolver, en gardant en joue la poitrine du maître de piste.

« Votre compagnon est venu vers nous, dit-il, en désignant du geste la silhouette du prophète qui se tenait dans l'ombre derrière lui. Hazel Lockewood, ici présente, vous a aidé à regagner votre auberge après le spectacle. Elle vous a confié aux bons soins de votre ami. »

La femme ignifugée hocha la tête.

« Il est dans la nature des miracles d'en attirer d'autres comme eux, dit Monsieur Loyal. Les miraculés reconnaissent leurs semblables.

— J'ai senti que le prophète n'était pas un homme ordinaire, dit Hazel de sa voix si familière pour Ming. Il m'a parlé de son don et je lui ai parlé du mien. Il a dit que nous passerions dans la boussole de la mort, ce soir.

— La boussole de la mort ? demanda Ming.

— Il a dit que nous pourrions très bien mourir ce soir », confirma Monsieur Loyal avec gravité.

Ming tapota légèrement le canon de son revolver avec son doigt. « Vous le pourriez encore.

— Assez », dit une voix très ancienne. Le prophète s'avança. « Rengaine ton arme.

— Prophète...

— Nous sommes entourés d'amis, ici, mon enfant. »

Ming ne bougea pas.

Le prophète s'écarta du groupe, passa devant Monsieur Loyal, dépassa le trou dans la terre, là où le projectile de Ming s'était enfoncé. Il s'arrêta devant Ming et, posant un doigt noueux sur le canon, il abaissa l'arme. « Homme sans limites, dit-il, on fait appel à nos services.

— Nous sommes en partance pour Reno, dit Monsieur Loyal. Notre troupe compte six membres : moi-même, Hazel Lockewood, Hunter Reed, Proteus, et mes deux machinistes, Antonio Gomez le Mexicain et Notah le Navajo. » Il fit un geste vers chacun d'eux en citant leur nom. « Mais aucun d'entre nous ne sait combattre comme il se doit. Je suis prêt à payer plus que le juste prix pour votre compagnie et votre protection durant nos voyages. On m'a dit que vous connaissiez mieux que quiconque les périls qui peuvent se présenter à nous, entre cette tente et Reno. Des hors-la-loi. Des Indiens. » Il jeta un coup d'œil à la forme recroquevillée de l'ancien prêtre mort. « Des fanatiques désabusés, des fous en armes.

— Qui vous a dit que j'étais en route pour Reno ? demanda sèchement Ming.

— La Californie, intervint Hazel. Il veut se rendre en Californie. »

Elle regardait fixement Ming. Le prophète avait dû le lui dire, devina-t-il.

Monsieur Loyal étudia un instant le visage de Ming avec une vague expression de curiosité. « Qu'y a-t-il donc, en Californie ?

— Ce n'est pas votre affaire », dit Ming.

Le maître de piste eut un sourire poli. « Peu importe. Il n'existe pas de meilleur moyen de traverser les sierras, monsieur Tsu, que d'aller vers l'ouest en partant de Reno sur ce chemin de fer que vous-même avez aidé à construire.

— J'aurai besoin d'argent pour les chevaux et les selles, dit Ming. Et les munitions.

— Bien entendu », dit Monsieur Loyal en faisant claquer sa langue et en fourrant sa canne sous son bras. Il plongea une main dans sa poche poitrine et en retira une liasse de billets. « Je peux vous procurer toutes les fournitures et provisions dont vous aurez besoin. En ce qui concerne votre rémunération, poursuivit-il en détachant un certain nombre de billets, je peux vous offrir huit cents dollars. » Il tendit l'argent à Ming.

Ming ignora les billets. Il comptait les kilomètres, les jours, traçait des itinéraires sur des cartes dont il ne se souvenait qu'à moitié. Il y avait le shérif Dixon à Unionville, le juge Kelly à Reno. Abel et Gideon Porter à Sacramento, et Ada qui l'attendait là-bas. Il pensait qu'il irait plus vite tout seul, avec le vieil homme seulement. Il pourrait se trouver une paire de chevaux, les attacher l'un à l'autre, progresser à un bon rythme. Par l'enfer, il pourrait même rejoindre Unionville en dix jours, s'il choisissait des montures solides et s'il y avait bien assez d'eau pour elles. Mais les chevaux n'étaient pas bon marché, et les selles non plus.

« S'il vous plaît », dit enfin Hazel, interrompant ses pensées.

Sa voix était calme et pressante et, malgré lui, Ming sentit que sa résistance se relâchait. « D'accord, céda-t-il. Mais je ne vais pas directement à Reno.

— Très bien, dit Monsieur Loyal.

— Et je décide où l'on va et de quelle manière on y va.

— Certainement », dit Monsieur Loyal. Il offrit de nouveau l'argent à Ming.

Ming rangea son arme et se frotta le visage avec les mains. « Très bien, alors », dit-il, et il tendit la main vers les billets.

D'un habile mouvement du doigt, Monsieur Loyal divisa les billets dans sa main en deux. « La moitié maintenant, l'autre moitié à la livraison », dit-il. Une pensée parut lui venir et il compta quelques billets de plus et les tendit à Ming. « Tenez, dit-il. Voici pour les fournitures et les chevaux. » Alors, un large sourire s'inscrivit sur son visage. « Fantastique, monsieur Tsu. Vous avez obtenu des résultats exceptionnels, ce soir. Nous nous chargerons du corps. Rassemblez vos affaires. Nous partons demain à midi. »

13

Il s'éveilla après quelques heures à peine d'un sommeil agité pour trouver le prophète debout, immobile, au centre de la pièce.

« Prépare-toi », lui dit le vieil homme.

Le sang séché du prêtre défroqué tachait encore les mains de Ming par endroits. Il descendit sur les berges de la rivière, se courba au-dessus de l'eau froide et y plongea les mains. Les gouttelettes de sang du prêtre s'épanouirent en minuscules fleurs rouges avant que l'eau ne les emporte. On entendit un battement d'ailes dans les airs et presque aussitôt un énorme corbeau noir descendit vers le sol et se posa dans les broussailles près de l'endroit où Ming s'était penché pour se laver les mains. Ils se regardèrent pendant un petit moment.

« Bonjour », lui dit Ming avec quelque méfiance.

Le corbeau inclina la tête de côté. Ming baissa le regard sur ses mains engourdies par le froid et maintenant propres et les essuya sur sa chemise. Le corbeau ne bougea pas.

« J'ai tué un homme hier, dit Ming d'une voix légère.

C'était un prêtre, autrefois. » Il se leva et s'épousseta. « J'espère que ça ne te dérange pas trop. »

Le corbeau ouvrit son bec comme pour parler, mais il hésita, ne sachant apparemment pas ce qu'il pourrait bien dire. Au bout d'un moment, il referma son bec, fit un léger signe de tête et s'envola.

Midi sonnant approchait quand Ming eut fini d'acheter des munitions, deux chevaux et deux selles. Il avait choisi un jeune cheval bai cerise pour lui-même et un pinto plus petit pour le vieil homme. Il attacha le pinto à son propre cheval et s'en retourna à l'auberge, où il récupéra le prophète, et tous deux chevauchèrent jusqu'au spectacle de magie. La tente avait été démontée et Gomez et Notah fixaient la cage de Proteus, avec son occupant à l'intérieur, sur le toit d'une diligence. Monsieur Loyal parlait par signes à Hunter, ses mains décrivant de temps à autre des gestes compliqués. Il lui parlait sans émettre le moindre son. L'énorme silhouette tatouée de Proteus se tenait accroupie dans sa cage, ses yeux sombres regardaient les machinistes qui finissaient de passer des cordes à travers les barreaux.

« Monsieur Tsu », appela le maître de piste. Il avait terminé sa conversation avec le jeune garçon et venait serrer la main de Ming. « Vous arrivez juste à temps. Nous partirons dès que Gomez et Notah seront prêts. »

Ming désigna du geste les chevaux derrière lui. « Moi et le prophète, nous sommes prêts.

— Très bien. » Monsieur Loyal se tourna vers le vieil homme. « Qui donc va mourir aujourd'hui ? »

Le prophète lui sourit poliment. « Aucun d'entre nous.

— Excellent.

— Un homme arrive », dit le prophète.

Ming regarda dans la direction de la rue principale, mais ne vit personne. Sa main glissa vers son étui.

« Tout doux, mon enfant, l'avertit le vieillard, comme s'il avait vu son geste.

— Qui est-ce ? demanda Ming à voix basse.

— Un représentant de la loi. »

Juste à cet instant, le bruit de sabots se fit entendre sur la route de terre battue, et la silhouette d'un cavalier émergea de la poussière. Quand l'homme fut plus près, il descendit de cheval et attacha sa monture. Une étoile de cuivre brillait au revers de sa veste. Ming laissa sa main à l'écart de son arme.

« Messieurs, dit le shérif.

— Un bon après-midi à vous, dit Monsieur Loyal. Que pouvons-nous faire pour vous, monsieur ? »

Le shérif plissa les yeux, l'inspectant de près. « Miss Abigail dit que son mari n'est pas rentré à la maison hier soir. J'ai posé quelques questions et il semble bien que le dernier endroit où on l'ait vu, c'est votre spectacle de magie. Il devait être fin saoul. Un grand type tout maigre. Son nom, c'est Jim Thornton. Il était prêtre, dans le temps. Vous vous souvenez de quelqu'un de ce genre ?

— Je ne peux pas dire que je m'en souvienne, shérif, répondit le maître de piste. Il y a toutes sortes de gens dans l'assistance, chaque soir.

— Et ces hommes que vous employez ? demanda le shérif. Vous avez confiance en eux ?

— Une confiance absolue. »

Pour la première fois, le shérif sembla remarquer Ming et ses yeux parcoururent sa silhouette de haut en bas. « Votre Chinois a du sang sur les bottes, monsieur. »

Ming ne dit rien. Il ne bougea pas.

« John, dit le shérif en dévisageant Ming. Tu as vu un homme d'Église, toi, hier ?

— Il ne parle presque pas l'anglais », l'interrompit Monsieur Loyal.

Le shérif l'ignora, joignit les mains en guise de prière et accrocha un index à son col pour imiter une soutane. « Toi avoir vu homme d'Église ? Hier ? Tu me comprends ?

—Shérif, dit Monsieur Loyal, d'un ton plus ferme cette fois. Ça ne sert à rien de lui parler.

— J'ai bien l'intention de causer à ce Chinetoque, dit le shérif, et je vous conseille de vous tenir tranquille. » Il leva un sourcil sur le maître de piste, puis pivota vers Ming. « John, reprit-il.

— Je ne m'appelle pas John », grogna Ming, la voix grave et dangereuse.

Les yeux du shérif s'illuminèrent, triomphants. « Ah ! le Chinetoque parle ! railla-t-il.

— Notah », appela Monsieur Loyal.

Le machiniste apparut aux côtés du maître de piste tel un spectre que l'on vient d'invoquer, ses longs cheveux noirs tirés en arrière en une queue de cheval serrée.

« Cet homme est l'un de mes machinistes, dit Monsieur Loyal. Si ce prêtre dont vous parlez avait été dans le public hier soir, il l'aurait vu. »

Le shérif semblait irrité par l'arrivée de Notah. Il porta la main à sa ceinture et la posa sur son holster, observant toujours Ming d'un air soupçonneux. « Je vais emmener votre Chinois, dit-il enfin, et il tendit la main pour prendre Ming par le bras. Allez, mon garçon, suis-moi.

— Monsieur le shérif, intervint Notah. Qui est l'homme que vous cherchez ?

— Jim Thornton », répondit le shérif, presque distraitement, ses pensées semblant maintenant tournées ailleurs. Il fronça les sourcils et regarda Ming plus attentivement, puis retira sa main tendue et la contempla longuement, comme s'il se rappelait soudain qu'il s'agissait bien de sa propre main et non de celle de quelqu'un autre. Sa concentration diminuait.

« Jim Thornton, répéta Notah.

— Oui », dit le shérif d'une voix traînante. Ses yeux avaient du mal à accommoder. Des gouttes de sueur commençaient à briller sur son front. « Sa femme a dit qu'il n'était pas rentré à la maison. » Il marqua une pause, puis secoua la tête.

« Shérif, dit Notah, Je ne pense pas que Jim Thornton soit jamais venu ici. » Sa voix était douce et insistante et ses yeux brillaient étrangement dans la lumière du soleil. « Personne ne l'a vu ici.

— Personne ne l'a vu ici, répéta le shérif, en transe.

— Ni hier soir ni aucun autre soir, dit Notah.

— Ni hier soir ni aucun autre soir, répéta le shérif, comme s'il se réveillait continuellement d'un rêve.

— Je suppose qu'il y a d'autres choses dont vous devez vous occuper, shérif, dit Notah.

— C'est exact », répliqua le shérif. Lentement, comme s'il se déplaçait dans de l'eau, il se tourna vers la sortie. « Je m'excuse, monsieur. » Il cligna des paupières et plissa les yeux sous l'effet de la lumière de l'après-midi. « Je ne voulais pas porter des accusations envers votre compagnie, monsieur.

— Mais bien sûr », dit Monsieur Loyal avec un léger sourire.

Le shérif enfourcha son cheval et l'éperonna au trot. L'homme et sa monture semblaient comme frappés d'hébétude. Ming se retourna pour demander à Notah ce qu'il avait fait au shérif, mais le machiniste était déjà reparti arrimer la cage de Proteus sur la diligence.

« Heureuse que tu sois revenu. » C'était Hazel, debout derrière lui.

« Bien sûr, dit -il. Tu pensais que j'allais accepter l'argent et prendre la fuite ?

— Il vous a déjà vu auparavant, dit le prophète à Hazel.

— Tout le monde a déjà vu tout le monde », dit Hazel. Elle regarda Ming, puis le prophète. « Il n'y a pas d'étrangers sur cette terre. »

Les machinistes sifflèrent à grand bruit.

« Venez, dit Monsieur Loyal. En route pour Carlin. »

14

Dans le rougeoiement de la fin d'après-midi, ils chevauchèrent vers l'ouest le long de la rivière Humboldt aux eaux chargées de limon et d'écume. Les rails du chemin de fer couraient tout droit le long de cette rivière qui s'anastomosait sans cesse et étincelaient dans la lumière oblique. À dix kilomètres d'Elko, le maître de piste força les chevaux de trait qui tiraient la diligence à faire halte et demanda au groupe de se reposer un moment sur les rives du fleuve. Peu après, les machinistes se mirent au travail pour défaire les nœuds qui retenaient la porte de la cage de Proteus.

Surpris, Ming demanda s'ils le laissaient sortir.

« Oui, en effet, répondit Monsieur Loyal. Si c'est un sauvage et un païen, ce n'est pas un assassin pour autant. Et même si c'était le cas, dit-il avec un clin d'œil à l'intention de Ming, il semblerait que ça ne nous pose guère de problème de laisser les assassins se promener en toute liberté.

— Je suppose que non », dit Ming.

Les machinistes défirent les derniers nœuds et firent glisser les lourds verrous de fer et, dans un grand fracas, la porte s'ouvrit. Proteus se leva du coin où il était assis, balança les pieds par-dessus le bord de la cage et se laissa tomber sur le sol. Gomez lui tendit un pantalon et une chemise en coton fin et Proteus s'habilla. Monsieur Loyal s'approcha, main tendue, le sauvage prit la main du maître de piste et tous deux se regardèrent un moment. Alors, en une fraction de seconde, comme cela s'était produit le soir du spectacle de magie, Proteus se transforma. Deux Monsieur Loyal identiques se tenaient à présent à côté de la diligence, l'original uniquement reconnaissable à ses vêtements et à sa canne.

« Les amis », dit le double avec la voix de Monsieur Loyal. De la tête, il fit un signe de déférence à Hazel. « Madame.

— Bon retour parmi nous, lui dit Gomez.

— Monsieur Tsu, dit le double du maître de piste. Je n'ai pas eu l'occasion de vous remercier pour ce que vous avez fait pour nous. » Il s'approcha de Ming assis sur son cheval, et lui tendit la main pour qu'il la serre. « Quel plaisir de faire votre connaissance.

— Plaisir partagé », répondit Ming. Puis, presque après coup : « Comment faut-il vous appeler ?

— Proteus », répondit le sauvage transformé, et il s'éloigna en sifflotant pour lui-même.

« C'est moins risqué pour nous quand il a l'air plus civilisé, dit le maître de piste. On n'attire pas autant l'attention, ainsi. Et il peut parler, lui aussi, quand il duplique quelqu'un qui sait parler. Ça rend les choses plus faciles pour nous tous. » D'une main, il protégea ses yeux du soleil pendant que Proteus aidait Notah et Gomez à refermer la porte de la cage vide et à la maintenir en place avec des cordes. « À ses débuts avec nous, on a essayé de lui faire dupliquer toute la troupe pour voir quelle forme il préférait. » Il désigna du geste l'intérieur de la diligence, où dormait Hunter, la tête sur les genoux de Hazel. « Mais voyez-vous, quand il a dupliqué Hunter, il ne pouvait plus parler du tout, pas même comme le garçon. » Il sourit à Ming. « Avez-vous déjà vu assez de miracles comme cela, monsieur Tsu ? lui demanda-t-il.

— Je ne les ai pas comptés », répondit Ming. Il rajusta le bord de son chapeau et remit son cheval au pas, après un dernier coup d'œil au double tout neuf du maître de piste. « Allons-y. »

Le groupe poursuivit sa route, Ming et le prophète en tête, un cheval attaché derrière l'autre, le reste du groupe marchant à côté de la diligence qui avançait en cliquetant sur le sol accidenté. Quand la nuit les rattrapa enfin, ils dressèrent un campement au bord de la rivière et firent un petit feu avec des branches vertes qui dégageaient une fumée si épaisse et si âcre que leurs yeux pleuraient même s'ils se tenaient le dos au vent. Ce n'était pas si grave, dit le prophète, ses yeux aveugles brillants de larmes, parce que la fumée tenait aussi les insectes à distance. De temps en temps, Hazel passait la main dans les flammes pour remettre dans le feu une branche tombée de côté et la branche craquait et éclatait en fragments chargés d'humidité, crachant des langues de feu qui couraient tout le long.

Un moment, ils restèrent assis en silence autour du feu, se déplaçant parfois d'un côté ou de l'autre pour éviter la fumée qui virevoltait quand le vent changeait de direction.

« Notah, demanda Ming. Qu'as-tu donc fait à ce shérif, à Elko ? »

Le machiniste leva les yeux de la terre où il gribouillait à l'aide d'une brindille, et gloussa. « Je ne suis pas sûr de ce que vous voulez dire, monsieur Tsu, répondit-il en feignant l'innocence.

— Allez, raconte.

— Nous sommes tous des miracles ici, ajouta Hazel en souriant. Et Notah est un miracle lui aussi.

— Mais non, dit Notah. Je n'ai fait que précipiter ce qui devait arriver. J'ai simplement fait en sorte que ce bon shérif oublie. » Il se pencha en avant, et la lueur du feu donna aux traits de son visage un relief acéré et menaçant. « Je peux faire oublier sa mère à un petit garçon. Oublier son fils à un père. Par les dieux, dit-il, sa voix grave devenant un grondement, je pourrais même te faire oublier ton propre nom. »

Ming se hérissa, saisi par une panique étrange, aussi intense qu'irrationnelle. « Je te tuerais », dit-il à voix basse. Le Navajo lui avait-il déjà enlevé quelque chose ? À tâtons, il fouilla dans le passé, tentant de se rassurer : les routes secrètes à travers les bourbiers inondés de Sacramento, la grimace de Silas, le sourire d'Ada. Comment l'Indien aurait-il pu savoir toutes ces choses ?

« Ça suffit », aboya Hazel.

Notah rit et se pencha à l'écart du feu. « Je ne parlais pas sérieusement, monsieur Tsu. Pour ce qui est de vous faire oublier, je veux dire. Je ne touche jamais aux souvenirs de mes amis.

— Et moi, je suis ton ami ? » railla Ming. Sa terreur était passée, laissant place à de l'irritation.

« Bien sûr. » Notah regarda Ming avec une légère curiosité, le regard sombre et inquisiteur. « Écoutez, monsieur Tsu, je ne voulais pas vous agacer, reprit-il. La mémoire n'est pas parfaite. Mais l'oubli n'est pas parfait non plus. Vous n'avez rien à craindre de moi, l'ami. »

Ils gardèrent un moment le silence.

« Très bien », dit enfin Ming. Il pencha la tête de côté vers Gomez. « Et toi, alors, dit-il. Si vous êtes tous des miracles. Quel est donc le tien ? »

Le Mexicain ne répondit pas. Il nouait des mouches, sa poche de chemise débordant de toutes sortes de plumes colorées. Une plume écarlate et verte dépassait d'entre ses lèvres et, avec deux doigts, il l'arracha de sa bouche et retravailla les touffes irisées pour confectionner une petite couronne de couleur qu'il enroula autour d'un ardillon caché. Quand il eut enfin fini de nouer sa mouche à truite, il la rangea dans une petite boîte en fer-blanc destinée aux appâts. Puis il fouilla dans une poche de son manteau et en sortit un objet qu'il tendit à Ming, la main tremblante. Une paire de dés en os.

Ming les prit et les examina. Les dés étaient taillés dans un os dense de couleur crème et les points de couleur brillaient et étincelaient à la lueur du feu.

« Ce sont des rubis, dit Gomez avec une pointe de fierté. Je les ai gagnés aux dés il y a des années. »

Ming étudia mieux les faces des dés. Des rubis, en effet.

« Yeux de serpent », dit Gomez, et il fit signe à Ming de lancer le dé.

Ming serra les dés dans son poing et les jeta sur le sol. Un et un.

« Rejoue », dit le Mexicain. Il regarda Ming ramasser les dés et les secouer dans sa main. « Quatre et trois », lui dit-il.

Ming jeta à nouveau les dés. Et à coup sûr, quatre et trois.

« Un et six », annonça Gomez.

Ming lança à nouveau le dé. Un et six. « Dieu du ciel, dit-il, impressionné, et il rendit les dés à leur propriétaire.

— Nous avions pris l'habitude de le laisser partir jouer au craps pendant quelques heures, quand l'argent se faisait rare, dit Monsieur Loyal. Mais il s'est fait éjecter d'un trop grand nombre de tripots. N'est-ce pas, Gomez ? »

Le Mexicain souleva sa chemise, révélant une longue cicatrice argentée allant de son nombril à ses côtes. « Certains se sont mis plus en colère que les autres », dit-il en souriant. Il laissa retomber sa chemise et reprit le montage de mouches.

« Avant que vous ne posiez la question, monsieur Tsu, dit le maître de piste, je n'ai aucun miracle personnel à mon actif. » Il pinça la peau de son bras. « Fait de chair et d'os, tout comme vous. » Il se leva et vida sa gourde sur le feu mourant. Les braises sifflèrent et crachèrent de la vapeur. « Il est temps de prendre du repos. »

Cette nuit-là, Ming rêva de la vieille maison qu'il avait habitée avec Ada, avec ses lattes de plancher qui se gondolaient en filant vers les murs, ses chambranles tout de guingois comme autant d'ivrognes rentrant chez eux d'un pas titubant. La lumière entrait par les fenêtres, mais quand il s'en approchait, il ne pouvait rien voir à travers le verre :

une étendue plate de couleur bleue dépourvue de forme ou d'échelle. Il se détourna des fenêtres et erra dans la maison, qui n'était pas semblable à ses souvenirs, des couloirs trop longs, des plafonds trop bas.

Puis il se retrouva dans leur chambre devant le lit en bois de santal qu'il avait porté morceau par morceau en haut des escaliers, quand ils venaient tout juste de s'enfuir tous les deux. Le lit dégageait toujours la même odeur, douce et poussiéreuse, mais la pièce était toute chamboulée, les fenêtres avaient été déplacées et refusaient obstinément de révéler ce qu'il y avait derrière. Il rêvait qu'il descendait encore et toujours les escaliers sans fin, et puis il était dans le salon et Ada assise près de la fenêtre, regardant dans le vide. Il l'appela par son nom et elle se retourna, et sa beauté le soulagea, mais en s'approchant, il ne parvint pas à distinguer ses traits, seulement la sensation émoussée de son expression, et même celle-ci était glissante et fugace, son sourire factice, ses yeux tournés vers les hautes fenêtres, son esprit ailleurs, son visage à la fois familier et différent. Et puis, l'horreur et la peur et la trahison passèrent sur son visage dépourvu de traits et une fois de plus il se retrouva là-bas, transporté dans ce maudit souvenir poli et affûté par ses rêves. Elle avait enfin découvert son ultime secret, ces violences qu'il avait commises, ces vies innombrables qu'il avait fauchées. Elle se détourna et il appela encore une fois son nom, mais cette fois, elle ne parut même pas l'entendre. Il faisait de plus en plus sombre dans la maison, le sentiment d'urgence grandissait, le feu dans l'âtre crachait de la fumée noire à travers la pièce, l'air devenait épais et l'étouffait.

Il tomba à genoux, haletant, et chassa l'air brûlant de ses poumons ; à travers la fumée il pouvait encore voir par les fenêtres le vide bleu sans limites. Ses poumons brûlaient, la maison était en flammes. Il rampa sous la fumée et tira Ada par la main, mais elle ne bougeait plus, et il découvrit alors qu'il ne pouvait pas bouger lui non plus. Dans les murs et sous le plancher, il avait caché des papiers et de l'argent et des armes, et tout cela se consumait, emporté par les flammes jaunes. Il gisait étendu sur le dos, serrant la main de sa femme, tandis que le feu grimpait à toute vitesse le long des murs de leur merveilleuse maison. Il aurait voulu lui dire qu'il était désolé, mais il ne pouvait plus parler, et finalement, il lâcha sa main. La fumée se pressa contre son visage, et il retint sa respiration aussi longtemps qu'il y parvint et enfin, alors que le monde autour de lui virait presque entièrement au gris, il ne put s'empêcher d'ouvrir la bouche et d'aspirer la fumée pure, la cendre atomisée, la suie, les gaz toxiques et la créosote.

Il toussa et toussa et toussa encore et rouvrit les yeux dans la lumière limpide d'un matin neuf dans le désert. Notah était penché au-dessus du foyer creusé dans le sol, s'activant auprès d'un bûcher de branches vertes fraîchement coupées, le vent emportant la fumée du jeune feu jusqu'à l'endroit où Ming était allongé. Il se redressa sur son couchage et s'éloigna de la trajectoire de la fumée, respirant un air pur et froid. Un moment, il resta assis sur la terre nue à ne ressentir rien d'autre que le choc de son rêve qui s'évanouissait tout au fond de lui et disparaissait dans la lumière du jour.

15

Ils voyagèrent tout au long de ces journées incandescentes comme une troupe d'ombres, gardant la rivière sur leur flanc. Ming chevauchait en avant des autres, scrutant de temps à autre l'horizon avec sa lunette d'approche, à la recherche de nuages de poussière qui pourraient révéler la présence d'un groupe d'Indiens, voire de pire encore. Perché sur son pinto, le prophète suivait tranquillement le rythme de la diligence. Par moments, Ming envisageait de revenir sur ses pas et d'interroger le vieil homme sur son rêve, mais chaque fois que l'idée lui venait il ne pouvait plus se souvenir de la substance même du rêve. Comme tous ses cauchemars, celui-ci s'était dissipé en lui laissant une vague sensation de malaise ; à chaque instant, il s'éloignait un peu plus dans les sombres profondeurs d'où il avait surgi.

Un jour, vers midi, ils s'arrêtèrent près d'un coude de la rivière pour se reposer et se nourrir. Gomez partit pêcher la truite fardée dans la rivière et Notah s'en alla couper des branches pour bâtir un feu de camp tandis que les autres posaient leur paquetage et se dégourdissaient les jambes. Ming mena son cheval et celui du prophète à la rivière pour qu'ils s'abreuvent ; il s'assit au milieu d'une petite clairière et regarda les chevaux boire. Le jeune sourd-muet Hunter s'était trouvé un long bâton blanc quelques kilomètres en arrière et, décrivant des cercles joyeux, il parcourait les taillis de feuillus au bord de la rivière, frappant les branches au passage. Ming se demandait si ce garçon était sourd-muet ou simplement sourd. Après tout, il pouvait parler, même si c'était seulement à sa façon si étrange. Pourtant, il ne l'avait jamais entendu émettre le moindre son à haute voix. Les chevaux restaient penchés au-dessus de l'eau. Ming regardait distraitement Hunter jouer. Finalement, le garçon se lassa, s'approcha de la clairière et trouva à s'occuper en aiguisant une extrémité du bâton contre une pierre plate pour en faire une pointe grossière.

« Hé », appela Ming. Hunter ne parut pas le remarquer. Bien sûr. Ce fichu gamin était sourd. Ming lui fit un signe de la main.

Le garçon arrêta d'aiguiser son bâton et se raidit d'appréhension.

Ming lui adressa un sourire chaleureux. « Tout va bien, petit », dit-il, avant de se rappeler que l'enfant ne pouvait pas entendre. Il lui fit un nouveau signe de la main, ne sachant pas comment ils allaient se parler. Il dégaina son crampon de rail, sortit sa pierre à aiguiser et fit signe au garçon de s'approcher.

« Votre arme sera meilleure que la mienne, monsieur », résonna la voix de Hunter dans son esprit.

Ming faillit lâcher son crampon et sa pierre à aiguiser sous l'effet de la surprise.

« Je ne voulais pas vous faire peur », dit le garçon en s'installant en face de lui.

Ming ouvrit la bouche, mais cette fois il se reprit. Au lieu de parler, il secoua la tête pour signifier que le garçon ne l'avait pas effrayé. Il retourna à l'aiguisage du crampon. Le gamin baissa la tête presque jusqu'à la hauteur de la pierre à aiguiser et le regarda faire, enchanté. Quand le crampon commença à ronronner sur la pierre, Ming essuya la poussière de fer noir de sa pointe et la caressa du bout des doigts. Elle était suffisamment coupante. Il rengaina le crampon et s'apprêta à ranger la pierre.

« Vous pouvez aiguiser ça aussi ? » Hunter tendait la main, lui offrant le bâton.

Ming le prit et s'aperçut avec un petit sursaut que ce n'était pas un bâton, mais le segment d'une côte. Il leva les yeux vers le gamin. « C'est une côte », déclara-t-il, inutilement. Il désigna l'os blanchi dans sa main, puis fit un geste vers son propre torse, pinça l'une de ses côtes et plaça l'os contre sa poitrine.

« C'est un os, dit le garçon. Je le sais. »

Ming lui demanda où il l'avait trouvé, mais Hunter se contenta de cligner des yeux. Ming n'arrivait pas à imaginer une façon de mimer sa question.

« Une côte, ça ne peut pas s'aiguiser, monsieur ? Je comprends, alors. » Le garçon tendit la main pour reprendre l'os.

Ming lui fit signe de patienter. Il appuya la pointe de la

côte contre la pierre à aiguiser et commença à la frotter. L'os laissait des traces blanches crayeuses sur la pierre. Quand Ming eut terminé, il porta l'os à son œil et examina sa nouvelle pointe à la lumière. Puis il l'essuya proprement du bout des doigts et le rendit à Hunter.

« Merci beaucoup, monsieur. »

Ming hocha la tête, rangea ses affaires et se leva. Il ramena son cheval et celui du prophète au campement et les attacha à la diligence avant de rejoindre les autres. Gomez remonta des berges de la rivière en tenant trois truites frétillantes suspendues par les branchies. Il jeta les poissons sur le sol et commença à les vider et à les nettoyer. Le gamin, la main toujours bien serrée sur sa côte fraîchement affûtée, s'accroupit sur les talons et regarda les truites argentées se débattre, la membrane de leur bouche devenir translucide.

Hazel se pencha en avant et lui arracha presque la côte des mains. Un instant, il parut contrarié, mais l'un des poissons convulsa en un dernier saut désespéré, ce qui captiva à nouveau son attention. Il tendit sa petite main, attrapa le poisson par la queue et le plaqua au sol, où celui-ci se débattit encore un peu, puis s'arrêta de remuer. Il semblait avoir oublié le menu larcin de Hazel.

Elle fit courir ses doigts fins le long de la côte, piqua légèrement avec la pointe la paume de sa main. « C'est un os, dit-elle, et le gamin a mis une pointe de lance dessus.

— J'ai fait ça pour lui, dit Ming. Il m'a vu aiguiser mon crampon et m'a demandé de l'aider avec son arme à lui.

— Il t'aime bien, dit Hazel, en posant l'os à côté d'elle.

— J'aimerais pouvoir lui parler, dit Ming.

— Je pourrais vous apprendre à lui parler en signes, dit Monsieur Loyal. Il n'est pas stupide, il est seulement sourd. »

Notah s'en revint, un fagot de brindilles sous le bras et les poings pleins d'herbe bleue sèche. Il s'agenouilla et édifia un petit bûcher à même le sol, l'alluma avec un silex et nourrit son feu de petit bois. Gomez embrocha les poissons sur de longues baguettes de bois et les fit circuler.

Le prophète secoua la tête et lui fit signe de s'en aller. « Je n'ai pas faim », dit le vieil homme.

Le Mexicain jeta un regard à Ming. « Il ne mange pas ? » demanda-t-il.

Hazel ramassa l'os aiguisé de Hunter et le tendit à Gomez. « Tiens, dit-elle. Donne ça au gamin, il s'en servira pour manger le sien. »

Gomez détacha un morceau de poisson d'une des baguettes de bois vert et jeta la baguette dans le feu. Il tendit l'os et la chair du poisson à Hunter, puis mima le geste de transpercer le poisson, ce que fit le garçon.

« Refais-le, Gomez, dit Monsieur Loyal. Pour le bénéfice de M. Tsu.

— Quoi, ça ? » demanda Gomez, et à nouveau il mima le poisson transpercé, la pointe fantôme enfoncée dans la chair imaginaire.

« Ce geste-là, dit Monsieur Loyal à Ming, c'est le signe pour "tuer". »

Ming imita le mouvement avec ses mains. « Ça, c'est "tuer".

— Oui.

— Allons, ça suffit », les interrompit Proteus en plongeant sa baguette de bois dans le petit feu.

Ils finirent leur repas en silence.

Un peu avant Carlin, ils firent une autre halte. Proteus se déshabilla et demeura entièrement nu. Dans le crépuscule qui faiblissait, revêtu de la forme provisoire du maître de piste, sa peau blanche brillait d'une lueur surnaturelle. Notah et Gomez montèrent sur le toit de la diligence et déverrouillèrent la porte de sa cage, qui s'ouvrit lourdement, résonnant de sons métalliques.

« À bientôt, dit le maître de piste.

— À bientôt », répliqua Proteus. Une multitude de tatouages se redessinèrent sur sa peau et, en une fraction de seconde, il fut à nouveau transformé en colosse sauvage aux yeux sombres et indéchiffrables. Il grimpa jusqu'à la cage, y entra, les machinistes la refermèrent derrière lui et firent jouer les verrous. Proteus prit les barreaux de fer dans ses grandes mains et approcha son visage étrange, silencieux, attentif.

La lune se leva sur l'est, basse et énorme ; sous sa froide lumière bleue, Ming pouvait discerner la silhouette de Hazel dans la diligence. Sa nuque était appuyée contre le siège et Hunter dormait, la tête sur ses genoux. Ses doigts fins se mouvaient dans la chevelure sombre du garçon. Les machinistes redescendirent d'un bond et, un instant après, ils avaient repris la route.

16

Ils restèrent longtemps à Carlin, près de deux semaines. Le spectacle rapportait une coquette somme. Le dernier soir, Monsieur Loyal fit le total de leurs gains et donna leur part aux autres. Gomez prit la sienne et disparut aussitôt, ne réapparaissant sous la tente que bon nombre d'heures plus tard. Il était trop ivre pour tenir debout et avait les bras passés autour des épaules de deux autres hommes. Ses pieds traînaient par terre tandis qu'ils le portaient à l'intérieur. Il y avait avec eux un troisième homme qui semblait être le chef, il criait dans l'oreille de Gomez et frappait de temps en temps l'arrière de sa tête qui dodelinait.

Ming était encore éveillé et s'occupait du feu mourant au moment où ils entrèrent sous la tente. Il se leva en vitesse et les suivit, sentant les ennuis arriver. « Le spectacle est fini, les gars », s'écria-t-il.

Les trois hommes s'arrêtèrent pour lui faire face. « Rien n'est fini tant que j'ai pas dit que ça l'était, John », aboya le chef. Il se tourna vers les deux types qui soutenaient Gomez. « Lâchez-le. »

Les hommes passèrent la tête sous les bras de Gomez et celui-ci s'affala lourdement sur le sol. Le choc parut le dégriser un peu, il se mit à quatre pattes et vomit. Il s'essuya la bouche avec sa manche et s'assit par terre.

« Ton ami nous a grugés, ce soir, dit le troisième homme.

— C'est une saleté de tricheur, dit l'homme derrière lui, et il cracha sur Gomez.

— Tout doux, dit Ming. Est-ce que mon ami a restitué ses gains ?

— Peu importe s'il l'a fait ou non, dit un des hommes. Le problème, c'est pas de récupérer ce qu'il a volé, poursuivit-il en pointant un index tordu vers Gomez. Ce qui compte, c'est de faire payer à ce sale tricheur le... les...

— Les erreurs qu'il a faites, reprit l'autre type.

— C'est ça, il faut qu'il comprenne quelles erreurs il a faites », répéta le chef. Il abaissa le regard vers Gomez. « Tu sais ce qu'on fait aux tricheurs, ici ? » Il se tourna vers ses compagnons. « Dites-lui, qu'est-ce qu'on fait aux tricheurs, ici ?

— On les tue ! » s'écria l'un des deux.

Les trois types n'étaient pas armés. Gomez restait assis, la tête entre les genoux. Il faudrait à Ming quatre pas pour s'approcher du meneur, trois de plus pour atteindre les deux types derrière lui. Les attaquer tous en même temps était trop risqué, mais il se dit qu'il pourrait tuer l'homme de devant avec le crampon de rail, puis ouvrir le feu en s'abritant derrière son corps.

« Cinq cents dollars, ou on pend votre ami par le cou », dit le chef.

Les muscles de Ming se tendirent et il dévisagea l'homme. Il s'apprêtait à l'attaquer quand le maître de piste fit son apparition.

« Messieurs, dit Monsieur Loyal. Je vous remercie de m'avoir rendu mon employé sain et sauf.

— On ne vous le rend pas », dit le chef. Il plissa les yeux, fixant le maître de piste. « C'est vous le patron, ici ?

— Oui, monsieur. Et que puis-je faire pour vous ce soir ?

— On en a déjà parlé à votre Chinetoque, dit le chef en s'avançant d'un pas et en désignant Ming du doigt. Votre gars, là, par terre, il nous a volés, ricana-t-il, et on veut lui flanquer une bonne leçon.

— Assurément, dit Monsieur Loyal d'un ton très posé.

— Donnez-nous cinq cents dollars sinon on le pendra ! » s'écria l'un des hommes qui se tenaient derrière le meneur.

Un moment, Monsieur Loyal parut réfléchir à la question. « Très bien. » Il fouilla dans sa poche poitrine et compta des billets de banque. « Deux. Trois. Quatre. Cinq cents. » Il les tendit à bout de bras, les offrant à l'autre. « Tenez. En guise de récompense pour m'avoir rendu mon employé sain et sauf. »

Le type attrapa l'argent et regarda Monsieur Loyal avec méfiance.

« En avons-nous terminé ? demanda celui-ci.

— Pour sûr, dit l'homme, et il cracha sur Gomez. On a terminé ici. » Il fourra les billets dans la poche de son pantalon et tous les trois se retournèrent vers la sortie.

« Bonne soirée », dit Monsieur Loyal. Les hommes franchirent dix mètres, quinze, vingt. Le maître de piste fit signe à Ming de venir avec lui et ils suivirent le trio qui avait quitté la tente, trois silhouettes bleutées s'éloignant sous la lueur de la lune. « À présent, dit-il calmement à Ming, voyons si vous êtes bon tireur, monsieur Tsu. »

Ming le regarda, mais le maître de piste gardait les yeux braqués sur les trois hommes.

« Abattez ces trois-là sur-le-champ et ces cinq cent dollars sont à vous.

— Vous n'avez pas besoin de cet argent ? demanda Ming à voix basse.

— Si, dit Monsieur Loyal. Mais je n'ai aucune envie de les laisser le conserver.

— Ils n'en valent pas la peine, murmura Ming. Trois cadavres, c'est difficile à cacher.

— N'êtes-vous pas tueur professionnel, l'ami ? demanda Monsieur Loyal en gloussant. Je m'occuperai des corps. Vous, vous n'avez qu'à les tuer. » Il se retourna face à Ming. « Allons, dit-il, soyez beau joueur. »

Les trois hommes étaient à une soixantaine de mètres à peu près. Ming sortit son revolver et releva le chien. Il ferma un œil, regarda la ligne de mire, prit une inspiration lente et en douceur, comme Silas le lui avait appris tant d'années plus tôt.

« Bon sang, l'ami, murmura le maître de piste, dépêchez-vous, ils sont presque hors de vue. »

Ming fit feu.

L'homme du milieu fit un bond en avant et s'écroula sur le sol. Ses compagnons fixèrent son cadavre, muets de stupeur. Ming tira à nouveau et l'homme de droite tomba durement assis. Le dernier des trois s'enfuit en courant.

Un autre coup de feu, et il trébucha, s'écrasa au sol dans un panache de poussière.

« Trois balles pour trois morts, ça, c'est quelque chose, commenta Monsieur Loyal tout en s'approchant des corps. Venez donc ! »

Ils marchèrent jusqu'à l'endroit où les trois hommes étaient tombés. Deux étaient déjà morts sur place. Celui qui avait voulu fuir gémissait, la main crispée sur son ventre, du sang s'échappant entre ses doigts grands ouverts.

« Deux sur trois, alors, conclut le maître de piste, mais par l'enfer, monsieur Tsu, vous êtes un authentique as de la gâchette. »

Le mourant se tordait de douleur et il agrippa sans force la cheville du maître de piste. Monsieur Loyal se dégagea d'une saccade et lui donna un coup de pied au visage, l'envoyant rouler de côté. Il imprima une petite torsion bien nette à sa canne qui se sépara en deux entre ses mains, révélant une lame cachée.

« Un homme ne sort jamais sans ses armes, dit-il avec un clin d'œil pour Ming. Vous savez sûrement cela mieux que moi. Mais assez de ces platitudes. » Du bout de sa botte, Monsieur Loyal fit rouler sur le dos le type qui gémissait encore. « Je vais vous reprendre ces billets », dit-il, et il lui trancha la gorge d'un rapide coup de lame.

L'homme gargouilla de faibles protestations en quittant ce monde. Le maître de piste essuya la lame d'acier sur le pantalon du mort et referma sa canne-épée. Puis il s'accroupit et lui fouilla les poches. Il en tira une poignée de billets de banque.

« Voilà, monsieur Tsu, dit-il en se relevant. Votre prime. » Il pressa les billets dans la main ouverte de Ming.

« Et que fait-on des corps ? » s'enquit Ming.

Le maître de piste s'éloignait déjà. « Cela, c'est mon problème, monsieur Tsu, pas le vôtre. »

17

Au matin, il n'y avait plus rien à l'endroit où les trois hommes avaient trouvé la mort, pas même une goutte de sang. Ming demanda à Gomez ce qui était arrivé la veille au soir ; le Mexicain lui raconta qu'il était sorti boire et jouer au craps et qu'il s'était réveillé sous sa tente, presque aveuglé par un mal de tête lancinant.

« Ça me fait un mal de chien », dit-il en esquissant un léger sourire.

Monsieur Loyal était installé sur un tabouret face à la lumière du matin. Il fumait et parlait avec Notah, prenant des notes dans son journal. Quand il vit Ming, il se leva pour le saluer. « Bonjour, monsieur Tsu. Avez-vous bien dormi ?

— Très bien, lui répondit Ming. Qu'avez-vous fait des corps ? »

Monsieur Loyal le regarda d'un air perplexe. « Les corps ?

— Oui », dit Ming, et du geste, il indiqua l'endroit où les hommes étaient tombés. « Les trois types qui ont ramené Gomez de la salle de jeu. »

Le maître de piste fronça les sourcils. « Monsieur Tsu, je ne peux pas dire que je vous comprends.

— Parfois, interrompit Notah, un rêve ne vous laisse pas le souvenir d'avoir été un rêve.

— Ce n'est pas un rêve, Notah, dit Ming. La nuit dernière, j'ai tué trois hommes ici même. » Il sortit son arme, enleva le barillet et le jeta à Notah. « Regarde, dit-il. Trois amorces brûlées. »

Notah examina le cylindre de métal et secoua la tête. « Mais pas du tout, monsieur Tsu. »

Il le rendit à Ming. Le machiniste avait dit vrai. Ming contempla le barillet, son esprit en plein travail.

« Nous traversons un lieu aux pouvoirs étranges, dit Notah. Nous ne devrions pas nous attarder ici.

— Voilà qui est très juste, mon ami », dit le maître de piste. Il étudia un instant son journal, puis le referma. « Nous irons à Battle Mountain. D'après ce que j'ai entendu dire, c'est une ville plus riche qu'ici. » Il cala le journal sous son bras. « Notah, rassemblez vos affaires. Nous partons sur-le-champ.

— Oui, monsieur », dit Notah, et le maître de piste se retourna et s'en alla.

Ming remit le barillet à sa place dans son revolver et rangea l'arme dans son étui. « Notah, dit-il, j'ai tué trois hommes la nuit dernière. Qu'avez-vous fait des corps ?

— Je les ai enterrés, dit-il simplement. Dans la terre et dans l'esprit. » Il lança un rapide coup d'œil par-dessus son épaule au maître de piste. « Plus tard, dit le Navajo. Plus tard, je te raconterai. »

18

À midi, ils franchirent la rivière à un large gué, puis se remirent bien vite en route, la diligence cahotant au fil de leur avancée dans la vallée creusée par la rivière, les chevaux trébuchant de temps en temps sur les rochers que l'eau avait rendus glissants. Des parois de pierre lisse s'élevaient de part et d'autre, leur cachant le soleil. La voie ferrée brillait au loin, improbable, austère. De temps en temps, le tonnerre métallique des locomotives qui approchaient envahissait l'atmosphère et les énormes mécaniques filaient à pleine vitesse, en chemin vers la Californie, drapées dans un tourbillon de bruit et de vapeur.

Une fois Carlin suffisamment loin derrière eux, ils s'arrêtèrent et laissèrent Proteus sortir de sa cage. En un instant, ce dernier reprit la forme de Monsieur Loyal. Ming ne lui accorda que peu d'attention. La répétition émousse la fascination que l'on éprouve face aux événements remarquables.

Les machinistes avaient fait des provisions à Carlin et, en fin d'après-midi, la troupe fit halte pour consommer un repas de bœuf salé et de biscuits secs ramollis par l'eau glacée de la rivière. Ils se déplaçaient presque tout le temps en silence. Quand le soleil faiblit et quand les couches successives de ténèbres se superposèrent, ils dînèrent, montèrent leurs tentes et firent un feu pour se réchauffer les mains. Bientôt, Ming et Notah furent les derniers éveillés encore près du feu, à fixer les braises qui s'amenuisaient.

« Alors ? dit enfin Ming. C'est toi qui le fais oublier, c'est ça ?

— Je me doutais bien que vous auriez déjà déduit cela, monsieur Tsu. »

Ming fouilla dans son sac et en sortit une poignée de billets de banque, tachés de sang et tout froissés. « Je n'ai jamais fait un rêve qui m'a payé pour la besogne accomplie », dit-il, et il tendit la liasse de coupures à Notah.

Le Navajo prit l'argent et aligna les dollars avec précision. De petites écailles de sang séché s'en détachèrent et s'envolèrent lentement en scintillant sous la lueur rouge des braises. Notah chassa les dernières traces de sang des coins des billets qu'il plia soigneusement en deux. Il les rendit à Ming, qui contempla un moment l'argent avant de le ranger dans son sac.

« Je savais bien que ce n'était pas un rêve, dit enfin Ming.

— Pour lui, dit Notah, en penchant la tête vers la tente de Monsieur Loyal, il valait mieux que ce soit un rêve.

— C'est lui qui t'a demandé de le faire oublier ?

— Oui. À chaque fois.

— Combien de fois ? »

Notah fixa les braises et tendit ses mains calleuses vers le feu pour les réchauffer. « Des centaines, peut-être. » Il leva les yeux vers Ming avec un sourire torve. « On oublie le compte, à la fin.

— Comment fais-tu ? demanda Ming.

— Les souvenirs, c'est eux qui viennent à moi, dit-il. C'est comme les morts, ils deviennent tout gris, et puis ils passent tous sous mes yeux. Je peux les voir.

— Et ensuite tu les effaces ? »

Il ne s'agissait pas vraiment de les effacer, expliqua Notah. Il séparait simplement certains souvenirs des autres, il en faisait des rêves. Les souvenirs étaient douloureux si on se les remémorait à leur place sur le fil du temps, dit-il, s'ils suivaient celui qui avait précédé et faisaient le lit de celui qui suivrait. Mais des souvenirs libérés du fil du temps, de l'ordre logique ? Ceux-là devenaient pareils à des rêves, vagabonds, incohérents, chargés d'urgence et de sensations, mais dénués de sens d'un bout à l'autre. Non, dit Notah, il ne forçait personne à oublier. Il aidait simplement les gens à ne plus se souvenir.

Les dernières braises se réduisirent en coquilles de cendres grises et le feu cessa d'émettre de la chaleur. Notah se leva.

« Attends un peu », dit Ming. Il leva les yeux vers le Navajo qui le dominait. La lueur de la lune décroissante traçait une ligne brisée sur le sommet des canyons et éclairait les berges de la rivière au loin de teintes si pâles qu'elles donnaient au paysage un aspect inconnu. Des visages et des formes fantomatiques dansaient follement dans l'obscurité, paréidolies de roche et de broussailles. Notah baissa les yeux vers Ming, qui le toisait d'un regard méfiant.

« Ne me fais pas oublier quoi que ce soit. »

Notah acquiesça solennellement. « Tu es mon ami.

— Et on ne touche pas aux souvenirs de ses amis.

— Non, jamais, dit Notah. Je ne ferais pas une chose pareille.

— Pourtant Monsieur Loyal est ton ami, dit Ming. N'est-ce pas vrai ?

— Je ne compte aucun homme blanc parmi mes amis. »

Ming se leva et épousseta son pantalon. « Tu es un sage. »

Notah posa une main sur l'épaule de Ming. « Avec le temps, vous aurez peut-être besoin de mes services, dit-il. Tous les hommes souhaitent oublier. »

Ming secoua la tête. « Pas moi.

— Ton compagnon, le vieil homme. Il ne se souvient de rien. C'est bien cela ?

— Oui.

— Quelle liberté », murmura Notah. Sur ce, il poussa du pied un peu de terre sur les cendres froides et souhaita bonne nuit à Ming.

19

Ming entendit le prophète s'éveiller, peu avant le lever du soleil. Le vieil homme partit se promener pieds nus à travers le campement, fredonnant sa berceuse dépourvue de mélodie, une chansonnette sombre et éthérée qui, dans les vides ombragés des canyons, ne sonnait comme aucune de celles que chantent les hommes.

Ming sortit de sa tente dans l'aube, clignant des yeux. « Vieil homme, dit-il, et le prophète cessa de déambuler. Il est trop tôt pour une berceuse.

— Mon enfant, dit le prophète, cette berceuse ne sert pas qu'à s'endormir. »

Ming regarda un instant le prophète. « Fais comme tu voudras. »

Il descendit à la rivière et s'accroupit tout près de l'eau vive pour remplir sa gourde. Des bulles brillantes s'échappèrent du goulot et éclatèrent en une écume chatoyante dans les remous vivaces de la rivière. Son esprit vagabondait en direction d'Ada, ses pensées vagues et désordonnées comme si elles traversaient du verre dépoli. Savait-elle qu'il venait à elle ? Il essaya d'imaginer son visage, la façon dont elle sourirait en le retrouvant. Mais il ne parvint à convoquer que des images diaphanes, sans substance et sans poids. Une voix qui aurait pu être la sienne, un rire qui aurait pu être le sien. Ada chantant doucement des chansons, de bon matin, les mélodies s'infiltrant à travers la maison. Ada les pieds nus, en chemise de nuit. Des conversations murmurées, une cour menée au clair de lune. Il se souvenait que tout cela était vrai, mais ces souvenirs étaient désormais squelettiques, dépouillés de presque tout sauf de leur existence. Et là où la mémoire échouait, l'imagination prenait le relais.

Sa main avait commencé à le piquer de froid, le tirant de sa rêverie. Il ressortit sa gourde de l'eau, la reboucha et retourna au campement.

Ils prirent le petit déjeuner en silence. Quand ils eurent terminé, Monsieur Loyal déboucha la flasque et en but une gorgée. Il la passa sans mot dire à Proteus et regarda le sauvage transformé avaler une rasade. Proteus réprima une quinte de toux et lui rendit la flasque.

« Vers l'ouest, dit Monsieur Loyal, sans s'adresser à personne en particulier.

— Oui », approuva son double.

Ils ne progressèrent que lentement le long de la rivière. Les roues étroites de la diligence grinçaient et gémissaient à chaque pierre de la rivière qu'elles écrasaient. Ming attacha le pinto du prophète à son propre cheval et tous deux marchèrent en tête du groupe, en silence, hormis le rythme hypnotique du souffle des montures, le son creux des sabots, les craquements légers des selles. Le soleil montait doucement au-dessus de leurs têtes, annonçant l'heure du midi, baignant les profondeurs du canyon dans une chaleur et une lumière torrides. Ils ne firent pas de pause pour se restaurer. À la tombée du jour, ils n'avaient pas parcouru plus d'une dizaine de kilomètres.

Dans la nuit, une fois les autres endormis, Ming entendit des sanglots étouffés qui provenaient de l'une des tentes. Sous la sienne, il se leva de là où il restait couché sans parvenir à dormir et, tâtonnant dans l'obscurité, il enfila son pantalon et sortit. L'air de la nuit était frais et vif sur sa poitrine nue. Derrière le son sourd des pleurs, il entendit une voix de femme très douce : Hazel murmurait des paroles de réconfort.

Ming s'approcha de la tente de Hunter et s'arrêta sur le seuil. « Hazel, appela-t-il à voix basse.

— Entre », lui dit-elle.

Il se glissa sous le rabat et entra. Hunter pleurait, et c'était le genre de pleurs que l'on ne peut ni accélérer ni retarder, mais qu'il faut simplement supporter, ces pleurs qui arrivent sans crier gare et repartent tout aussi vite, ne laissant que la trace de larmes brillantes. L'obscurité sous la tente était totale. On n'entendait que la respiration irrégulière du garçon, le bruissement des doigts de Hazel qui lui caressait les cheveux, sa voix qui le calmait si doucement qu'elle en devenait presque inaudible. Ming s'assit et ramena ses jambes sous lui en croisant les pieds. Écoutant plus attentivement, il se rendit compte que Hazel chantonnait.

« Est-ce qu'il t'entend ? demanda Ming.

— Non, répondit-elle. Mais ça ne me gêne pas.

— Pourquoi pleure-t-il ?

— Sa mère lui manque. »

Hésitant, Ming tendit la main dans l'obscurité et trouva la petite épaule du garçon, secouée par de rapides sanglots.

« Monsieur Tsu. » La voix du garçon résonna dans son esprit, pas même perturbée par ses pleurs. « Je suis désolé de vous avoir réveillé. »

Ming lui serra l'épaule et secoua la tête dans l'obscurité. Il ouvrit la bouche pour parler mais se rappela que c'était inutile. Il ne pouvait rien faire de plus.

La voix du garçon reprit : « Merci, monsieur.

— Ça va passer, dit Hazel. Ça passe toujours. »

La main délicate de Hazel se posa sur la pointe du genou de Ming.

Au bout d'un moment, les pleurs du garçon s'atténuèrent pour finalement laisser place à une respiration calme et régulière.

« Là, chuchota Hazel. Là. » Il entendit le bruit de son corps qui bougeait dans l'obscurité, la tête du garçon qu'elle plaçait doucement sur son lit. « Accompagne-moi dehors », dit-elle à Ming.

Tous deux quittèrent la tente, se déplaçant avec précaution pour ne pas réveiller le garçon. Après un si long moment passé dans le noir, la lumière de la lune déclinante de cette profonde nuit semblait presque obscène.

« Tu n'as pas froid ? demanda Hazel, remarquant sa poitrine nue.

— Non », lui répondit Ming.

Ils marchèrent le long des berges jusqu'à la rivière et s'assirent, écoutant l'eau s'écouler.

« Il n'a pas de mère », dit Hazel. Elle ramassa une poignée de cailloux et les lança un par un dans les eaux noires.

« Il n'a pas de père non plus, dit Ming.

— Un enfant peut perdre son père, dit-elle, mais pas sa mère. » Elle le dévisagea d'un regard intense, les yeux clairs et brillants dans la faible lumière.

« Je n'ai jamais connu ma mère, dit Ming. Ni mon père.

— Un orphelin de plus, murmura-t-elle. Hunter a dû le sentir.

— Ça ne m'a pas posé de problème. J'ai eu un protecteur. Un homme qui m'a appris à me battre. Et à saigner. Il m'a traité comme un fils. Je n'ai jamais regretté mon père. »

Hazel réfléchit un moment, lança quelques cailloux dans la rivière. « Les circonstances peuvent changer en pères certains hommes privés d'enfants, dit-elle enfin. Mais aucune circonstance ne peut rendre à un fils sa mère perdue. » Elle fit un geste vers la tente où dormait Hunter. « Je l'aide quand il a besoin de moi, dit-elle, mais je ne peux pas remplacer sa mère.

— Le petit a de l'amour pour toi, dit Ming.

— Oui, c'est possible. » Hazel jeta ses derniers cailloux dans la rivière et en ramassa une autre poignée. « Mais pas comme si j'étais sa mère. » Elle se tourna vers Ming. « Ton père adoptif, comment s'appelait-il ? »

Ming regarda son visage qui luisait sous le clair de lune.

« Silas Root. Et il ne se prétendait pas mon père. Il le disait toujours lui-même. C'était mon protecteur.

— Quelle différence cela fait ?

— Nos liens étaient plus forts que ceux du sang, dit-il, entendant les propres mots de Silas sortir de ses lèvres. Un fils ne doit rien à son père. Il n'existe aucune raison pour que l'un des deux se sacrifie pour l'autre, en dehors des liens de parenté. Mais Silas et moi, on s'est consacrés l'un à l'autre parce qu'on avait une dette réciproque. » Ming serra et desserra le poing, sentant ses vieilles cicatrices se raviver. « Dieu sait que je dois tout à cet homme.

— En avait-il d'autres ? demanda Hazel.

— D'autres ?

— Comme toi. Des orphelins. »

Ming secoua la tête. « Rien que moi.

— Pourquoi il t'a recueilli ?

— Il cherchait un garçon comme moi, dit Ming. Quelqu'un qu'il pourrait former comme son propre fils, quelqu'un sur qui il pourrait compter. Et j'étais en mesure de faire un travail qu'il n'aurait jamais songé à faire lui-même. » Il marqua une pause, perdu dans ses souvenirs. « Quand j'étais enfant, si je faisais une bêtise ou si je ne faisais pas mon travail correctement, il venait me chercher en vociférant, jurant haut et fort qu'il n'aurait jamais pris ce petit enfant chinois sous son aile s'il avait su à quel point ça lui causerait des soucis. Et après, alors que j'étais devenu adulte, il essayait encore de me disputer comme avant et moi je riais, je riais, et il s'arrêtait de crier et se mettait à rire lui aussi. » Un léger sourire se dessina sur son visage à l'évocation de ce souvenir et, pendant un moment, il ne dit plus rien.

De temps en temps, Hazel lançait un autre caillou dans la rivière et on entendait un petit bruit d'éclaboussures.

« C'est le meilleur homme que j'aie jamais connu, dit enfin Ming.

— C'est pour ça que tu vas en Californie ? demanda Hazel après un silence. Pour voir Silas ?

— Non, dit Ming sans détour. Il est mort. »

Hazel posa la main sur le genou de Ming et il sentit un frisson électrique lui parcourir tout le corps. « Je suis désolée, dit-elle.

— Ce n'est pas grave, dit Ming. C'est comme je te l'ai dit. Ça ne me pose pas de problème. »

Et maintenant, ils étaient assis solennellement dans la nuit froide, le clair de lune miroitant sur la surface de la Humboldt.

Enfin, Hazel se leva et lança dans la rivière les cailloux qui lui restaient encore. « Prends soin de toi, Ming Tsu, dit-elle. Merci d'être venu voir Hunter.

— Attends, dit Ming. Assieds-toi. » Elle hésita. « S'il te plaît », dit-il.

Elle secoua la tête. « Un autre matin, ou un soir, ou dans les jours qui viennent. Nous avons un long chemin à parcourir jusqu'à Reno. Et une éternité pour nous reparler.

— On s'est déjà rencontrés, dit Ming. En Californie. Je te le jure. »

Hazel le regarda et lui adressa un petit sourire. « De ma vie entière, je n'ai jamais mis les pieds en Californie, dit-elle. C'était peut-être dans une autre vie. » Elle se pencha pour placer leurs visages au même niveau et l'embrassa, la chaleur de son souffle se mêlant au sien. « Bonne nuit, Ming Tsu », chuchota-t-elle.

20

Les deux Chinois chevauchaient en tête du groupe, Ming préoccupé, troublé, passant les doigts sur les rainures du barillet de son revolver, le prophète à côté de lui sur son pinto, ses yeux vides regardant placidement le lointain. De temps en temps, Ming se tournait vers la diligence qui se balançait d'avant en arrière derrière eux, le maître de piste et son double, le sauvage transformé, guidant les chevaux de trait au fouet et aux sifflements. Hazel était à l'intérieur, Hunter sans doute endormi sur ses genoux.

Peu après midi, un gémissement lointain leur parvint de quelque part le long de la piste. Ming tira d'un coup sur ses rênes et fit halte, puis leva une main pour faire signe à la troupe de s'arrêter. Il sortit son revolver et jeta un regard au prophète.

« Vieil homme, demanda-t-il. Que va-t-il nous arriver ?

— La guerre », lui répondit le prophète.

Ming sentit les regards des autres braqués sur lui. *Attendez ici*, dit-il sans émettre un son, et il posa un doigt sur ses lèvres. D'un mouvement souple et silencieux, il fit passer sa jambe par-dessus son cheval et mit pied à terre.

« Je vais t'accompagner », dit le vieil homme.

Ming refusa l'offre. Le gémissement au loin continuait sans relâche.

« Il le faut, mon enfant », insista le prophète.

Ming contempla le vieil homme sur sa selle pendant un moment. « Soit. » Il tendit la main pour l'aider à descendre de cheval. Gomez s'était approché d'eux. Ming passa les rênes des deux chevaux au Mexicain. « Attends mon signal », dit-il. Gomez acquiesça.

Ming et le prophète descendirent la piste, Ming tenant son arme contre sa poitrine, le doigt sur la détente. Trente mètres plus bas, ils trouvèrent la source des gémissements. Un colon blanc gisait dans la poussière, sa chemise en lambeaux nouée autour de son torse nu, les commissures des lèvres tirées en arrière en une expression à mi-chemin du rictus et du grognement. Il leva les yeux vers Ming et le prophète et poussa de nouveau un gémissement à travers ses dents serrées.

Ming abaissa le chien de son arme et la rangea dans son étui. « Qui es-tu ? » demanda-t-il.

L'homme ne répondit pas. On aurait dit que tous les muscles de son corps avaient été tordus jusqu'à se rompre. Le prophète se baissa et posa sa main fine sur la poitrine de l'homme. Il fronça les sourcils en signe de concentration, puis retira sa main et se remit debout. « Tétanos », dit-il. Il se tourna vers Ming. « Cet homme va mourir. »

Ming regarda l'homme qui se tordait sur le sol. « Très

bien. » Il dégaina de nouveau son arme. « C'est à ça que tu pensais quand tu as parlé de guerre, vieil homme ? » Il se mit à genoux et posa le canon entre les yeux de l'homme. Du pouce, il releva le chien en arrière. « Mes excuses. »

À cet instant précis, à quelques centimètres à peine de Ming, une flèche jaillit de la poitrine nue du blessé, puis une autre et une autre encore, et l'homme poussa un halètement et fut secoué de spasmes. Ming eut un mouvement de recul et se releva d'un bond. À travers le canyon, le vent apporta des cris stridents qui approchaient vite. Un groupe d'Indiens à cheval sortit des rochers, à une centaine de mètres de là, et galopa vers eux, deux hommes en tête, sur le chemin étroit bordé d'un côté par la rivière et de l'autre par la paroi lisse. Ming dénombra trois cavaliers.

« Embuscade ! hurla Ming derrière lui en se retournant. Embuscade ! » Il leva son revolver et fit feu en succession rapide sur les deux hommes de tête, leurs chevaux privés de cavalier se dérobant sous eux et, pris de panique, se précipitant en avant. Il entendit un cri derrière lui, c'était Hazel qui hurlait. On les attaquait des deux côtés à la fois. Ming saisit le mince poignet du prophète et jeta celui-ci par-dessus son épaule, puis il s'élança en courant de toutes ses forces ; le vieil homme ne pesait guère plus qu'un chien de berger. Quatre autres cavaliers encerclaient déjà la diligence. Monsieur Loyal avait ouvert sa canne-épée et adopté la pose d'un escrimeur, une main derrière le dos, un sourire étrange sur le visage, la pointe de sa lame levée bien haut, braquée sur les cavaliers qui approchaient. D'un geste souple, Ming se pencha et déposa le prophète tout près de la paroi du canyon. « Ne bouge pas d'ici », lui ordonna-t-il, puis il courut rejoindre les autres.

Hazel et le garçon se serraient l'un contre l'autre dans la diligence.

« Combattez en toute liberté, criait le prophète. Combattez librement, combattez librement.

— Qu'a dit le vieil homme ? cria Notah.

— Battez-vous librement, hurla Ming par-dessus le vacarme des chevaux et les cris de guerre des Indiens. Ça veut dire qu'aucun de nous ne mourra aujourd'hui. »

Les quatre guerriers qui avaient surgi dans leur dos approchaient très vite.

« Abattez-les ! » rugit Monsieur Loyal.

Ming fit feu et un des Indiens, désarçonné, tomba, fut piétiné par les chevaux de ses compagnons. Il restait trois balles à Ming. Proteus avait repris sa forme sauvage et dominait de sa stature massive les Indiens qui s'approchaient. Dans sa main, il serrait une grosse pierre. Notah s'était armé d'une pelle. Gomez brandissait son couteau à truite. Ming leur cria de protéger Hazel et Hunter, les seuls sans armes, et les machinistes acquiescèrent et coururent vers la diligence.

« Des vétérans Paiute et Shoshone de la guerre de Snake River, j'imagine, cria Monsieur Loyal. Ils ne savent donc pas que la guerre est finie ? » Il agita sa canne-épée et gratifia Ming d'un sourire de dément. « Prêt, mon garçon ? » demanda-t-il.

Ming tira un nouveau coup de feu et renversa un cavalier de plus. Il lui restait deux balles. Les chevaux commençaient à se bousculer les uns les autres sur la piste étroite. En un mouvement fluide et synchronisé, les deux guerriers se laissèrent glisser sur le flanc de leurs chevaux et s'élancèrent sur le sol. Proteus leva la pierre qu'il tenait dans sa main et frappa l'un des cavaliers à la tempe aussitôt qu'il fut assez près ; l'Indien fut secoué d'un spasme et tomba mort aux pieds du sauvage tatoué.

« Venez par ici ! s'écria Monsieur Loyal avec une joie maniaque, en faisant tournoyer sa canne et en riant tout haut. Dansons ! »

Ming entendit un cri derrière lui et fit volte-face, mais trop tard ; il sentit un coup violent au menton. Ses muscles se détendirent malgré lui et il roula sur le sol, hébété, son revolver inutile lui tombant des mains. L'Indien qui avait pris Ming par surprise brandit sa massue pour l'achever, mais une petite main l'attrapa par les cheveux et lui tira brusquement la tête en arrière, puis le poignarda à la gorge, encore et encore, son sang gicla et il s'effondra, mort, sur Ming.

Hunter se tenait devant Ming, haletant, sa main serrant toujours l'os ensanglanté dont il s'était servi pour tuer l'Indien. Son regard était vide. Ming se releva d'un bond, mais il ne restait plus qu'un seul Indien en lice, qui se battait avec le maître de piste. Le guerrier s'élança, Monsieur Loyal para et plongea la lame de sa canne-épée dans la poitrine de l'homme.

« Dansons, dansons », scandait le maître de piste, la canne-épée bien serrée dans sa main, sa lame toujours plantée dans la poitrine de l'Indien. Il avança d'un pas et l'homme recula d'un pas, gargouillant de sang et d'écume. Monsieur Loyal eut un sourire cruel. « On danse le two-step, aujourd'hui, mon gars », dit-il, et il fit un pas d'un côté, puis de l'autre.

Le visage du guerrier était livide et perlé de sueur ; tandis que la lame remuait de gauche à droite dans sa poitrine, ses pieds nus traînaient dans la poussière, décrivant des demi-pas. Ses yeux brillaient de douleur et les muscles de sa mâchoire crispée dessinaient des ombres bien nettes sur ses joues décharnées ; les dents serrées, il dansait avec Monsieur Loyal. Il n'y avait pas un bruit à l'exception de la voix du maître de piste. Celui-ci avait commencé à fredonner une petite chanson.

Enfin, il parut satisfait. « C'était un plaisir de danser avec toi, mon gars », dit-il. D'un coup sec, il imprima une vive torsion à sa canne et la retira de la poitrine du guerrier, qui s'écroula sur le sol. Ming en eut l'estomac brusquement retourné, il se pencha sur le côté et vomit, une bile fine et amère lui dégoulinant de la bouche. Dans sa tête, un tintement résonnait encore.

À présent, tout était calme. Les chevaux, débarrassés de leurs cavaliers, avaient tourné bride et s'étaient enfuis. Partout autour d'eux gisaient, épars, les Paiute et les Shoshone morts, et déjà leur sang séchait au soleil et virait au noir. Monsieur Loyal s'approcha de Ming et de Hunter. Il tapota l'épaule du garçon qui sursauta, tiré de sa rêverie. Monsieur Loyal lui sourit chaleureusement puis il regarda Ming.

« Joli travail, monsieur Tsu, dit-il.

— Merci », répondit Ming. Il sortit son revolver et entreprit de le recharger. Une odeur de poudre et de métal chaud. Hunter était toujours à côté de lui, l'os de côte aiguisé dans la main, observant attentivement. « Je ne sais pas comment je m'en serais tiré si le garçon n'avait pas tué cet Indien à ma place », dit-il à Monsieur Loyal. Il se pencha pour que son visage soit face à celui du garçon. « Merci bien », dit -il, et le garçon hocha la tête.

Le prophète s'approcha d'eux, le visage serein. « Va à la rivière, mon enfant, et lave-toi le visage. Cette guerre est terminée. »

Ming dit qu'il allait le faire et se tourna vers le maître de piste. « Quel est le signe pour "bien" ? » demanda-t-il.

Monsieur Loyal porta sa main droite à ses lèvres, puis la ramena dans sa main gauche. « Bien », dit-il. Il refit le geste.

Ming baissa les yeux pour regarder Hunter. *Bien tué*, signa-t-il. *Bien tué.*

« Merci, monsieur », répondit Hunter dans l'esprit de Ming.

Ming descendit à la rivière et laissa ses mains tremper dans l'eau fraîche un long moment. Sa tête était douloureuse. Il se passa de l'eau sur le visage. Quand il rouvrit les yeux, le garçon était là, accroupi à côté de lui.

« Hazel m'a dit de me laver les mains. »

Bien, signa Ming.

Hunter posa sa lance en os, plongea ses petites mains dans l'eau et le sang se détacha de ses doigts et coula comme de l'encre. Ses mains tremblaient. Quand elles furent enfin propres, il les sortit de la rivière et les essuya sur son pantalon, les souillant à nouveau de sang par inadvertance.

Voyant ses mains salies une fois de plus, il les replongea dans l'eau. Son front était plissé par l'inquiétude.

Ming plongea à son tour les mains dans l'eau, prit celles du garçon entre les siennes et l'aida à enlever les taches de sang les plus tenaces. « Ne les essuie pas sur ton pantalon cette fois », dit-il, comme si le gamin pouvait l'entendre. Il finit de se laver les mains et les sécha sur la partie de sa chemise qui lui sembla la plus propre.

« Est-ce que j'ai fait du bon travail ? demanda l'enfant qui paraissait au bord des larmes.

— Oui. » Le garçon le regardait fixement, il regardait à travers lui. Ming se caressa le menton, là où l'Indien l'avait frappé, et grimaça. « Écoute, petit », dit-il, mais il se souvint de la surdité de Hunter. Il réfléchit une seconde et referma la bouche. Inutile de parler à quelqu'un qui ne pouvait pas l'entendre. Sa tête lui faisait atrocement mal. Il aurait voulu répéter à cet enfant ce que Silas lui avait dit quand il avait tué un homme pour la première fois. Ming estima qu'il devait avoir à peu près l'âge de Hunter à ce moment-là, ou un peu plus peut-être. Son acte n'avait pas été aussi noble que celui du garçon aujourd'hui, très loin de là même. Juste un revolver trop gros et trop lourd pour ses jeunes mains maladroites et un homme que Silas avait déjà tellement démoli qu'il avait à peine crié quand Ming avait appuyé le canon contre sa tempe et fait ce que Silas lui avait dit de faire. Bien sûr, lui aussi avait eu envie de pleurer après coup. Et puis Silas s'était penché pour croiser le regard de Ming et avait essuyé les larmes sur son visage, en lui disant que c'était un bon garçon. Que c'était normal de se sentir troublé, mais qu'avec l'âge ce sentiment deviendrait de moins en moins fort, et que le faire s'endurcir était justement leur but. Silas avait eu raison, comme toujours. Ming avait oublié depuis longtemps le visage du premier homme que Silas lui avait demandé de tuer.

En aval de la rivière, la brume de chaleur révélatrice d'une locomotive à vapeur approchait, accompagnée du choc sonore lugubre d'un coup de sifflet qui tira Ming de ses pensées. Un train de la Central Pacific au réservoir de cuivre étincelant passa devant eux, emportant son chargement de fer et de bois.

« J'ai aidé à construire ça », dit Ming en se tournant vers le garçon. Mais celui-ci était déjà parti. Ming pensa que cela ne faisait aucune différence. De toute manière, ses paroles se seraient envolées dans la chaleur sèche sans que personne les entende.

Il resta debout pendant que le train s'éloignait vers l'est en direction de Carlin. Puis il remonta la berge et rejoignit les autres. Personne ne parlait. Ming monta sur son cheval, Gomez aida le prophète à remonter sur son pinto fatigué et, un instant après, ils repartirent.

21

Ils arrivèrent à Battle Mountain plus d'une semaine plus tard, épuisés et affamés, leur avancée ralentie par le terrain et les douleurs consécutives à l'embuscade. Ils découvrirent une petite ville trapue, désormais entièrement remplie des détritus que le chemin de fer avait laissés dans son sillage, peuplée de maigres silhouettes fantomatiques arrachées à une autre vie qui glissaient, silencieuses et apathiques, le long des rues, passaient à travers les flaques de lumière projetées par les fenêtres, franchissaient les seuils sans laisser de traces. Le ciel était blanc d'étoiles et la lune ne s'était pas encore levée. Les machinistes firent un feu, allumèrent des lanternes, montèrent le chapiteau du spectacle de magie. Proteus, dans sa cage, se tenait assis, muet et les yeux sombres, et les regardait s'activer.

Le maître de piste s'approcha de Ming, assis près du feu, et lui tendit sa flasque. « Whiskey ? »

Ming prit la flasque et avala une rasade au goulot, l'alcool brut lui brûlant la gorge. Il s'essuya la bouche avec sa manche et rendit la flasque à Monsieur Loyal en le remerciant.

« Va-t-on vous perdre au profit d'un saloon, ce soir ? » lui demanda Monsieur Loyal sur le ton de la plaisanterie.

Ming secoua la tête. « Il n'y a rien dans toute la création qui serait capable de me faire bouger ce soir. » Il s'allongea à même le sol, reposant sa tête sur ses doigts entrelacés.

Monsieur Loyal sourit. « En fin de compte, vous avez été un bon investissement. » Il avala une gorgée de sa flasque et le whiskey le fit tousser un instant. Quand il eut repris son souffle, il poussa Ming du bout de sa botte. « Venez, à présent. Le spectacle va bientôt commencer. »

Ming se leva et s'épousseta. Il regarda le maître de piste. « Vous savez quoi ? lui dit-il. Je crois bien que je vais aller au saloon me chercher une bouteille de whiskey. Histoire de soulager mes maux de tête. »

Le maître de piste tendit la main et tourna de côté la pointe du menton de Ming, siffla en contemplant l'ecchymose violacée qui ornait encore son visage. « Ces Indiens vous ont bien arrangé.

— Juste un seul », dit Ming.

Il quitta la tente et parcourut quelques mètres jusqu'au saloon le plus proche. Il n'y avait presque pas de clients, à l'exception de l'ivrogne de la ville, la tête baissée sur une table, un gobelet vide mollement calé dans une main. Le barman s'occupait en polissant les verres quand Ming entra et posa une poignée de pièces sur le comptoir.

« Une bouteille de whiskey, s'il vous plaît », dit-il.

Le barman fourra le torchon dans la poche de son tablier

et alla chercher une bouteille sur l'étagère derrière lui, fit mine de la poser sur le comptoir et, semblant voir Ming pour la première fois, hésita.

« Combien ? demanda Ming.

— Cinquante *cents.* »

Ming compta les pièces.

« Vous n'êtes pas d'ici », déclara le barman.

Ming leva les yeux pour le dévisager. C'était un adolescent de seize ans au plus, doté d'une moustache qui commençait tout juste à pousser sur sa face lavée. Ming fit glisser les pièces sur le comptoir et les tapota. « Cinquante *cents* », dit-il. Il balaya le restant des pièces dans sa main et les empocha.

« Vous... Vous travaillez sur les chantiers du chemin de fer ? » demanda le barman. Il tenait toujours la bouteille de whiskey. Ses yeux papillonnaient, filant de l'argent au visage de Ming.

« Autrefois, je l'ai fait, dit Ming.

— Et où... Où étiez-vous, avant de venir ici, à Battle Mountain ? »

Ming dévisagea le jeune homme. « J'étais à Carlin », dit-il.

Le barman baissa la bouteille de whiskey. « Vous êtes ce fameux Chinois qui a tué des gens, n'est-ce pas ? chuchota-t-il.

— Vous vous trompez, dit Ming.

— Non, non, je ne crois pas, dit le barman en secouant la tête. Vous êtes venu de Carlin. En voyageant le long de la ligne de chemin de fer. Je le sais. Le shérif m'a dit qu'il vous avait vu, assis au bord de la rivière, quand il est arrivé par le train cet après-midi. Il m'a montré l'avis de recherche. Je l'ai su dès que vous êtes arrivé, j'ai dit, c'est ce Chinois qui...

— Écoute-moi bien, mon garçon. » Ming posa la main sur son étui et se pencha un peu de côté pour que le barman puisse bien le voir. « Tu te trompes. »

Le barman s'immobilisa d'un seul coup et ses yeux s'écarquillèrent.

«Voilà cinquante *cents*, pour mon whiskey», dit Ming. Il tapota de nouveau les pièces sur le comptoir. « Prends cet argent. » Sa voix était grave et menaçante. Le barman ne bougea pas d'un pouce. Ming fouilla dans sa poche et en sortit d'autres pièces et quelques billets. Il plaça le tout à côté des cinquante *cents*. « Un homme a besoin de sa boisson, mon garçon, grogna-t-il. Et cet homme est prêt à payer le prix fort pour l'avoir. » Il compta l'argent posé sur le comptoir du bar. « Voilà trois dollars. Maintenant, donne-moi cette foutue bouteille. »

Un long moment, la tension qui régnait entre eux persista mais, en fin de compte, le barman ramassa l'argent et le rangea dans le tiroir-caisse. Puis il posa la bouteille sur le comptoir et recula en vitesse.

« Merci. » Ming prit la bouteille de whiskey et sourit au barman, qui fut secoué d'un frisson comme si on venait de lui montrer une bouche remplie de dents acérées. Ming toucha le bord de son chapeau et sortit.

Il traversa les rues désertes, la bouteille sous le bras, et retrouva peu après le chapiteau du spectacle de magie. Il se faufila sous les pans de toile et se dirigea vers les coulisses. Là, il salua Hazel et Hunter, assis non loin de la cage de Proteus.

« C'est pour toi, tout ça ? demanda Hazel, en désignant la bouteille.

— J'imagine, oui, dit Ming.

— Un bon chrétien doit être généreux et gentil », dit-elle.

Ming ricana. « Heureusement que je ne suis pas chrétien, dit-il, et il fit mine de s'en aller.

— Tu ne restes pas pour voir le spectacle ? lui demanda-t-elle.

— Je l'ai déjà vu », répondit-il, et il entra dans sa tente.

Le prophète était déjà à l'intérieur, assis en tailleur sur le sol, et le vieil homme lui fit un signe de tête presque imperceptible en guise de salut.

Ming s'assit sur son couchage. Il déboucha la bouteille de whiskey avec ses dents, sortit son carnet de notes de son sac et, entre deux petites gorgées d'alcool, se mit à étudier la copie grossière d'une carte d'arpenteur qu'il avait tracée à la lueur du feu, il y avait longtemps de ça, dans les sierras. À vol d'oiseau, environ quatre-vingt-dix kilomètres le séparaient d'Unionville et de Charles Dixon. Toutes les routes praticables multipliaient au moins par deux la distance à parcourir. De là-bas, il y avait encore à peu près cent cinquante kilomètres en ligne droite jusqu'à Reno et Jeremiah Kelly. C'était difficile de le savoir plus précisément. Par endroits, la carte dessinée à la main était trop maculée pour être lisible, le papier trop usé pour pouvoir s'y fier pleinement. Au rythme qu'ils avaient adopté, il se passerait un long moment avant qu'il puisse s'occuper de Dixon, sans parler du temps qu'ils devraient perdre dans les villes pour y monter le spectacle.

« Patience, mon enfant », dit le prophète, comme s'il avait entendu les pensées de Ming.

Ming regarda le vieil homme. « Nous perdons du temps. Dixon est à Unionville, et Kelly est encore plus loin que ça. »

Le prophète secoua la tête. « Ces hommes que tu cherches vont mourir. Mais leur heure n'est pas encore venue, et elle ne viendra pas de sitôt. Tous les hommes sont invulnérables tant que leur heure n'a pas sonné. Fais-moi confiance, mon enfant. »

Ming poussa un soupir de résignation, referma le carnet et le mit de côté. « Si tu le dis, vieil homme. » Il s'étendit sur son lit et se remit à boire jusqu'à ce que la douleur sourde sous son crâne s'atténue un peu. Il avait déjà vidé les trois quarts de la bouteille quand il entendit Hazel appeler son nom.

« Viens dehors », chuchota-t-elle.

Ming se leva en titubant un peu et jeta un coup d'œil au prophète, toujours assis, les yeux fermés, comme changé en pierre. « Qu'est-ce qu'il y a ? » murmura-t-il en réponse.

« Viens voir. »

Elle se tenait là, devant sa tente, nue comme au premier jour, la peau striée de suie. Ses yeux brillaient. Il essaya de dire quelque chose, mais n'y parvint pas, frappé de stupeur en la voyant ainsi, intense et soudain inconnue, tout à fait différente de la jeune fille qui l'attendait au-delà des sierras.

Elle l'incita à la suivre jusqu'à sa tente, ce qu'il fit. Elle posa sa main menue sur sa poitrine et, d'une poussée légère, le fit asseoir sur son matelas de sol. Au-dessus de lui et partout sur les murs de toile, la lumière de la lampe courait, puissante et sans grâce, une mer de points lumineux jouant à travers les parois ajourées de la lanterne. Peinte de lumière, elle se mit à danser, en une lente rotation des hanches et des cuisses, la lumière mouchetée caressant les courbes de son corps. La tête de Ming était chargée d'alcool et, incapable de parler, il restait étendu là, à la regarder danser. Elle sourit, s'assit à côté de lui sur le matelas et commença à lui retirer sa chemise et son pantalon. Quand ce fut terminé, il passa son bras autour de ses reins et tous deux s'allongèrent côte à côte. Ses baisers avaient un goût de cendre et de charbon ; elle se baissa pour le prendre dans sa main et poussa un petit cri quand elle le glissa en elle et ils bougèrent ensemble et ensemble et ensemble et une fois passé ce petit cri, ils furent silencieux et heureux.

22

« Madame Lockewood ! » clama la voix tranchante du maître de piste à la portière de la tente.

Ming s'éveilla en clignant des yeux. Dehors, il faisait jour. Hazel était encore collée à lui. Elle remua un peu en entendant son nom.

« Madame Lockewood ! Bonjour ! » aboya à nouveau Monsieur Loyal.

Hazel se redressa sur un coude, le sourire aux lèvres. « Oui ? dit-elle, tournée face à Ming.

— Est-ce que M. Tsu est avec vous ?

— Je suis là, dit Ming.

— Habillez-vous et venez dehors, ordonna Monsieur Loyal. Nous avons des questions urgentes à discuter.

— Tu ferais mieux d'y aller », dit Hazel, et elle l'embrassa.

Ming se leva, enfila ses vêtements et sortit de la tente. Toute la troupe, le prophète compris, l'attendait à l'extérieur.

Monsieur Loyal fixa Ming d'un regard appuyé. « Il y a des gens qui sont venus vous chercher, ce matin, dit-il d'une voix égale.

— Des gens de quelle sorte ? » demanda Ming.

Les paupières des yeux du maître de piste se plissèrent. « Des hommes armés, monsieur Tsu. Fort heureusement, Notah a été capable de les éconduire. » Il se retourna vers la tente de Hazel. « Madame Lockewood ! » Il y eut un bruissement de vêtements que l'on enfilait et aussitôt après, Hazel apparut en bâillant. « Bien le bonjour, madame Lockewood », dit le maître de piste.

Ming lui demanda ce que les hommes voulaient.

« C'est vous qu'ils voulaient, répliqua Monsieur Loyal. Et même si le miracle de Notah est grand, il ne réussira pas à vous effacer à tout jamais de la mémoire de ces six hommes violents. À coup sûr, cette affaire est loin d'être terminée. Je pense même qu'ils vont revenir d'ici peu.

— Dans six heures », prédit Notah.

Monsieur Loyal fouilla dans sa poche de poitrine et en sortit une montre de gousset. « Six heures, il y a une heure de ça, dit-il. Il nous en reste environ cinq avant leur retour. Je vous ai engagé pour assurer notre protection, monsieur Tsu, et je vous ai déjà bien payé pour cela. Mais je n'avais pas envisagé qu'un si grand nombre de gens s'intéresseraient à vous, dans ces parages. Peut-être que, comme certains de mes acolytes l'ont suggéré, eh bien… Peut-être serions-nous plus en sécurité en voyageant sans vous qu'avec vous. »

On entendit un bruit de coups contre du métal. C'était Proteus, qui tapait sur les barreaux de sa cage. Il ouvrit la bouche et égrena une série de syllabes incompréhensibles. Monsieur Loyal s'approcha de la cage et lui tendit la main à travers les barreaux. Proteus la prit dans la sienne et, un instant après, il avait changé de forme.

« Je pense, dit avec la voix de Monsieur Loyal le sauvage transformé, que nous devons continuer de notre côté, sans lui. » Il regarda Ming. « Je n'ai pas l'intention de me quereller avec vous, mais vous ne nous aviez rien dit au sujet de vos crimes. Et le vieil homme non plus. On ne peut pas continuer de voyager avec un meurtrier qui ne nous a pas avoué ce qu'il a fait. Surtout s'il nous apporte le danger partout où on va.

— Peut-être qu'il a raison, dit Monsieur Loyal après un temps de réflexion. Je me satisfais de côtoyer un meurtrier et de lui payer son dû. Et je suppose que ce n'est pas une si grande surprise que des représentants de la loi se promènent dans la nature à votre recherche. Je dirais même que c'est la marque d'un excellent pedigree. Mais peut-être avons-nous été un peu trop vite en besogne, monsieur Tsu, et peut-être que nous aurions dû mieux connaître vos raisons de voyager vers l'ouest avant de vous choisir comme guide. »

Ils demeurèrent silencieux un petit moment.

« J'ai des comptes à régler, dit enfin Ming.

— Des gens à tuer.

— Oui.

— Et vous, dit Monsieur Loyal, en se tournant vers le prophète. Qu'est-ce qui vous pousse à le guider ?

— C'est un homme sans limites, répondit le vieil homme. Son heure est venue et elle est passée. Et pourtant, il vit et il respire.

— Combien ? demanda Hazel. De comptes à régler, je veux dire.

— Quatre de plus, répondit Ming. Un à Unionville, un autre à Reno, et deux en Californie.

— Laissons-le partir, dit Proteus. Il n'en vaut pas la peine.

— Qu'en pensez-vous ? demanda le maître de piste à Ming.

— Ne faites pas ça ! » lâcha Hazel. Les autres la regardèrent et, rougissant, elle baissa les yeux vers ses pieds. Au bout d'un moment, elle reprit son calme et son regard vint à nouveau rencontrer les leurs. « Sans lui, nous serions déjà morts une douzaine de fois.

— Moi non plus, je ne veux pas que M. Tsu parte », dit la voix du garçon dans leur tête. Ses larmes brillaient alors même qu'il serrait ses petits poings et essayait de se retenir de pleurer.

« Le garçon l'aime bien, monsieur, dit Gomez. Et la dame aussi. »

Le maître de piste y réfléchit. « Vous portez-vous garante de lui, madame Lockewood ? »

Elle jura que oui.

« Et toi ? demanda Monsieur Loyal en se penchant vers Hunter et signant.

« Oui, dit Hunter.

— Deux de mes trois miracles, dit Monsieur Loyal, et il jeta un regard méfiant en direction de Proteus. Je suis un homme d'affaires, monsieur Tsu. La chose la plus importante que je doive faire, c'est protéger mes actifs. Et par un processus démocratique, mes miracles ont choisi de vous garder auprès de nous. Vous nous conduirez jusqu'à Reno. » D'un geste, il indiqua à Gomez et à Notah de commencer à démonter la tente, et les deux machinistes acquiescèrent et s'en allèrent. Maintenant que les hommes de loi avaient vu Ming par la fenêtre du train, dit Monsieur Loyal, ils ne pouvaient plus prendre un tel risque. Il leur faudrait emprunter une autre route vers Winnemucca, une route à l'écart des voies ferrées.

Ming les laissa soudain et revint un instant plus tard avec son carnet. Il l'ouvrit sur la carte qu'il avait examinée la nuit précédente. Il existait une piste pour le bétail à environ cent dix kilomètres au sud de la voie ferrée, dit-il, et il passa son doigt le long d'une ligne pointillée pour la montrer à Monsieur Loyal. Vers l'ouest en traversant Copper Basin, puis vers le sud autour d'Antler Peak et ensuite en direction de Sonoma Peak. Ming examina la carte en fronçant les sourcils et indiqua les endroits où ils pourraient trouver de l'eau. Il estimait que, le matin du cinquième jour, il leur faudrait prendre une réserve d'eau supplémentaire pour les chevaux, et les faire avancer tout doux, à petite allure, le reste du voyage. Ils atteindraient Winnemucca au bout d'une semaine environ, si le temps était clément et les pistes dégagées.

« Et fini la pêche à la truite, il nous faudra des provisions, dit Ming. Qu'ils reviennent dans cinq heures ou pas, je crois bien que je ne peux plus me montrer en ville. Mais j'ai besoin de plomb et de poudre, quatre livres de chaque. »

À son tour, le maître de piste étudia la carte, puis il se redressa et appela le reste du groupe. « Vous tous. Rassemblez les affaires ! » Il se tourna vers Ming. « Je vais chercher les provisions. Du plomb et de la poudre aussi. Nous partons sur-le-champ. »

DEUXIÈME PARTIE

旅

23

La piste du bétail était étroite, sinueuse et pavée d'innombrables empreintes de sabots laissées par les bovins. Le prophète leur dit qu'ils suivaient les traces d'un déluge très ancien, venu et reparti avant même qu'il existe des hommes pour annoncer sa venue. Il dit que le déluge avait creusé ces vastes plaines sur ce qui était autrefois de hauts plateaux majestueux, et qu'il avait emporté dans ses profondeurs insondables des rochers aussi gros que des maisons. Sous la violence du déferlement des eaux, ces rochers avaient été réduits en grains de sable, blanchis comme des os, et dispersés partout sur la terre, infimes rémanences des berges des lacs arctiques qui avaient les premiers engendré et nourri le déluge. Comment le vieil homme pouvait-il savoir tout cela, si, comme il le disait, nul n'avait été là pour assister à ce cataclysme ? Telle fut la question que lui posa Monsieur Loyal. En réponse, le prophète sourit et, d'un geste du bras, il balaya tout le paysage alentour et dit que cette histoire restait gravée dans la terre elle-même, visible au grand jour pour que tous les hommes puissent la lire.

Ils progressèrent vers le sud sur la peau de la terre, dépassant les puits de mines épuisées creusés par les prospecteurs de cuivre qui, faute de trouver des richesses, avaient abandonné les lieux. À l'horizon derrière eux, la tache sombre de Battle Mountain s'estompa et finit par se dissoudre dans la brume miroitante qui montait du désert. Ils avancèrent lentement dans la chaleur, les yeux plissés face au soleil.

Puis, dans la pénombre croissante d'un crépuscule d'été, ils dressèrent un campement silencieux. Sur les instructions de Ming, Notah construisit un feu rugissant qui projetait ses braises dans le ciel à dix pieds de haut. Dans une casserole en fer, Ming fit fondre le plomb que le maître de piste était allé chercher et, la sueur au front, il versa le métal fondu dans des moules à balles. Hunter le regardait faire, fasciné, le visage illuminé par les flammes dansantes. Quand Ming eut terminé, il creusa un petit puits dans le sable, en mouilla les parois avec l'eau de sa gourde et versa le plomb restant dans le trou, où il craqua et siffla.

Ils mangèrent leurs rations de bœuf salé et de biscuits pendant que le feu se changeait en cendres. Après le repas, Ming plongea ses doigts calleux dans le sable et déterra le morceau de plomb, puis brossa les grains de sable de sa surface mouchetée. Il offrit le lingot de plomb encore chaud au garçon, qui le prit dans ses mains et le fit tourner entre ses doigts à la lueur rougeoyante des braises. Comme la lumière se déformait et flamboyait sur le métal !

Hazel se leva et tapota l'épaule du garçon, fit un geste vers leurs tentes et mima le sommeil. Il était l'heure de prendre du repos. À regret, le garçon rendit le morceau de plomb à Ming et tous deux souhaitèrent une bonne nuit au groupe. Dans le foyer, les braises se changèrent en petits cocons de cendres, donnant de moins en moins de lumière. Notah et Gomez se retirèrent sous leurs tentes, suivis de près par le prophète et Proteus. Seuls Monsieur Loyal et Ming restèrent près du feu.

Monsieur Loyal buvait à sa flasque en argent terni, la polissant sur sa veste entre deux rasades de whiskey pour en faire vaguement briller un des coins. « À petites gorgées, dit-il, comme s'il se donnait des instructions à lui-même. À petites gorgées pour mieux tolérer ce tord-boyaux. » Il s'en versa une autre dans la bouche, réprima une quinte de toux, puis, secouant la tête, fit descendre le whiskey. Monsieur Loyal ferma un œil et vida la flasque dans le feu. Il la reboucha et regarda Ming. « Monsieur Tsu, dit-il, combien de gens avez-vous tués ?

— Même si je le savais, répondit Ming, et je ne le sais pas, je ne vous le dirais pas. »

Monsieur Loyal ricana. « Je vois. Que diriez-vous d'un échange, alors ? Une réponse pour une autre. »

Ming réfléchit un moment, enfonça un ongle dans le plomb et en retira quelques grains de sable. « Soit.

— Très bien », dit Monsieur Loyal. Il cracha délicatement sur sa flasque et se mit à polir un autre coin du flacon. « Combien d'hommes pensez-vous avoir tués ?

— Environ deux cents, j'imagine. »

Monsieur Loyal émit un sifflement. « Qui était le premier ? »

Ming fit claquer sa langue. « À mon tour. » Il faisait basculer le lingot de plomb d'une extrémité à l'autre entre ses mains, l'examinant de près. « Où avez-vous trouvé Hazel ? »

À Omaha, lui répondit Monsieur Loyal. Hazel faisait un numéro avec son mari dans une fête foraine. Il leur avait offert sa protection et ils avaient accepté de travailler avec lui. Des Indiens les avaient attaqués à Green River et son mari avait été tué. Le maître de piste avait aussi perdu trois de ses hommes. Sanglante journée. Mais Hazel était restée avec lui, son premier miracle, et pendant un bon moment, jusqu'à ce qu'il trouve Hunter Reed, le seul et unique.

Ainsi donc, Ming avait couché avec une veuve. Il jeta un coup d'œil à la tente de Hazel, peut-être pour vérifier qu'elle ne les avait pas entendus. Il faisait trop noir pour s'en assurer. Ne sachant guère quoi penser du récit du maître de piste, il se contenta d'examiner le morceau de plomb entre ses mains. Un fragment de terre tenace restait coincé dans une crevasse du lingot et, sortant son crampon de rail, il commença à extirper la terre avec beaucoup de patience. « C'est à vous, dit-il.

— Votre anglais est aussi bon que le mien, dit Monsieur Loyal. Comment en êtes-vous venu à le parler ?

— Je l'ai toujours parlé.

— Une réponse satisfaisante pour une réponse satisfaisante, monsieur Tsu. C'est notre marché. Il vous faut expliciter un peu plus. »

Ming posa le plomb et le crampon et regarda le maître de piste. « C'est juste. » Il s'approcha d'une des balles qu'il avait forgées un peu plus tôt et évalua sa température. Elle était froide à présent. Il commença à rassembler les petites boules de plomb au creux de sa main. Il était orphelin, dit-il à Monsieur Loyal. Ses parents étaient venus de Chine, et sa mère était morte ici en accouchant. Son père, ne sachant pas s'occuper d'un bébé, l'avait confié à un orphelinat. Ming avait été élevé par son protecteur, un homme du nom de Silas Root.

« Ah, oui, dit Monsieur Loyal. Un Américain. Je me souviens que Mme Lockewood et moi, nous avons parlé de ce Silas Root.

— Alors vous le saviez déjà, dit Ming. Inutile de le répéter.

— Je voulais l'entendre de la bouche du cheval, sourit Monsieur Loyal. Et donc, Silas Root vous a appris à parler anglais ?

— Oui, dit Ming, approchant le visage de la lumière déclinante du feu. Regardez », dit-il, et il ouvrit la bouche et enroula sa langue vers le haut.

Monsieur Loyal se pencha pour mieux voir. Une fine cicatrice argentée courait sous la langue de Ming. Il referma la bouche et se rassit.

Longtemps, dit Ming, il n'avait pas pu parler. Certains disaient qu'il était muet. Mais Silas savait qu'il avait seulement la langue bloquée. Une nuit, alors qu'il était encore très jeune, un chirurgien lui avait rendu visite. Il avait donné à Ming un chiffon imbibé de whiskey et lui avait dit de le tenir sous sa langue. Ming avait dû mordre dans un bloc de bois enveloppé de cuir, puis le chirurgien lui avait coupé la langue pour la libérer. Pendant six jours, il avait craché du sang. Le septième jour, dit Ming, il pouvait parler. Il ramassa les dernières balles de plomb et les rangea dans un petit sac fermé par un cordon.

« Silas m'a trouvé à l'orphelinat, dit Ming. Il m'a sauvé d'une vie de misère.

— Un homme bon.

— Oui, mais pas à cause de ça. Il avait ses raisons pour me prendre. Ses propres buts.

— Pour tuer.

— Oui, dit Ming, d'une voix plus calme, plus douce. Ça n'a pas l'air si noble que ça de sa part, hein ? » Il retira un petit caillou fiché dans la semelle de sa botte, le fit rouler entre ses doigts. « Personne ne prête attention à un Chinois qui s'occupe de ses affaires, disait-il, et à coup sûr, personne ne s'en souviendra jamais assez bien pour le reconnaître si le shérif vous le demande. Pour tous les policiers, nous ne sommes pas différents les uns des autres. Bon dieu, dans les sierras, ils n'inscrivent même pas nos noms sur les registres, ils se contentent de compter nos têtes. Enfin, Ellis excepté. Ce fils de pute, lui, il a tout spécialement fait couper ma queue de cheval pour pouvoir me distinguer des autres. » Il marqua une pause, ses pensées brièvement occupées ailleurs. « Et le vieux avait raison, comme toujours. Personne n'a jamais fait attention à moi. » Il se souvint de Silas, de Sacramento, des maisons obscures dans lesquelles il s'était faufilé, les mains couvertes d'un sang qui n'était pas le sien. Avec un sursaut, il se reprit et secoua la tête, comme pour chasser les souvenirs. « Silas était un homme bon, a-t-il dit. Et il est mort, de toute manière. » Il rencontra le regard du maître de piste. « Satisfait ?

— Remarquable, souffla Monsieur Loyal. À vous de jouer. »

Ming lui demanda si Hazel parlait souvent de son mari.

« Au début, oui. Et longtemps après sa mort, elle ne voulait plus faire de spectacle. Au bout du compte, j'ai envoyé Notah s'occuper d'elle.

— Pour lui faire oublier.

— C'est ce qu'elle voulait. Seulement, elle ne savait pas comment le demander. Je l'ai laissée pleurer aussi longtemps que possible, mais il fallait que ça cesse. »

Ming fixa Monsieur Loyal un long moment, ne sachant plus quoi dire. Il voulait secouer le maître de piste par ses revers en lambeaux, lui demander de quel droit il se donnait le pouvoir de noircir les souvenirs de Hazel. Et pourtant, il éprouvait un sentiment de soulagement, nu et honteux, à l'idée qu'elle ne se souvenait plus de son mari. Il jeta un regard à la tente de Hazel. Il faisait trop sombre. Il n'y avait rien à voir là-bas.

« À mon tour, dit Monsieur Loyal. Comment êtes-vous devenu si habile dans votre métier ?

— Restons-en là, dit Ming en se levant et en brossant la poussière de son pantalon. Bonne nuit. »

Monsieur Loyal jeta une poignée de sable sur les braises et acquiesça. « Alors, bonne nuit, monsieur Tsu. »

24

Ils traversèrent l'ombre d'Antler Peak qui s'allongeait dans la chaleur recuite de l'après-midi du troisième jour. Dans les contreforts de la montagne, ils suivirent d'étranges marques sur les pierres jusqu'à une fosse au pied d'une falaise de pierre noire et là, ils trouvèrent de l'eau froide et claire, comme le promettait la carte copiée par Ming. Les géomètres du chemin de fer faisaient toujours leur travail avec minutie. Les chevaux les regardaient, desséchés et anxieux, tandis que la troupe remplissait ses gourdes. Une fois cela fait, les animaux furent autorisés à s'approcher du bassin et à boire ; en quelques minutes, ils vidèrent tout ce qui restait au fond de la petite source. Ming s'assit sur le marchepied de la diligence et affûta son crampon de rail jusqu'à ce qu'il soit poli comme un miroir, le fer raclant la pierre à aiguiser. La nuit les prit soudainement. Ils formèrent un cercle bien serré autour du feu, le dos courbé contre le froid du désert. Hazel et le gamin étaient partis sous leurs tentes. Le prophète fredonnait.

« Quel est donc cet air, vieil homme ? » lui demanda Proteus d'un ton bourru.

Le prophète s'arrêta et sourit. Il fixa ses yeux vitreux sur le double du maître de piste. « Une vieille élégie, dit-il, et il se remit à fredonner.

— Qu'est-ce que c'est, une élégie ? interrompit Gomez.

— Une chanson pour les morts », répondit le maître de piste. Il prit une brindille brûlante dans le feu et alluma sa pipe.

« Il y a des paroles, dans ces chansons ? » demanda Gomez.

Le prophète secoua la tête. « Avec le temps, toutes les chansons perdent leurs paroles. Et au-delà du temps, la plupart perdent même leur musique. Les chansons sans langage ni mélodie deviennent pareilles à des rêves et persistent dans l'esprit sans raison, sans substance. Il ne reste plus que le souvenir que la chanson a existé autrefois.

— Et elle est pour qui, cette chanson ? dit Gomez.

— Pour tous ceux qui sont morts », répondit le prophète.

Monsieur Loyal tira profondément sur sa pipe et considéra le vieillard avec une sorte de révérence. « Votre compagnon, M. Tsu, m'a dit que vous n'aviez pas de mémoire, dit-il.

— Oui, répondit le prophète.

— À quoi bon une élégie chantée par un homme qui ne peut pas se souvenir ?

— Et vous, monsieur, dit le prophète, vous pouvez vous souvenir ?

— Bien sûr, dit Monsieur Loyal.

— Et vous ? demanda le prophète à Gomez.

— Oui, dit le Mexicain.

— Et vous », demanda-t-il à Proteus.

Le sauvage hocha la tête. « Oui.

— Même vous, dit le prophète, regardant Notah sans le voir, vous qui changez les souvenirs des hommes ?

— Oui », dit le Navajo.

Le prophète se tut un moment, puis reprit : « Ce n'est pas ainsi. Aucun homme ne se souvient vraiment du passé. Ceux qui le prétendent se trompent. Le souvenir est le fardeau du corps, et non de l'esprit. Le vrai souvenir ne doit pas être remémoré. C'est un rite qui doit être accompli. » Il se tourna vers Notah. « Vous, dit-il. N'y a-t-il pas des souvenirs impossibles à effacer ?

— Oui, dit Notah. Des souvenirs de lieux et de routine.

— Ce sont là de vrais souvenirs, dit le prophète. Le passé est continuellement à l'œuvre dans le présent. Les rituels. Les habitudes. Les vrais souvenirs résonnent sur des registres plus profonds que ce que l'esprit peut toucher. Les hommes peuvent se tromper dans leurs souvenirs. Les hommes peuvent mentir. Mais le corps, lui, ne peut pas oublier. Il n'a aucun moyen d'oublier. » Il tendit un bras flétri et retira sa manche pour révéler la toile d'araignée de fines cicatrices blanches qui lui encerclait le poignet. « Une chair frottée à vif par les fers, murmura-t-il. Mon corps se souvient du temps où il était enchaîné, même si moi, je ne le peux pas. »

Monsieur Loyal parut réfléchir intensément. Il tendit les mains et les réchauffa au-dessus du feu qui s'éteignait, les déplaçant de part et d'autre dans la faible clarté. On voyait des cicatrices là aussi, sur ses jointures, des lignes pâles sur le grain de la peau de ses paumes. De là où Ming se tenait assis, les cicatrices semblaient briller.

« Vous m'avez demandé, dit le prophète, à quoi sert une élégie chantée par un homme qui ne peut pas se souvenir. Mais tous les hommes ne peuvent pas se souvenir. » Sa voix était claire et lucide. « Une élégie est bonne simplement parce qu'on la chante. Et une fois ses paroles perdues, elle est encore bonne, parce qu'on la chante. Et une fois sa mélodie, emportée, elle aussi, elle est encore bonne, parce qu'on l'a chantée. » Il se leva et posa ses yeux aveugles sur les hommes assis autour du feu. « Chanter, c'est un labeur, et ce n'est que par le labeur que les hommes vivants se souviennent des ombres des hommes disparus. Voilà ce que signifie se souvenir. »

Sur ce, le prophète se retourna et fut englouti par les ténèbres.

25

Il était peu après midi, le cinquième jour, quand Ming, parti en éclaireur, revint vers les autres en courant et leur dit de s'arrêter. « Peut-être des problèmes, dit-il, et il regarda le prophète, perché sur la selle de son pinto. Que vois-tu venir, vieil homme ? »

— Aucun danger », dit le prophète après une pause.

Ming ordonna néanmoins à tout le monde d'attendre. « Ne bougez pas tant que je n'ai pas donné le signal », dit-il, et il repartit sur le sentier, son arme dégainée.

Quand il fut assez près de ce qu'il avait vu, il s'allongea, s'aplatit sur la terre et commença à ramper, avec une lenteur délibérée. Bientôt, il le rencontra à nouveau. Un arbre, frappé par la foudre et solitaire, squelettique contre le ciel. Il y avait de l'eau douce près d'ici. Ou il aurait dû y en avoir. Sans nul doute, la source devait être empoisonnée, à présent. Car à l'une des branches calcinées de l'arbre pendait une courte longueur de corde, et à cette corde était suspendu un corps.

Ming continua de ramper à plat ventre jusqu'à ce qu'il

soit à quarante pas de l'arbre. Il tenait son revolver devant lui, un œil rivé sur la mire. Il avait entendu parler d'embuscades d'Indiens comme celle-ci. Les gens disaient que les Indiens prenaient un colon prisonnier et l'emmenaient loin dans les terres, le scalpaient et le pendaient à un arbre pour qu'il serve d'appât et attire ceux qui passeraient ensuite dans les parages. Et quand des hommes élevés dans la crainte de Dieu s'approchaient pour le détacher, les Indiens sortaient de leurs cachettes et se jetaient sur ces pauvres malchanceux. Ming avait entendu raconter cela et bien pire encore. En vérité, il accordait peu de crédit à ce qu'il avait entendu et non vu de ses propres yeux. Mais il était déjà tombé une fois dans une embuscade sur cette maudite piste, alors il s'allongea sur le ventre et attendit.

Rien ne bougeait, à l'exception du cadavre qui se balançait lentement dans le vent. Ming ne savait plus très bien depuis combien de temps il attendait là, mais le jour commençait déjà à fraîchir quand enfin il se sentit sûr que le cadavre et lui étaient véritablement les seuls en ce lieu. Il s'approcha de l'arbre avec une certaine méfiance, son arme chauffée par le soleil prête à tirer. De près, Ming pouvait voir que le pendu n'était pas un Blanc, mais un Indien. On l'avait suspendu par les chevilles comme la carcasse d'une bête abattue. On avait enfoncé un unique crochet de fer noirci de sang séché derrière ses deux tendons d'Achille et son corps pendait au bout de ce crochet.

On avait déshabillé le guerrier, exposant au grand jour sa large poitrine perforée par les balles de fusil. Les orbites creuses, il fixait un paysage inversé, des traces de sang séché remontant le long de son front. Sa gorge était tranchée et déchiquetée. Quelle similitude entre le travail des vautours et des coyotes et la violence des hommes... L'homme avait été scalpé et son crâne mis à nu brillait, blanc et criard, dans la lumière du soleil de l'après-midi, un disque d'os cerclé de peau qui avait commencé à se recroqueviller sous la chaleur incessante.

Soudain, le vent tourna et projeta l'odeur putride de la mort vers Ming, qui tituba en arrière et fut secoué de nausées. Il se retourna, fit une demi-douzaine de pas en trébuchant et tomba à quatre pattes. Le regard fixé sur l'horizon bleu au loin, il sentit son corps se tordre, soulevé par une série de haut-le-cœur, mais il ne vomit rien d'autre qu'une fine bile jaune qui coula sur le sable desséché. Quand ce fut fini, il s'essuya la bouche avec sa manche et recouvrit de sable l'endroit où il avait vomi, jusqu'à ce que la bile disparaisse. Il se remit doucement debout et ramassa son revolver, le corps encore parcouru de frissons qui s'amenuisaient.

Puis il retourna vers les autres et leur relata ce qu'il avait vu. Hunter n'en entendit pas un mot, ne comprit pas pourquoi Ming le souleva de terre et grimpa avec lui dans la diligence, pour presser un moment le visage du garçon contre le tissu rugueux de sa chemise.

Ils continuèrent d'avancer jusque tard dans la nuit, bien au-delà de la source empoisonnée, dans la vaste étendue qui séparait Antler Peak de Sonoma. Quand enfin ils s'arrêtèrent pour camper, ils se sentaient tous trop épuisés pour avoir la force de monter leurs tentes. Notah fit un petit feu ;

autour de celui-ci, ils étendirent leur couchage. Cette nuit, ils dormiraient sous les étoiles.

« On est à cours d'eau, c'est ça ? dit Hazel.

— Il nous reste environ vingt-cinq litres dans la diligence, répondit Monsieur Loyal.

— Les chevaux vont mourir, dit-elle.

— Est-ce qu'ils vont mourir ? demanda Ming au prophète, sans quitter le feu des yeux.

— Non », dit le prophète.

Hazel le regarda d'un air interrogateur et lui demanda ce qu'il voulait dire.

« Les chevaux ne mourront pas, répéta le prophète, et il y aura de l'eau demain.

— Vous comptez la chercher sous terre ? dit Monsieur Loyal.

— Un orage approche », dit le vieil homme, et il tourna le visage vers le ciel.

Tous suivirent son regard à travers le ciel de la nuit claire.

« Je ne pense pas, vieil homme, se moqua Proteus.

— Aie confiance, dit le prophète. Il viendra.

— Alors c'est réglé, dit Monsieur Loyal en s'étendant sur son couchage. Reposez-vous bien, messieurs. »

Ming balaya les grains de sable de son matelas de sol et se coucha. Bientôt, la troupe s'endormit. Au-dessus d'eux, les étoiles suivaient leur course. Hazel était allongée à côté de Ming, son petit visage serein et obscurci par sa chevelure. Il tendit la main et fit glisser derrière son oreille une mèche de ses cheveux. Une action ancienne et familière.

Il se réveilla en sursaut au milieu de la nuit, il ne s'était même pas rendu compte qu'il s'était endormi. Là, tout près de sa jambe, s'enroulait une masse sombre de muscles. De la bouche d'une vipère du désert, une langue entrait et sortait, goûtant l'air. Ming ne bougeait pas. Le serpent glissa le long de son corps et s'arrêta devant son visage, comme s'il examinait ses traits. Ming l'observa. D'épais anneaux ondulaient tout le long du corps du reptile. Il émit un sifflement doux, presque sur le ton de la conversation.

« Tu ne vas pas me prendre maintenant, n'est-ce pas ? » demanda Ming à haute voix.

La vipère répondit par des sons sibilants qu'il ne pouvait pas comprendre.

« Mon heure n'est pas encore venue, dit Ming. Je n'ai pas fini. Elle m'attend encore en Californie, je peux le jurer. »

Un long moment, le serpent demeura silencieux. Puis il ouvrit à nouveau la bouche, plus largement, décrocha sa mâchoire, sortit ses crocs, les rétracta à nouveau. Enfin, il abaissa la tête sur le sable et resta immobile.

« Merci bien », dit Ming.

Le serpent traversa alors jusqu'à l'endroit où les braises couvaient encore, aussi rouges que les yeux d'un démon, et s'arrêta juste au bord du feu. Puis il se glissa bien tranquillement parmi les braises. La flamme s'élança de plus belle, filant sur la peau du serpent comme sur une toile cirée. La vipère brûlait de tout son long, sans fumée et sans bruit. Elle s'embrasa et s'enroula en une masse lovée au centre du brasier, puis ses yeux se voilèrent et elle cessa de bouger. La peau quadrillée s'écailla en lambeaux de cendres incandescentes, puis le feu se propagea aux muscles striés, qui se réduisirent en poussière. Au lever du jour, il ne restait plus que les os du serpent au milieu des cendres chaudes, un nid de côtes délicates et de vertèbres entrelacées qui soutenait un crâne pâle et creux. Et bien que Ming ne se fût pas rendormi, il se sentit reposé.

26

Au matin, un ciel gris et instable les attendait. Les chevaux renâclaient, mal à l'aise, leurs oreilles agitées de soubresauts. Une pression électrique s'accumulait dans l'air. La chemise de Ming lui collait aux bras. Déjà, le jour était épais et humide. De temps à autre, les hommes regardaient le prophète avec inquiétude, comme si la pluie attendait sa parole pour tomber. Les nuages descendaient de plus en plus bas, le jour se fondant dans un crépuscule inquiétant.

« La pluie », s'écria enfin le prophète, et elle vint alors.

Les sommets escarpés du Nord-Ouest s'enfoncèrent dans le ventre de la tempête et ouvrirent une longue entaille dans les nuages, et de cette blessure jaillirent des pluies diluviennes sans fin. L'eau s'abattait tout droit par grandes nappes sans subir l'influence du vent ou de la géologie, plus vite que la terre ne pouvait la boire. Sous ces nappes, la boue envahissait tout. Des montagnes se déversaient des eaux grises, d'abord en ruisseaux turbulents, puis en larges bandes boueuses où venaient s'abreuver les chevaux. Des éclairs insonores et sans tonnerre illuminaient le monde de leur éclat abrupt et le bruit de l'averse torrentielle assourdissait Ming. La pluie bienvenue apportait un soulagement après la chaleur et, même les yeux brouillés par la piqûre de l'eau, Ming se surprit à sourire.

Sous la pluie battante de cette soirée, le jour se dissipa et devint une nuit fraîche et propre. Construire un feu aurait été une folie. Ils se serrèrent les uns contre les autres dans un abri que Notah avait improvisé en tendant un rouleau de toile de tente sur le côté de la diligence. Finalement, la pluie se calma un peu. L'orage avait obliqué vers l'ouest, projetant des éclairs à l'horizon. Ils étaient tous trempés et fatigués; sous la mince lumière d'une lanterne solitaire, seul le blanc de leurs yeux restait visible.

« Whiskey ? » Monsieur Loyal leva sa flasque.

Une main pâle surgit et l'attrapa. C'était celle de Proteus. Il but et la rendit à son double. « Merci, grogna-t-il.

— Winnemucca n'est plus très loin », observa Gomez. Il regarda dans l'obscurité la pluie qui glissait de la toile au-dessus d'eux en cordes noires, cristallines à la lumière de la lanterne.

« Par ce temps, dit Ming, en montrant les roues de la diligence embourbées, il nous faudra encore au moins un jour.

— On ira plus vite quand la pluie aura cessé, dit Gomez.

— Ce n'est pas près de s'arrêter », dit Notah. Il se pencha un peu plus vers la pluie et essora sa chemise. « Je connais les tempêtes comme celle-ci. Il va pleuvoir quatre ou cinq jours d'affilée. Ensuite, plus rien pendant des semaines ou des mois.

— Rencontrerez-vous encore d'autres dangers à Winnemucca, monsieur Tsu ? » demanda Monsieur Loyal.

Ming ricana. « C'est presque certain.

— Tant que c'est seulement vous que le danger concerne, dit Proteus, et pas l'un des nôtres. »

Dans l'obscurité, Ming sentit la pression d'une main froide sur son genou. C'était Hazel. Sur son giron reposait la silhouette enveloppée d'ombres de Hunter, profondément endormi. Ming posa sa main sur celle de Hazel. « Le danger ne sera pour personne d'autre que moi », dit-il.

Monsieur Loyal lui demanda quelle route il comptait prendre pour les emmener à Reno. Ming ferma les yeux et, dans son esprit, traça une ligne imaginaire à travers le désert. Il leur fallait aller vers le sud, dit-il, le long du flanc est de Thunder Mountain. Puis vers Star Peak à l'ouest et traverser Unionville. Ensuite, le col au sud d'Unionville et les pistes indiennes jusqu'aux contreforts, et de là, vers le sud-ouest jusqu'à Lovelock.

« Il n'y a pas d'autres ennuis qui vous attendent à Unionville et à Lovelock? demanda Proteus.

— Il n'y a rien à Unionville, à part des laissés-pour-compte du chemin de fer et des mineurs, répondit-il. Et rien non plus à Lovelock, à part des bordels et des salles de jeu.

— S'il y a des policiers dans ces villes, et je pense que ce sera le cas, alors les ennuis viendront à vous. » Proteus se pencha en arrière, l'air satisfait.

Ming frissonna ; soudain, l'atmosphère semblait devenue froide.

« Ça suffit, dit Monsieur Loyal. La décision a déjà été prise, Proteus, comme vous le savez. M. Tsu reste avec nous.

— S'il traîne dans les parages, continua le sauvage en élevant la voix, on ne pourra pas monter de spectacle sans qu'un shérif vienne frapper à notre porte.

— Notre véritable terminus, ce sera Reno, dit Monsieur Loyal, parlant plus fort, en l'ignorant.

— Si ces deux Chinois continuent de nous guider, grogna Proteus, alors notre véritable terminus, c'est qu'on finira tous morts sur le bord de la route dans une foutue ville fantôme.

— Tous, pas forcément, gronda Ming, et la main de Hazel se raidit sous la sienne.

— Notah », appela Monsieur Loyal.

Le Navajo se leva et, enjambant la lanterne, il se dirigea vers l'endroit où était assis Proteus et le frappa durement au front du plat de la main. Le sauvage se relâcha et bascula en arrière. Notah s'accroupit au-dessus de lui et le saisit par la pointe du menton, puis le dévisagea jusqu'à ce que ses yeux deviennent blancs, que son corps reprenne sa forme tatouée et ne bouge plus. Au bout d'un moment, Notah se releva et retourna à sa place en s'inclinant pour éviter de se cogner la tête au toit de toile. Le silence régnait, à l'exception du bruit de la pluie qui ne cessait pas.

Finalement, Proteus revint à lui et s'assit, se frottant le visage avec les mains. Ses yeux étaient brouillés et vitreux. Monsieur Loyal tendit la main et le prit par le poignet et, secoué d'un frisson, Proteus se transforma à nouveau en double du maître de piste.

« Ça ne te ressemble pas de reposer tes yeux quand tu as de la compagnie », dit Monsieur Loyal.

Proteus semblait étourdi. Il plissa le front, perdu dans ses pensées. « Ce doit être la fatigue du voyage, dit-il enfin.

— Une longue route nous attend demain, dit le maître de piste à toute la troupe. Mieux vaut prendre du repos. » Il s'adossa à une roue de la diligence et rabattit son chapeau sur son visage.

Bientôt, seuls Ming et Notah restèrent éveillés.

« Je croyais que tu ne touchais jamais aux souvenirs de tes amis », dit Ming.

Proteus était étalé sous la diligence, plongé dans un sommeil profond.

« Ce n'est pas mon ami, dit Notah. Un homme capable de passer autant de temps dans la peau d'un Blanc ne vaut pas mieux qu'un Blanc. » Il roula sa chemise en boule pour en faire un oreiller de fortune et reposa sa tête. « Bonsoir, monsieur Tsu. »

27

Ming se réveilla, les épaules endolories, dans une aube dépourvue de couleurs ; une inquiétante lumière grise filtrait à travers les nuages. La pluie n'avait toujours pas cessé. Au-delà du bord de leur auvent de toile, le monde s'était transformé sous l'effet des ravages de la tempête. Ils remplirent leurs gourdes à un ruisseau limpide martelé par la pluie dont le lit sinuait lentement au loin devant eux. Le pantalon mouillé de Ming lui collait aux jambes. Il avait l'impression de ne plus avoir été au sec depuis au moins un siècle.

Bientôt, le reste de la troupe se leva et ils repartirent. Il ne pleuvait plus autant que la veille. Proteus et Monsieur Loyal marchaient à côté des chevaux. Hazel et le gamin restaient à l'abri dans l'habitacle de la diligence. Gomez et Notah suivaient ; la pluie dégoulinait du bord de leur chapeau et leur coulait dans le dos. Ming chevauchait à côté du prophète, en tête du groupe. Le risque de voir les chevaux mourir de soif s'était éloigné.

Déjà, les contours déchiquetés de Sonoma Peak apparaissaient au loin à travers la couverture de nuages bas. Sans l'aide du soleil pour se guider, il devenait difficile de déterminer la direction à emprunter. Seul le prophète était capable de le dire. Devinant l'ouest à partir de sillons subtils creusés dans le sol, il donnait ses indications. Il ne portait pas de chapeau et la pluie tombait en cascade, ruisselant sans rencontrer d'obstacle sur son corps mince, sa fine chemise rendue translucide, un voile collé à lui comme une seconde peau. Quand ils s'arrêtèrent pour le repas du soir, Ming lui tendit la main pour l'aider à descendre de cheval et sentit alors les os frêles du vieillard se déplacer, sa peau parcheminée glisser sur les articulations vétustes. Ils prirent place dans la diligence avec le reste de la troupe, très à l'étroit, mâchant des lanières de bœuf salé qu'ils arrosèrent d'eau de pluie. Une lumière ténue entrait par les portières ouvertes de la diligence.

« Quand est-ce qu'on arrivera à destination ? demanda Hunter.

— Bientôt, dit Ming, et il fit un signe au maître de piste. Dites-lui que nous serons bientôt arrivés. »

Monsieur Loyal signa pour le garçon, étirant avec le pouce et l'index un fil fantôme qui semblait pendre de son menton. De ses propres mains, Ming imita le mouvement.

« Vous apprenez vite, observa le maître de piste.

— Ça fait partie de mon métier, dit Ming.

— Je vois que vous aimez bien ce garçon », dit Monsieur Loyal. Il se leva du banc de la diligence pour se baisser et fouiller dans son sac. Au bout d'un moment, il sortit un petit livre tout écorné à peu près de la taille d'un jeu de cartes. « Tenez », dit-il, le tendant à Ming.

Ming leva la couverture et lut le titre à haute voix : « *Sur le langage des signes.*

« Quand j'ai trouvé le petit, il y a des années, dit Monsieur Loyal, il ne connaissait rien à la langue des signes. Il pouvait parler, bien sûr, il portait déjà le miracle en lui, mais il ne pouvait pas entendre. » À l'orphelinat, poursuivit Monsieur Loyal, le garçon gardait toujours avec lui une ardoise et un morceau de craie. Quand les gens voulaient lui dire quelque chose, ils écrivaient sur l'ardoise. Mais le petit savait à peine lire. Tous les soirs, pendant le spectacle, il oubliait quelque chose. « Si je voulais le garder avec nous, dit Monsieur Loyal en secouant la tête, il lui fallait mieux apprendre son numéro et savoir l'exécuter parfaitement. Le pauvre garçon ne comprenait pas bien ce que je lui demandais. Il n'arrêtait pas de pleurer, nuit après nuit. Il fermait les yeux et refusait de lire. Je ne savais plus quoi faire de lui. En vérité, j'étais sur le point d'arrêter les frais et de le vendre. Alors, Mme Lockewood m'a appris qu'il existait une école spéciale pour les sourds-muets comme Hunter, que là-bas ils avaient inventé une méthode pour que ces enfants puissent se parler entre eux. Un langage de signes. J'ai demandé à des amis de New York de me procurer un livre qui l'expliquerait, ce même livre que vous tenez maintenant dans vos mains. »

Ming retourna le livre et l'ouvrit à la première page. « Le Notre Père, lut-il.

— Ils sont peut-être sourds et muets, dit Monsieur Loyal, mais ils sont tout sauf impies. Tenez, voyez plutôt. » Il se tourna vers le gamin et signa.

« La prière du Seigneur, dit Hunter dans leur esprit, d'une voix forte et claire. Notre Père, qui es aux cieux, que Ton nom soit sanctifié...

— Non, non », interrompit Monsieur Loyal, faisant un autre signe au garçon.

Hunter hocha la tête, et ses sourcils se froncèrent en signe de concentration. Ses mains se mirent en mouvement devant lui, tout un poème de signes. Ses petites mains dansaient agilement contre son torse, sa tête s'inclinait en signe de déférence. Ming l'observait, son regard passant du livre au garçon. Hunter tendit les mains, puis les ramena vers lui, paumes vers le haut, doigts recourbés. *Donne-nous aujourd'hui notre pain quotidien.* Ming était fasciné.

À présent, le garçon passait le bout de ses doigts sur la paume de sa main. *Pardonne-nous.* Il croisa les poignets devant sa poitrine, serrant ses petits poings, et les écarta l'un de l'autre. *Délivre-nous.* Le garçon accrocha un doigt à une détente invisible et arma la culasse d'un fusil fantôme. Puis il toucha sa bouche et abaissa sa main. Ming baissa les yeux sur le livre entre ses mains. *Du mal.*

Hazel aussi signait, ses mains décrivant délicatement chaque geste. Puis elle serra les poings et les abattit sur une table invisible. *La puissance.* La main du garçon bougea comme pour un salut. *La gloire.* À l'unisson, leurs mains se levèrent et se tendirent vers l'avant, leurs doigts ondulant. *Pour toujours.*

Amen.

« Amen », murmura Monsieur Loyal.

Pendant un moment, tout fut silencieux, en dehors du bruit de la pluie.

« Je connais bien le Notre Père, dit le prophète. Il y a un étrange pouvoir dans ces mots, et un pouvoir plus étrange encore dans ces signes. » Ses yeux vides fixaient une distance imprécise. « Même invisibles.

— Le petit livre est à vous, dit Monsieur Loyal. Je n'en ai plus l'utilité. »

Ming le referma et le rangea dans son paquetage. « Merci, dit-il, avec un regard pour Hazel. Toi aussi, tu connais aussi ces signes. Je ne t'avais jamais vue lui parler ainsi avant.

— Tu ne l'avais simplement pas remarqué, dit-elle en souriant. On ne peut pas remarquer une chose dont on ignore l'existence. »

Le jour finit de s'effacer pour céder la place à un crépuscule froid et les pluies semblèrent à nouveau s'intensifier à mesure qu'ils approchaient de Winnemucca. Ils avaient rattrapé le cœur de la tempête. Quand ils atteignirent enfin la rivière Humboldt, celle-ci était si gonflée qu'elle paraissait proche d'éclater. L'eau miroitait, opalescente, sous une lumière pâle et délavée. Ils descendirent la rivière sur environ trois kilomètres avant de trouver un pont pour traverser ; à ce stade, ils progressaient dans une nuit noire comme de la poix. Au-dessus de leurs têtes, la tempête se déchaînait, zébrée d'éclairs et menaçante. Seuls leurs chevaux pouvaient encore y voir.

À la lisière de Winnemucca, sous la pluie battante, Gomez et Notah montèrent lentement la tente au prix de beaucoup d'efforts, les cordes leur glissant des mains, la vaste toile gorgée d'eau aussi lourde que du plomb. Quand ils réussirent à planter leurs piquets et à dresser le chapiteau, Notah s'approcha avec des lanternes, éclairant le sol boueux sous leurs pieds, la toile luisante au-dessus de leur tête. Ming tendit le doigt vers le haut pour pincer une corde de tension et la corde bourdonna, diffusant une fine brume de pluie.

« Demain, nous ferons notre spectacle, dit Monsieur Loyal. Vous tous, au lit. Quant à vous, dit-il en se tournant vers Ming, restez bien caché, et ne vous montrez que quand on aura besoin de vous.

— La violence saura trouver l'homme sans limites, entonna le prophète. Ici ou ailleurs, caché ou exposé. Il attire le monde à lui comme une pierre magnétique. Un combat viendra à toi, mon enfant. Bientôt.

— Quand cela ? demanda Monsieur Loyal. Ce soir ?

— Dans quelques heures », répliqua le vieil homme.

Le maître de piste prit le temps de réfléchir. « Alors, monsieur Tsu, dit-il, allez en ville et venez nous retrouver une fois le combat terminé.

— Ça me va », dit Ming avec une nonchalance étudiée. Il compta les balles dans son revolver, ajusta son chapeau et partit.

28

Il était assis tout seul dans une taverne obscure, sirotant son troisième verre, quand une haute silhouette s'approcha de sa table. Ming posa son verre et leva les yeux. L'homme portait un long manteau de cuir et un chapeau de cow-boy à large bord. Dans la pénombre de la taverne, la lumière jouait par instants sur son étui d'épaule vide.

« Je peux m'asseoir ? dit l'homme.

— Le siège est déjà pris », répondit Ming.

L'inconnu s'assit tout de même. « Ming Tsu, c'est bien ça ? »

Ming reposa son verre et regarda l'inconnu avec méfiance, le jaugeant. C'était sans doute le combat que le vieil homme avait prédit. « Vous vous trompez », dit-il.

L'homme leva un sourcil. « Un Chinois qui n'a plus sa queue de cheval, recherché par la loi et par la Central Pacific. Pour meurtre et pour désertion. » Il grimaça un sourire. « Je parierais bien que c'est toi. »

Un instant, Ming ne dit rien. Il y avait tout juste assez de bruit dans la taverne pour étouffer leur conversation. « Non, ce n'est pas moi», grogna-t-il, sa main glissa sous la table en direction de son étui.

L'homme fit claquer sa langue. «Ne fais pas ça», dit-il sèchement.

Ming reconnut le déclic d'un chien que l'on ramenait en arrière sous la table et renonça à essayer de tirer plus vite que son compagnon indésirable. «Ce ne serait pas un colt 1860 Army que vous pointez sur moi, dites ?» demanda-t-il, croisant le regard de l'inconnu. L'expression de ce dernier ne changea pas. «Unioniste ou confédéré ? demanda-t-il en gardant les yeux fixés sur lui.

— Confédéré.

— Venu ici à Winnemucca pour perdre une autre guerre ? dit Ming avec un petit rire sec.

— Cesse de parler. Tu es un criminel recherché, John. La récompense sera plus importante si tu respires encore.» Il décerna un sourire en coin à Ming. «Mais je te ramènerai, mort ou vif. Ça n'a guère d'importance pour moi, de toute façon.» L'homme jeta un coup d'œil circulaire autour de lui.

«Tu es venu seul ? demanda Ming. Tu n'as pas d'amis pour te donner un coup de main ?

— Je t'ai dit de t'arrêter de parler, grogna l'homme, balayant à nouveau la salle du regard. Je n'ai aucune intention de partager cet argent avec qui que ce soit.» Il plissa les yeux et dévisagea Ming. «Je t'ai vu à Battle Mountain. Tu voyageais avec les gens du spectacle de magie. Je me suis dit que j'allais venir jusqu'à Winnemucca et te capturer ici. On va remonter la ligne de chemin de fer tous les deux et puis je toucherai ma prime.»

L'inconnu ordonna à Ming de poser son revolver sur le sol tout doucement, et Ming obtempéra. Tout en gardant son arme braquée sur Ming, l'homme mit l'autre main sur la table. Il avait une longueur de corde attachée au poignet; l'autre extrémité de la corde formait une boucle lâche, un nœud coulant.

« Passe ton poignet là-dedans et serre le nœud », lui intima l'inconnu. Ming releva la manche de sa chemise et resserra la corde autour de son poignet. « Debout, à présent », dit l'homme. Ils se levèrent tous les deux de leur siège et l'inconnu attira Ming près de lui, ramenant leurs poignets attachés derrière le dos de Ming. L'homme enfonça le canon de son revolver dans le flanc de Ming. « Marche avec moi. »

Ils quittèrent la taverne côte à côte, d'un pas curieux et incertain. Personne ne parut les remarquer. Sous la pluie incessante, ils avancèrent le long de la rue principale puis tournèrent dans une ruelle.

« Le shérif est par là, dit Ming.

— On ne va pas voir le shérif.

— Où va-t-on, alors ?

— Au dépôt ferroviaire. »

Ils avancèrent un peu plus loin dans la ruelle. Ming s'arrêta et cligna des yeux à travers la pluie, regardant les lampadaires troubles à une quarantaine de mètres.

« Allez, avance, le Chinetoque, dit l'homme. Personne ne sait que tu es là. »

Ming esquissa un large sourire. « Parfait, alors. »

Il pivota brusquement sur ses talons pour se placer face à l'autre, son bras se déroulant derrière son dos. L'homme poussa son revolver sous les côtes de Ming et appuya sur la détente. On entendit le son creux d'une capsule à percussion tirant sur une charge de poudre inerte. De l'eau dans le barillet. Ming balança son coude dans le menton de l'homme qui trébucha, puis il plongea en avant, latéralement, tendant son poing lié, et l'homme bascula à côté de lui. L'inconnu avait perdu son arme dans la boue, il attrapait un couteau dans sa ceinture quand Ming lança son poing lié contre sa poitrine et tira fort vers le haut et commença à l'étouffer avec son propre bras. En un éclair, Ming dégaina son crampon de rail et l'enfonça profondément dans la poitrine de l'homme, encore et encore. Il était presque impossible d'y voir à cause de la pluie et de la boue, et Ming s'aperçut que l'homme avait réussi à tirer son couteau seulement quand l'éclair d'une lame d'acier fila entre leurs poignets liés.

Les deux hommes se séparèrent, s'affalant dans la boue. Ming roula sur ses pieds et l'inconnu s'efforça de se relever, le couteau à la main, le sang coulant de son torse constellé de trous, le crampon de Ming plaquant toujours sa chemise contre sa poitrine. Il se jeta en avant et Ming tenta d'esquiver, mais il glissa dans la boue gluante et se retrouva tout à coup sur le dos, un manche de couteau dépassant de son ventre. L'homme rampait vers Ming et, presque aveuglé par la douleur, Ming se releva et arracha le couteau de ses tripes. Il agrippa une poignée de cheveux de l'inconnu, lui tira la tête en arrière et d'un seul revers lui trancha la gorge. L'inconnu émit un son répugnant, ses yeux devinrent tout blancs et son corps s'immobilisa.

Les doigts de Ming lâchèrent le couteau et il serra sa main contre sa blessure au ventre. Dans le noir et sous cette pluie, il ne pouvait pas savoir combien de sang il perdait. Il se pencha sur le mort, libéra la pointe de son crampon de rail et manqua de s'évanouir à cause de la douleur. Il n'était pas bien loin du chapiteau. Il pouvait arriver jusque-là. Le monde commençait à virer au gris. Il tituba sur une dizaine de pas puis, haletant, bascula brutalement dans la boue. En un effort transcendant, il leva la tête pour regarder son propre corps, là où l'autre l'avait poignardé, mais il n'y voyait vraiment rien. Il eut un souvenir flou de son revolver, abandonné sur le sol de cette maudite taverne et, un instant, il ferma les yeux. Le sang coulait entre ses doigts, si chaud, et la pluie tombait, si froide. Dans sa bouche aussi, il y avait du sang, ce goût métallique mélangé à la puanteur âcre de la boue. Le chapiteau n'était pas bien loin et il pouvait arriver jusque-là, seulement il se sentait si fatigué. Il rouvrit les yeux, mais le monde autour de lui n'avait pas changé et il se demanda s'il avait réellement les yeux ouverts. Le sang chaud coulait entre ses doigts. Il avait besoin de repos. Il laissa retomber sa tête sur le sol.

29

Il était étendu dans le lit avec Ada et les cheveux d'Ada avaient un parfum de lavande, il en prit une mèche dans sa main et l'enroula autour de son doigt. Il prononça son nom, tout doucement pour ne pas la réveiller, mais elle remua quand même, il lâcha les mèches de ses cheveux et la regarda sortir du lit et s'éloigner, sachant qu'il ne pouvait pas la suivre.

Dans la pièce principale, une lumière inépuisable entrait par la fenêtre et il pouvait clairement apercevoir les vastes étendues vides au-delà de la vitre. Ada était là, ailleurs dans la maison, et il s'assit près de la fenêtre, tendant l'oreille au bruit de ses pieds sur le plancher. Un fusil reposait sur ses genoux et, par réflexe, il caressa la platine à silex, faisant courir ses ongles le long des dessins en filigrane. Il y avait une chose qu'il devait faire, mais il ne se rappelait plus laquelle, il ressentait seulement le poids d'une obligation écartée qui l'oppressait, le sentiment vague et incertain d'avoir oublié une chose importante. Laissant son fusil, il se leva de la fenêtre et l'appela, mais elle ne répondit pas.

Il monta au premier et ouvrit la porte de leur chambre, mais elle n'y était pas. Il entendit ses pas feutrés qui se retiraient derrière lui et se retourna d'un coup, mais il ne la voyait toujours pas. Il redescendit les escaliers et retourna dans la pièce du bas, son fusil encore posé sur la chaise vide près de la fenêtre. Des racines rampantes et des lianes aux doigts mobiles commençaient à se frayer un chemin autour des portes et à travers les vitres. Une voix familière résonnait à ses oreilles, l'appelant par son nom. Ming saisit son fusil et courut au-dehors pour la suivre, mais il n'y avait personne. Et la voix familière dans ses oreilles appelait encore son nom. Au loin, la poussière bouillonna. Des hommes approchaient.

Il rentra, grimpa les escaliers et parcourut les couloirs jusqu'à ce qu'il se retrouve dans leur chambre. À l'extérieur, il faisait noir maintenant, la nuit était tombée d'un coup; dans leur lit, il vit sa propre silhouette qui berçait celle d'Ada, tous les deux endormis. Par la fenêtre, il voyait les cavaliers approcher à toute allure sur la route à la lueur des torches, des armes étranges et cruelles entre les mains. Ils étaient déjà presque arrivés et il sentit le désespoir monter. Ming courut vers le lit en trébuchant, il aurait voulu crier et réveiller les amoureux, mais un instant après il se retrouva lui-même dans le lit alors que le tonnerre des bottes résonnait dans la cage d'escalier. Reprenant peu à peu ses esprits, il repoussa les couvertures et tendit le bras pour réveiller Ada et la prévenir, mais son côté du lit était vide, les draps encore chauds, comme s'ils gardaient le souvenir de son corps. Il se tourna très vite vers la porte et vit son ombre qui glissait sur le seuil vers le couloir sombre, comme si elle avait couru à la rencontre de la horde d'intrus, et l'un des hommes l'enlaça et elle appela son père en criant tandis que les autres surgissaient tout autour de lui en brandissant des gourdins. Ming se prépara à recevoir les coups et alors le sol s'ouvrit sous lui le long d'un joint du plancher et l'engloutit.

Il était à nouveau au-dehors, debout près de la porte ouverte, des cavaliers visibles au loin, et il ignorait s'ils approchaient ou s'ils s'éloignaient. Revenant s'asseoir près de la fenêtre, il découvrit la pièce complètement transfigurée en un jardin luxuriant. Les carreaux poussiéreux de la fenêtre flottaient dans les airs. Sa chaise était encore à sa place à côté d'eux, alors il s'assit et regarda à l'est vers le désert, et sous ses yeux une marée immense déferla sur la terre et y creusa de profonds ravins. Il se sentait très vieux, comme s'il était assis là depuis cent mille ans et le serait encore cent mille ans plus tard. Ada entra dans la pièce et il la regarda. Et même s'il savait qu'il l'aimait, il ne se souvenait pas pourquoi. Elle prit ses mains dans les siennes et il contempla son visage indistinct et elle lui dit qu'elle était désolée, qu'elle l'aimait, qu'elle était désolée, tellement désolée. Pour quelle raison, il ne le savait pas, ne pouvait pas le demander, sa gorge, sa langue et ses lèvres transformées en pierre insensible. Se souviendrait-il de son nom ? lui demanda-t-elle. Il ne sut pas quoi lui répondre et elle le regarda un long moment, puis enfin secoua la tête, un sourire triste flottant sur son beau visage, *je suis désolée, je suis désolée, je suis désolée.*

30

Il se réveilla en sursaut dans une pièce sombre et poussiéreuse. La pluie avait cessé. La lumière d'un soleil rouge sang entrait de biais par de petites fenêtres hautes. Il ressentait une douleur sourde au flanc, mais à l'abdomen, là où on l'avait poignardé, il ne vit qu'une longue et fine cicatrice. Il la toucha du bout des doigts. Saine et déjà refermée. Sa bouche lui semblait remplie de poussière et d'un léger goût de métal, ou de fleurs. Son cou et ses épaules étaient raides et douloureux. Aux confins de son esprit subsistait le terne sentiment d'une obligation, de quelque chose qu'il aurait dû faire, bien des siècles avant, à des océans de là, la tâche elle-même oubliée, avalée par les ombres longues de sa nécessité intrinsèque. Il essaya de se rappeler cette horrible nuit, les pas qui montaient l'escalier, lui-même se retournant pour la réveiller. Un instant, il eut le souvenir de sa hanche qui appuyait contre sa main, mais en vérité, il n'était même plus si certain qu'elle se fût trouvée dans le lit près de lui cette nuit-là, quand son père et ses mercenaires étaient venus pour l'entraîner au loin.

Une voix douce le sortit de sa rêverie. « Ming. »

C'était Hazel, assise à côté de lui, les yeux fatigués par l'inquiétude. Elle demanda comment il se sentait et il essaya de parler, mais aucun son ne sortit. Sa gorge était sèche comme les os.

« Bois », dit-elle, et elle lui tendit une gourde.

Ming l'accepta et but longuement. Il toussa et une douleur très vive le lança sur son flanc. Baissant les yeux, il vit avec déplaisir que l'étui de son revolver était vide.

« Doucement », dit Hazel, qui reprit la gourde et la posa. Le prophète était venu la voir deux nuits plus tôt, dit-elle, et lui avait dit que Ming était mourant. Le vieil homme lui avait indiqué où le trouver et où l'emmener. Son arme avait été retrouvée par terre sur le sol de la taverne et confiée au barman. Après quelques négociations, ce dernier s'était laissé persuader par Monsieur Loyal de s'en séparer. Hazel se leva et marcha jusqu'à la porte de la chambre, y toqua, puis s'en retourna au chevet de Ming.

La porte s'ouvrit et un Chinois âgé entra en haussant les sourcils. « Le patient est réveillé, à ce que je vois. » Il referma la porte derrière lui et se tourna vers Ming. « Je suis le Dr Shih-hou Sun. Nous avons une relation en commun, vous et moi. Le vieil aveugle. » Le médecin désigna du geste l'abdomen de Ming. « Puis-je examiner votre blessure ?

— Oui, coassa Ming, sa gorge le brûlant encore.

— C'est joli, murmura le médecin en se penchant pour examiner la cicatrice. Ça cicatrise bien.

— C'est vous qui m'avez recousu ? demanda Ming d'une voix rauque. Comment se fait-il que j'aie pu guérir si vite ?

— Laudanum, dit le docteur.

— J'ai fait des rêves, doc. Des rêves vraiment incroyables. » Il toussa et cracha. « J'ai déjà pris du laudanum. Ça, ce n'était pas du laudanum. »

Le docteur regarda Ming un moment. « Vous avez raison », dit-il. De sa poche, il sortit une petite ampoule de liquide sombre et la pressa dans la paume de Ming. « Tenez. Le vieil homme dit que vous en aurez besoin. Pourriez-vous lui faire savoir que ma dette a été payée ?

— Bien sûr, répondit Hazel.

— Merveilleux. Bonne journée, monsieur Tsu. Madame. » Le docteur s'inclina légèrement et sortit.

Ils restèrent assis en silence un petit moment.

« Tu as parlé dans ton sommeil, dit enfin Hazel.

— Ah. Vraiment ?

— Tu n'arrêtais pas d'appeler le même nom : Ada. » Elle scruta le visage de Ming, guettant sa réaction.

« Ada, répéta-t-il mollement.

— Qui est-ce ? demanda Hazel.

— Ma femme, dit Ming.

— C'est elle que tu vas chercher en Californie ? »

Ming répondit par l'affirmative.

Hazel rapprocha sa chaise du lit de camp et prit sa main dans la sienne. « Parle-moi d'elle. »

Ming regarda Hazel un long moment. Enfin, il poussa un profond soupir. « Nous ne sommes restés mariés que deux mois. Nous avions une petite maison dans les collines.

— Elle t'a quitté ? »

Ming eut un rire bref et sentit aussitôt une douleur

soudaine, vive et intense, au flanc, là où il avait reçu le coup de couteau. Il grimaça, secoua la tête et raconta son histoire du mieux qu'il pouvait. Quand ils étaient tombés amoureux, il avait demandé sa main à son père. Celui-ci avait refusé et s'était moqué de Ming : jamais sa fille n'épouserait un Chinois, et un criminel, qui plus est. De toute manière, avait-il dit à Ming, elle était déjà promise à un autre. Alors, ils s'étaient enfuis tous les deux. Quand son père l'avait découvert, ça l'avait rendu fou furieux. Une nuit, pendant qu'ils dormaient, il avait déboulé dans leur maison avec ses hommes de main, les frères Porter, Abel et Gideon. Ils avaient tiré Ming du lit et l'avaient battu, obligeant Ada à regarder. Ils l'auraient même tué sur-le-champ si Ada n'avait pas supplié son père de l'épargner. Alors, au lieu de se contenter d'abattre Ming, le père d'Ada avait ordonné à Charles Dixon, un adjoint du shérif, de l'arrêter et de l'accuser de crime de métissage. Dès lors que le père d'Ada avait récupéré sa fille, il estimait de son devoir de lui rendre toute sa pureté aux yeux du Seigneur et aux yeux de la loi. Le juge Jeremiah Kelly était d'accord avec lui et avait décidé que leur mariage n'avait aucune valeur légale. Son père l'avait payé, lui aussi, Ming en était certain, puis il avait incité le juge à lui infliger un châtiment très spécial pour ce crime des plus ignobles. Kelly avait accepté.

«Dix ans à travailler sur les rails de la Central Pacific, dit Ming. À emmener le chemin de fer par-dessus les sierras et à travers le désert.» Il vida les dernières gouttes de la gourde et s'essuya la bouche sur la manche.

Hazel lui demanda pourquoi il n'avait pas simplement fui.

Le problème, dit Ming, c'était qu'ils avaient Silas Root en ligne de mire. On ne savait trop comment, les Porter avaient mis la main sur un carton rempli de dossiers sur chacun des hommes qui avaient payé Silas Root pour tuer quelqu'un. Et ils avaient aussi fait main basse sur un autre carton rempli de preuves pour chacun des hommes que Silas et Ming avaient tués ensemble. Silas était déjà vieux, à ce moment-là. Si Ming s'enfuyait, lui avaient-ils dit, ils pendraient Silas. « Ce n'était pas un saint, dit Ming en avalant sa salive. Mais il ne méritait pas ça. Alors je suis allé travailler sur les rails. Le premier jour, j'ai trouvé le vieil homme, assis comme à son habitude, racontant aux gens des histoires sur les circonstances de leur mort future, pour leur donner le temps d'y réfléchir, tu comprends. Pour qu'ils aient le temps de se préparer.

— Homme sans limites, murmura Hazel, à moitié pour elle-même.

— Homme sans limites, répéta Ming. Là-bas, il n'y avait personne d'autre qui parlait anglais à part moi, le prophète et ces fils de putes de contremaîtres. Chaque matin, je lui demandais si Silas Root était toujours en vie. Chaque matin, la même réponse. Jusqu'au jour où la réponse a été différente. » Les yeux de Ming brillèrent et il détourna le visage. « Et c'est ce jour-là que je suis parti.

— Dixon et les frères Porter, dit Hazel, comptant les noms sur ses doigts. Et le juge Kelly. Ça te fait quatre comptes à régler.

— Oui, dit Ming. Dixon est à Unionville. C'est lui le shérif là-bas, maintenant. Je suppose qu'ils l'ont envoyé à Unionville pour surveiller les rails, les prévenir s'il me voit arriver. Mais il n'est pas aussi malin qu'il le croit. Je parie qu'il n'est plus autant sur ses gardes, à force de m'attendre depuis si longtemps. Les frères Porter sont en Californie. Et c'est pour Kelly que je vais à Reno avec vous. »

Mais n'avait-il pas l'intention de tuer le père d'Ada aussi ? demanda Hazel.

« Je ne ferai pas ça à Ada, dit Ming.

— Est-ce que tu l'aimes toujours ?

— Oui, dit-il. C'est ma femme. »

Ils restèrent un moment silencieux.

« J'ai été mariée, moi aussi, dit Hazel. Il y a très longtemps.

— Tu te souviens de ça ? » demanda Ming.

Hazel rit. « Je vois que tu as posé des questions à mon sujet à Monsieur Loyal, dit-elle. Oui. Oui, je m'en souviens.

— Il m'a dit que Notah avait effacé tes souvenirs, dit Ming.

— C'est vrai, oui. Mais il ne les a pas tous pris. » Elle leva sa main gauche. « J'avais une certaine habitude. Je m'amusais à faire tourner mon alliance autour de mon doigt, comme ça, dit-elle en remuant un anneau invisible, pour me changer les idées. Après sa mort, j'ai continué à faire ce geste presque tous les jours, même si je ne portais plus l'anneau. » Elle replia ses mains sur ses genoux. « Ton prophète dit la vérité, ajouta-t-elle. Le corps n'oublie pas. Petit à petit, les souvenirs reviennent. Quand je t'ai vu la première nuit à Elko, tu m'as semblé si familier.

— Je trouvais que tu lui ressemblais, souffla Ming.

— Non, dit Hazel en souriant. C'est elle qui me ressemblait. »

Ming s'était perdu dans son visage.

« Tu as raison, nous nous sommes déjà rencontrés, dit-elle. Dans une autre vie. » Elle se pencha et l'embrassa. « Est-ce que ça te fait mal ?

— La blessure ?

— Oui », dit-elle gentiment, en grimpant sur le lit de Ming. Elle passa une jambe par-dessus ses hanches et s'accroupit sur ses talons, à califourchon sur lui. « Ça fait mal ? » demanda-t-elle encore.

Ming posa une main sur son flanc. Il secoua la tête et la regarda fixement. « Pas du tout.

— Parfait », murmura Hazel. Elle retira le pantalon de Ming et le prit dans ses mains, puis ils se mirent à bouger à l'unisson, les jambes entrecroisées, lui, fermant le poing sur ses cheveux (et bon dieu, serrer le poing lui faisait toujours un mal de chien), le monde entier immobile autour d'eux.

31

Ils retournèrent au chapiteau dans l'après-midi qui déclinait. La lumière oblique du soleil projetait des ombres longues sur le sol. Gomez et Notah étaient perchés sur le toit de la diligence, les yeux tournés vers l'ouest. Proteus ruminait dans sa cage. Le maître de piste et le prophète se levèrent de là où ils conversaient et s'approchèrent pour les saluer.

« Madame Lockewood, dit Monsieur Loyal avec emphase. Et Monsieur Tsu. Bon après-midi à vous. » Il tira d'une de ses poches le revolver et restitua l'arme à un Ming reconnaissant. « Je vous conseille de vous montrer plus soigneux avec vos objets personnels, à l'avenir, monsieur Tsu.

— Merci bien », dit Ming en rengainant son arme, et il s'adressa au prophète : « Ce docteur était donc un de tes amis, vieil homme ?

— Il avait contracté une dette, répondit le prophète, et c'est l'obligation qui lie l'homme à l'homme. » Il tourna ses yeux aveugles vers Hazel. « Et maintenant sa dette est payée.

— En voilà assez de ces énigmes », intervint Monsieur Loyal. Il regarda Ming de haut en bas. « Vous voici de nouveau assez en forme pour vous battre, je présume ?

— Un curieux laudanum m'a remis sur pied, dit Ming en soulevant sa chemise pour révéler sa cicatrice toute neuve. Nous ferions mieux de nous mettre en route pour Lovelock. Je suppose que le shérif a lancé ses hommes à mes trousses.

— Tel est le cas, en effet, dit Monsieur Loyal. Ou du moins, tel était le cas. Le shérif a mis presque toute la ville sens dessus dessous après avoir retrouvé l'homme que vous avez tué. Il s'est trouvé un Chinois, pour sûr. Le malheureux vous ressemblait. Le shérif a mis les fers à ce pauvre gars hier après-midi et, à la tombée de la nuit, il l'a pendu. » Il donna à Ming une petite tape sur l'épaule et sourit. « Pour le reste du monde, monsieur Tsu, on vous a déjà pendu. »

Il rit de sa propre plaisanterie, même si personne d'autre ne le fit, puis demanda aux machinistes d'atteler la diligence. Les deux hommes sautèrent de la voiture comme une paire d'ombres silencieuses et s'exécutèrent.

Le groupe retraversa la ville en direction du pont qu'ils avaient franchi bien des nuits plus tôt. Quand ils atteignirent la place principale, Hazel recouvrit les yeux de Hunter et lui demanda de ne pas regarder. Les autres détournèrent la tête alors que la diligence s'ébranlait sur la route de terre durcie. Seul Ming ne pouvait s'empêcher de regarder. Le pendu se balançait au bout d'un nœud coulant sur sa potence solitaire, les mains attachées derrière le dos, la tête penchée à un angle peu naturel, le visage creusé. Ce n'était qu'un jeune garçon, découvrit à présent

Ming, dix-sept ans tout au plus. Ils avaient pendu un enfant à sa place.

« Monsieur Tsu, appela le maître de piste, une dizaine de mètres en avant. Ne vous éloignez pas.

— Tsu ? » dit une autre voix, basse et incrédule. Un homme coiffé d'un chapeau à larges bords sortit de sous l'ombre de la potence. Une étoile en laiton brillait à son revers. « Que je sois damné, s'exclama le shérif. Je suis resté ici toute la journée à attendre, en espérant que rien n'arriverait. »

Monsieur Loyal jura tout bas quand il vit le représentant de la loi et fit mine de tourner les talons pour marcher vers le cheval de Ming.

« Ce n'est pas Ming Tsu qui est pendu là-haut, alors, pas vrai ? dit le shérif.

— Ce n'est pas lui, non », reconnut Ming.

Le shérif tâtonna dans son étui et sortit finalement son revolver. Il le braqua droit sur la poitrine de Ming. Celui-ci ne fit pas un geste.

« Continuez, dit Ming à Monsieur Loyal. Je vous retrouve sur la route. Traversez le pont et marchez vers le sud. Je suivrai vos traces. »

Monsieur Loyal ne bougea pas d'un pouce. « Ne tue pas ce shérif, mon garçon.

— Allez-vous-en, dit Ming, d'une voix plus dure maintenant. Emmenez les autres loin d'ici.

— Descends de ton cheval, le Chinetoque, commanda le shérif.

— D'accord », dit Ming froidement.

Monsieur Loyal se retourna et commença à s'éloigner.

« Hé, vous, aboya le shérif, clignant des paupières sans quitter des yeux le maître de piste. Ne faites pas un pas de plus. Je vous arrête pour avoir abrité et aidé un fugitif. Et vous, dit-il, ses yeux se posant à nouveau sur Ming, vous êtes en état d'arrestation pour meurtre. »

Ming descendit de son cheval. « Il n'a rien à voir là-dedans. Laissez-le partir.

— Ça, je n'y crois pas un seul instant, dit le shérif.

— Croyez-le, shérif, dit Ming. Je vais le tuer sur-le-champ. »

Il sortit son revolver et logea une balle dans le sol à quinze centimètres des orteils de Monsieur Loyal. Le shérif sursauta, Ming releva le chien et fit feu à nouveau, cette fois juste à côté de là où se tenait le shérif. Le policier fit un petit bond de côté, l'air effrayé, et faillit lâcher son arme. À ce stade, le maître de piste s'était éclipsé et ils étaient seuls tous les deux, le Chinois pendu, muet et froid, se balançant doucement au-dessus d'eux dans une brise hésitante.

« Vous n'êtes qu'un débutant, n'est-ce pas ? demanda Ming. Personne ne vous a appris à riposter quand on vous tire dessus ? » Il avança d'un pas vers le shérif.

Le shérif serra son arme à deux mains pour la stabiliser et, en tremblant, la pointa sur Ming, le canon tressautant sous l'effet de ses tremblements. « N'approchez pas !

— Rangez votre arme, dit Ming, et je rangerai la mienne aussi. On va avoir une petite discussion et régler tout ça en adultes. » Il leva les mains au-dessus de sa tête, son arme se balançant au bout de son index. « Vous voyez ? »

Le shérif ne baissa pas son revolver.

« Shérif, je sais que vous êtes aussi novice qu'un agneau

nouveau-né, dit Ming. C'est pour ça que vous avez pendu ce pauvre Chinois. » Il inclina la tête vers le mort qui se balançait à la potence. « Je suppose que vous avez commis une erreur honnête. Quand on a vu un Chinois, on les a tous vus, c'est ça, hein ? » Il marqua une pause et son regard devint dur et froid. « Ou bien, c'est peut-être que vous êtes une espèce de lâche, shérif.

— Je ne suis pas un lâche, John, balbutia le shérif.

— Rangez ce revolver et je ne vous abattrai pas, dit Ming. Je vous en donne ma parole. »

Les yeux du shérif brillaient, énormes et terrifiés ; après une hésitation, il baissa son arme.

« Merci bien », dit Ming, et d'un mouvement souple, il fit basculer la sienne dans sa main et tira deux fois dans le ventre du shérif avant même que celui-ci ne commence à tomber.

Le shérif lâcha son revolver et s'effondra sur le sol. Ming se dirigea vers l'endroit où il se tordait et, d'un coup de pied, envoya l'arme rouler au loin. Du pied, il fit basculer le shérif sur le dos, lui planta une botte sur la poitrine, puis se pencha pour le dévisager. Les yeux de l'homme semblaient fous, il bredouillait des phrases incohérentes.

« Écoutez-moi bien, shérif, dit-il au blessé qui gémissait. Je vais vous apprendre à mieux faire votre travail. » Ming prit le menton du shérif dans sa main puissante et le fixa droit dans les yeux. « En premier lieu, ne faites jamais confiance à un criminel », dit-il.

La respiration du shérif était courte et rapide. Ses yeux s'emplirent de rage impuissante et il cracha au visage de

Ming, projetant du sang mêlé de salive. Ming se détourna et s'essuya la figure. Il considéra l'horizon pendant un moment, s'appuyant sur son genou, sa botte clouant toujours le shérif au sol. On ne voyait personne aux alentours.

« Dites, shérif, où sont donc passés tous vos concitoyens ? »

Le shérif gargouilla et ses mains griffèrent la botte de Ming.

« C'est vrai ! dit Ming, baissant les yeux vers lui. On est dimanche, pas vrai ? » Il hocha la tête. « Le jour du Seigneur. » Il se releva et écarta sa botte du torse du shérif. L'autre roula sur le côté et toussa, du sang lui jaillissant de la bouche. « J'ai une idée, dit Ming. Vous avez un couteau ? » Ming tapota le pantalon du shérif et en tira un large couteau de type Bowie. Il émit un sifflement. « Un bon choix », dit-il. Il saisit le shérif par le poignet et le traîna sous la potence, pour le placer exactement sous le corps du pendu. « Attendez ici un instant », dit-il au shérif agonisant. Il se hissa sur ses pieds et planta le couteau Bowie dans la charnière de la trappe jusqu'à ce que la lame soit suffisamment enfoncée pour supporter son poids. « Je reviens tout de suite, shérif », dit-il, et il grimpa sur la plate-forme de la potence.

Ming retira le couteau et se releva. Il se retrouva face à face avec le pendu. Les yeux du Chinois mort étaient grands ouverts, gonflés et injectés de sang, sortant de leurs orbites. La corde à son cou grinçait tandis que son corps se balançait doucement dans la brise.

« Retourne d'où tu viens », murmura Ming. Puis, de quelques coups rapides de sa lame, il trancha la corde qui retenait la tête du garçon. Le cadavre tomba par la trappe ouverte et atterrit avec un bruit sourd sur le shérif. On entendit un bref cri d'horreur. Ming se pencha au-dessus de la trappe et regarda les deux silhouettes effondrées sur le sol. Les mains du Chinois mort étaient toujours solidement attachées dans son dos, mais son corps avait atterri dans un fatras de membres désarticulés. Le shérif était coincé sous le corps du jeune homme mort, trop faible pour le pousser de côté.

« En second lieu, shérif, appela Ming, ne pendez jamais quelqu'un qui n'a pas commis le moindre crime. »

Le shérif hurla à nouveau avec le peu de souffle qui lui restait et s'escrima en vain pour repousser le cadavre loin de lui.

Ming descendit les marches étroites de la potence et grimpa sur son cheval. « Un bel après-midi à vous, shérif », dit-il, touchant son chapeau du bout des doigts en un geste de feinte politesse, et il éperonna la monture dans la direction par laquelle la diligence était partie.

32

Il chevaucha vers le sud, le soleil plongeant lentement dans le ciel, la terre qu'il foulait encore assombrie par les pluies. Les stries luisantes sur les flancs de la montagne étaient un autre signe du passage de la tempête ; l'ancienne piste indienne avait été presque entièrement effacée par le déluge brutal, sa trace désormais presque illisible au milieu d'une centaine d'autres qui se croisaient sur le sol, inscrites dans le limon et le sable. Mais la diligence avait laissé des coupures profondes et brillantes sur ces chemins, et Ming les suivait tandis qu'elles s'enfonçaient plus loin dans ce vaste désert.

Il traversa la large vallée aux replis nombreux qui séparait Sonoma Peak de la chaîne sans nom plus à l'ouest. Parfois, il franchissait d'immenses étendues d'eau cristalline profondes de moins d'un pouce, où les traces des roues disparaissaient puis réapparaissaient, comme si la diligence, les chevaux et tout le reste avaient rebondi sur la surface lisse de l'eau à la manière des galets qu'on lance sur la plage.

Il se demanda ce qu'il était advenu du shérif débutant

avec ses deux trous bien nets dans le ventre. Si on lui avait porté secours dans l'heure, il se pouvait bien qu'il respire encore. On ne pouvait jamais savoir à l'avance si un homme blessé au ventre allait vivre ou mourir. Ming se souvint d'un travail qu'il avait fait pour Silas des années plus tôt, avant même que le vieil homme ne gagne sa véritable puissance en s'appuyant sur les cadavres de ses rivaux que Ming avait abattus pour lui. Avant que quiconque ne parle à voix basse du chien de Silas Root, le Chinois fantôme qui apportait la mort dans les maisons des imprudents et des damnés.

Sa cible était un avocat, peut-être un procureur. Il ne s'en souvenait plus très bien. Ce dont il se souvenait, c'était que Silas avait manqué d'enfoncer la porte de sa chambre le lendemain matin, apoplectique, lui criant que l'homme était arrivé à l'infirmerie à l'aube, délirant et seulement à moitié mort. Ming lui avait tiré six fois dans l'estomac. Cela aurait certainement dû suffire. Il se souvint du soulagement éprouvé à l'annonce du décès de l'homme, le corps rongé par la fièvre. C'est ainsi qu'un corps survit, et c'est ainsi qu'un corps trépasse.

Ming se perdit dans le paysage flou qui défilait et dans les secousses rythmiques de son cheval lancé au galop. Dans sa jeunesse, il aurait criblé le shérif de balles, l'aurait attaché à son cheval par les chevilles et l'aurait traîné en enfer au bout d'une corde. Œil pour œil, en somme. Mais ses genoux commençaient à le faire souffrir et, le matin, ses doigts étaient raides. C'était un homme sans limites, et pourtant il était toujours ici. Le garçon qu'ils avaient pendu sur la place était si jeune. Peut-être qu'il demanderait au prophète si le shérif était mort. Mais il se faisait tard.

Peut-être qu'il ne le lui demanderait pas.

Le temps qu'il rejoigne les autres, le ciel avait viré au noir. Il les trouva grâce à la faible lueur de leur feu de camp. Quand il s'approcha, il entendit le chien d'un fusil. C'était Gomez, un fusil Henry à la main, le regard le long de la mire.

« Du calme, cria Ming. C'est moi. »

Il descendit de cheval et rejoignit les autres auprès du feu de camp. Gomez posa le fusil à côté de lui et lui tendit une ration de bœuf salé et de biscuits.

« Vous l'avez tué, alors ? demanda Monsieur Loyal.

— Je crois bien, répondit Ming. Même s'il n'était pas mort quand je l'ai laissé là-bas, à vrai dire. » Il détacha un morceau de bœuf séché et se mit à le ronger.

« Qu'est-ce que tu lui as fait au juste ? demanda Hazel.

— Je lui ai tiré dessus.

— Et lui, il n'a pas riposté ? demanda Gomez.

— C'était un pied-tendre. Il ne devait pas avoir été nommé shérif depuis plus d'un mois. Le pauvre bougre qu'il a pendu ne me ressemblait pas du tout. » Ming fourra le reste de sa nourriture dans sa bouche et la fit descendre avec l'eau de sa gourde. Il avala et s'éclaircit la gorge. « Très bien, annonça-t-il. Une longue journée nous attend demain. Dix kilomètres dans les montagnes et à travers le col.

— Et après ça ? demanda Monsieur Loyal.

— L'enfer », ajouta Proteus. Il inclina son chapeau, impassible, les angles de son visage éclairés d'une lueur sinistre par le feu mourant.

« Dun Glen, dit Ming. Une ville minière, dans les montagnes. On y extrait l'argent.

— Je croyais qu'on devait éviter les villes », dit Proteus.

Ming cracha dans le sable et s'essuya la bouche. « Il n'y a pas d'eau à des kilomètres à la ronde, à part dans les puits qui ont été creusés à Dun Glen.

— Vous l'avez fait hurler, ce shérif véreux ? lâcha Proteus.

— Qu'est-ce que ça peut faire ? rétorqua Ming.

— Ne méritons-nous pas au moins une histoire ? » répondit Proteus en souriant, et il regarda autour de lui comme s'il attendait l'approbation des autres. Mais personne d'autre ne semblait tenté.

Ming balaya le sol derrière lui pour le débarrasser des cailloux et déroula son couchage. « Je ne suis pas un conteur », dit-il. Et sans un mot de plus, il se coucha et plongea dans un sommeil profond et sans rêves.

33

Le matin vint à eux, lumineux et pur, et ils se remirent en route dans la rosée qui montait. Pendant deux heures, ils cheminèrent en direction de l'ouest, grimpant vers les montagnes. Ils suivaient une piste indienne abandonnée qui traversait les crêtes et n'était plus empruntée que par les prospecteurs d'argent les plus cupides. La piste décrivait des zigzags désordonnés sur les flancs des contreforts, avant de s'étrécir en une mince ligne de rasoir sur la paroi rocheuse, à peine assez large pour laisser passer la diligence.

Ils progressaient depuis peu sur ce chemin très étroit quand Hazel appela en demandant que l'on s'arrête. À l'intérieur de la diligence, Hunter pleurait doucement. Dans l'habitacle ombragé, Monsieur Loyal lui parlait par signes et le garçon, la tête baissée, respirait d'un souffle irrégulier et incertain. Ils discutèrent un bon moment ; finalement le maître de piste hocha la tête et annonça à tout le monde que Hunter avait peur, ou plutôt qu'il était pétrifié à l'idée que la diligence puisse dégringoler tout en bas de la montagne.

« Il ne peut pas marcher, alors ? demanda Proteus. On est encore loin ?

— Dix kilomètres, répondit Ming. Dont sept en montée. » Il désigna du geste les hauteurs de la piste, à l'endroit où elle serpentait vers le col.

« Ce n'est pas si loin, dit Proteus. Faites-le marcher.

— Ce n'est qu'un petit garçon, objecta Hazel.

— Alors faites-le remonter dans la diligence, dit le sauvage. Je ne vois pas où est le problème. »

Ils gardèrent un moment le silence, à l'exception du garçon qui étouffait ses sanglots.

« J'ai une idée », dit Ming, et il demanda à Hazel si elle savait monter à cheval.

« Oui, dit-elle, je sais.

— Même sans selle ? » ajouta-t-il.

Elle hocha la tête. « Oui.

— Bien. Toi et le petit, vous allez monter ensemble. Viens par ici. » Ming passa une jambe par-dessus son cheval et mit pied à terre. Il détacha les sangles de sa selle et la souleva du dos de l'animal. Hazel et le garçon remontèrent la piste à pied pour le rejoindre, passant le long de la diligence, les larmes du garçon séchant au soleil et laissant des traces de sel sur ses joues. Il souriait, à présent. Le visage de Monsieur Loyal avait pris une expression légèrement amusée.

« Viens là, dit Ming en entrelaçant ses doigts. Je vais te donner un coup de main. »

Hazel rit et le chassa d'un geste. Elle attrapa une poignée de la crinière du cheval et se hissa sur son dos. Le cheval fit un petit pas en avant et remua les oreilles. Elle remit en place les mèches de ses cheveux et sourit à Ming. Hunter les regardait tous les deux. Hazel lui fit des signes. « Hisse-le jusqu'ici », dit-elle à Ming.

Il obtempéra, Hazel se pencha et attira le gamin vers elle sur le cheval. Hunter semblait terrifié.

« Il n'est jamais monté à cheval avant, pas vrai ? dit Ming avec un sourire chaleureux pour le garçon.

— Merci, monsieur Tsu, dit le garçon dans son curieux langage personnel.

— Tu n'as pas de chapeau ? » lui demanda Ming, puis il se reprit. Il jeta un coup d'œil à Hazel. « Il n'a pas de chapeau ? »

Le garçon le regardait sans comprendre. Ming fit mine de mettre un chapeau, puis fit des gestes inutiles vers Hunter. Le garçon cligna des yeux. *Tu as un chapeau ? Un chapeau.* Ming désignait son propre chapeau, puis la tête du garçon. *Tu as un chapeau ?*

« Non, monsieur, répondit le garçon.

— Eh bien, ce n'est pas bon, ça, dit Ming. Tu vas finir rôti tout vif dans une heure de temps. » Il réfléchit un moment, puis donna son propre chapeau au garçon, qui contempla avec stupéfaction l'objet dans ses mains. « Dis-lui de le mettre », fit Ming à Hazel.

Elle ôta le chapeau des mains de Hunter et le lui posa sur la tête. Il était bien trop grand. Le bord glissa sur sa tête et descendit jusqu'à son nez.

Hazel éclata de rire, un si joli rire, et rabattit le chapeau en arrière pour que le garçon puisse voir. « Il a l'air un peu idiot, avec ça, dit-elle en souriant.

— Il a l'air d'un cow-boy», affirma Ming avec gravité.

Le garçon se retourna pour se placer face à Hazel et, comme il pivotait, le chapeau manqua de tomber de sa tête. Il leva sa petite main pour l'en empêcher. «Et M. Tsu? Il n'aura pas besoin de son chapeau?» demanda-t-il.

Ming secoua la tête. «Non. Dis-lui qu'il lui va mieux qu'à moi, de toute manière.» Il se retourna vers les autres qui attendaient derrière eux. «En avant», dit-il.

Ils continuèrent sur la piste étroite, grimpant en file indienne, Ming à côté des deux autres perchés sur son cheval, le prophète sur son pinto et la diligence derrière, le maître de piste conduisant les chevaux, son double assis à côté de lui, languissant et pâle. Notah et Gomez fermaient la marche. La chaleur de la journée montait et la lumière devenait dure et linéaire. Aucune ombre ne protégeait la montagne. Le sentier s'enroulait dans une brèche creusée par le vent entre deux pics dépourvus de nom et ils s'arrêtèrent là pour déjeuner et planifier leur itinéraire. Il était midi. Les chevaux de trait luisaient de sueur, leurs narines s'agitaient chaque fois qu'ils reprenaient leur souffle. Au loin, vers l'ouest, s'étendait l'interminable bassin aride qui séparait cette chaîne de la suivante et, au-delà, une légère brume grise, la fumée de feux lointains, et en dessous, une bande de verdure. Lovelock et ses oasis. Des nuages d'orage déchiquetés planaient, éparpillés au hasard au-dessus du vaste paysage et, à travers leurs corps gris, le soleil déposait des colonnes brillantes sur un désert parsemé d'ombres.

Dans la chaleur torride du midi, ils franchirent la brèche ouverte par les vents et redescendirent de l'autre côté des montagnes, approchant de Dun Glen, visible comme une tache d'activité humaine et de poussière bouillonnante. À mesure qu'ils allaient sur la piste sinueuse, la tache devint de plus en plus grande jusqu'à ce qu'elle les engloutisse eux aussi, hommes, bêtes et diligence, les enveloppant des pieds à la tête de minces spirales de poussière jaune.

34

« Je n'ai pas vu le visage d'un seul chrétien depuis que nous sommes arrivés ici. » Monsieur Loyal s'appuyait contre la diligence, fumant une pipe de tabac. Avec lenteur, il prit sa respiration. « Il doit bien y avoir deux ou trois cents de vos compatriotes dans cette ville. »

Autour d'eux, des dizaines de mineurs chinois passaient sans mot dire, épuisés, sur la place de la ville, allant ou revenant, des outils cliquetant à la taille.

« Ce ne sont pas mes compatriotes. » Ming posa le seau d'eau qu'il avait tiré du puits et y plongea sa gourde ouverte, regardant les bulles d'air monter, la sentant s'alourdir dans sa main.

« Ce sont bien des Chinois, n'est-ce pas ? » demanda Monsieur Loyal.

Ming le toisa d'un regard froid. « Oui », dit-il enfin. Quand sa gourde fut pleine, il la reboucha et la rangea dans son paquetage. Puis il posa le seau d'eau par terre pour les chevaux.

« Et où sont donc les gentils ? dit le maître de piste, en

faisant des gestes vers la ville avec sa pipe. Les chrétiens. Les hommes bons de nos grands États-Unis, ceux qui vivent dans la crainte de Dieu.

— Les Blancs, vous voulez dire, dit Notah.

— Les Blancs, en effet, dit Monsieur Loyal. Où sont-ils tous passés ?

— Ils sont partis », répliqua le prophète.

Monsieur Loyal le regarda. « Partis, dites-vous ?

— Disparus, dit le prophète, se baissant, et il ramassa une petite poignée de terre et la goûta. Car il n'y a pas d'argent sous la terre, dans ces collines.

— Que déterrent ces Chinois, alors ? demanda Monsieur Loyal.

— Des pierres », dit le prophète. Il se leva et laissa retomber la terre dans sa main. « Et bientôt, même les pierres auront disparu.

— Et qu'arrivera-t-il aux mineurs alors ? » C'était Hazel, qui fixait intensément le prophète, regardant ses yeux vides parcourir le paysage.

« Alors, cette ville se retirera dans la terre, dit le vieil homme. Avec le temps, ses bâtiments se rempliront de poussière. Avec le temps, les mauvaises herbes prendront racine sur ses routes, et la fonte des neiges remplira ses mines vides. Avec le temps, il ne reste rien d'autre que le temps qui passe. »

Ils se turent. On n'entendait que le bruit des pas par centaines, des pioches qui se heurtaient aux masses en tintant.

« Pas très gai, tout ça, vieil homme », commenta Proteus.

Monsieur Loyal tapa avec énergie sa pipe contre les roues

de la diligence, expédiant une pluie de braises sur le sable pâle. Il les écrasa du bout de sa botte. « Si nous leur offrions un spectacle, ce soir ? »

Gomez et Notah acquiescèrent et commencèrent à descendre de la diligence la toile du chapiteau.

Le maître de piste leur fit signe de s'arrêter. « Pas besoin de chapiteau ce soir. Installez les rideaux des coulisses et montez la petite tente pour que Mme Lockewood puisse se rhabiller après son miracle. » Il fit un clin d'œil à Hazel.

Les machinistes se remirent au travail. Proteus remonta dans sa cage et retrouva en un éclair sa forme de sauvage. Personne ne lui prêta attention. Le soleil descendait sur l'horizon maintenant, le crépuscule s'épaississait sous les auvents des cabanes et dans le gouffre du puits de mine. Le maître de piste sifflotait pour lui-même, allumant les lampes et les disposant en cercle sur une scène sommaire. Les mineurs commencèrent à rôder en bordure du cercle de lumière, observant ce petit groupe d'étrangers qui s'attardaient près du puits de mine.

« Faites-leur savoir que nous montons un spectacle, entendu, monsieur Tsu ? appela le maître de piste.

— Nous montons un spectacle, répéta Ming à la foule de visages opaques.

— En chinois ! dit Monsieur Loyal.

— Je ne parle pas un mot de ce truc-là », dit Ming.

Monsieur Loyal secoua la tête, gloussant d'incrédulité. « Bien sûr que non. C'était absurde de ma part de penser que vous le feriez. Et vous, vieil homme ? demanda le maître de piste au prophète.

— Non plus.

— Tu l'as pourtant parlé dans les sierras, dit Ming.

— C'est ce que j'ai fait, oui », dit le prophète. Il tourna son regard aveugle vers le maître de piste. « Mais j'ai oublié.

— Très bien, dit Monsieur Loyal. Je vais m'en charger. » Il fit signe au petit public de mineurs qui s'était rassemblé au bord de la flaque de lumière. « Par ici, par ici, venez voir. » Personne ne bougea. « Venez voir, approchez, approchez », caqueta-t-il.

L'assistance restait tout à fait immobile.

« Monsieur Tsu, dit le maître de piste, pourquoi ne pas vous asseoir et montrer à ces gens comment ils doivent se comporter devant un spectacle de magie.

— Vous n'avez pas encore déballé les sièges, dit Ming.

— Eh bien alors, dit Monsieur Loyal, je suppose que vous devrez vous asseoir sur cette fichue terre. »

Ming le dévisagea un instant. Finalement, du bout de ses bottes, il nettoya une zone à ses pieds et s'assit.

Monsieur Loyal décrivit des moulinets avec sa canne et la fit cliqueter sur les rayons d'une des roues de la diligence à côté de lui. Il tendit à nouveau ses bras grands ouverts vers les mineurs, qui s'approchèrent d'un pas hésitant, les yeux brillant dans l'obscurité, le visage noir de saleté. Ils s'assirent pêle-mêle sur la terre battue.

« Premier miracle ! » annonça le maître de piste.

Les machinistes sortirent la cage de Proteus et se retirèrent. Un flot de paroles étranges parcourut la foule. Les mineurs se penchaient en avant pour essayer de mieux voir Proteus, tout recroquevillé dans sa cage. Alors que les mineurs l'observaient, il se redressa pour se lever de toute sa taille imposante, et les mineurs eurent un mouvement de recul.

« Ming, appela Monsieur Loyal. Venez par ici. Il nous faut un volontaire pour montrer à ces messieurs ce dont est capable Proteus. »

Ming se leva et épousseta son pantalon. Il se fraya un chemin à travers la foule jusqu'à la petite clairière qui constituait la scène et s'approcha de Proteus et de sa cage. Les yeux du sauvage semblaient luire, énormes et noirs, à la lumière trouble des lampes.

« Regardez bien ! » cria Monsieur Loyal au public. Puis, revenant au charabia, il dit : « Voyez ! Voyez ! » et il désigna Proteus, avant de sourire à Ming.

Ming se plaça face à Proteus et leva lentement son bras. Le bras massif du sauvage tatoué reproduisit son mouvement. Ming porta sa main à sa mâchoire, la fit bouger, Proteus fit de même. Ming cligna des yeux et Proteus se transforma en un Chinois. Le public s'agitait. Ming plissa les paupières. La forme que Proteus avait adoptée ne ressemblait en rien à la sienne. Ming capta son regard et secoua la tête de manière rapide et contrôlée. Proteus fit de même et, en un instant, il se transforma à nouveau, cette fois en un Chinois différent, mais qui ne ressemblait toujours pas à Ming. Encore une fois, Proteus se transforma. Encore une réplique imparfaite. Les mineurs commençaient à chuchoter entre eux.

« Ce n'est pas moi », lâcha Ming.

Monsieur Loyal s'approcha de la cage et regarda le petit

Chinois nu qui se tenait maintenant dans la cage. « Proteus, murmura le maître de piste avec férocité. Mais que t'arrive-t-il donc ? »

Le petit Chinois dans la cage secoua la tête et se transforma à nouveau, cette fois-ci en un Asiatique filiforme, une queue de cheval tressée dans le dos.

« Pour l'amour de Dieu, mon ami, marmonna le maître de piste, c'est encore loin du compte. »

Ming s'éloigna et l'homme à l'intérieur de la cage le regarda partir.

Monsieur Loyal prit la place de Ming et chercha le regard du sauvage. Proteus ne bougeait plus. « Transforme-toi ! » rugit Monsieur Loyal en frappant de sa canne les barreaux de fer.

Proteus se plia en deux, comme secoué par la douleur, et s'écroula sur le sol, son corps passant à la vitesse de l'éclair par une multitude de formes avant de retrouver sa forme originelle. Entre deux respirations rauques, il regarda le maître de piste qui le dominait de toute sa hauteur. Enfin, sa respiration ralentit et il se releva.

« Transforme-toi », commanda le maître de piste d'une voix glaciale.

Les mineurs restaient silencieux. Proteus passa un de ses bras tatoués à travers les barreaux et tendit la main, paume ouverte. Monsieur Loyal fit glisser sa canne dans sa main gauche et, de la main droite, étreignit celle du païen en une ferme poignée. Proteus frissonna et se transforma à nouveau, cette fois en double du maître de piste. Les deux hommes restèrent un moment immobiles, et l'on aurait dit un seul homme contemplant son propre reflet surnaturel. Le maître de piste desserra sa prise. Proteus recula d'un pas malaisé et se laissa tomber dans le coin de sa cage, éreinté. Notah et Gomez sortirent de l'obscurité et tirèrent la cage à l'écart de la lumière des lampes. Le silence régnait, à l'exception du bruit sourd de la lourde cage de fer traînée sur la terre.

« Vous autres Chinois, vous ne savez donc pas quand il faut applaudir ? » grogna Monsieur Loyal, perdant un instant son calme habituel. Il força le sourire, eut un geste pour Ming, et applaudit lui-même plusieurs fois pour montrer l'exemple, un bruit étrange et creux dans le vide de la nuit. « Monsieur Tsu, on dirait bien que vos compatriotes ne sont guère impressionnés. Peut-être qu'ils apprécieront davantage le prochain numéro. » Il fit signe à Ming de s'asseoir. « La suite, à présent », dit-il, et il reprit sa canne dans sa main droite et se dirigea vers le centre de la scène. Hunter, d'un air timide, le rejoignit sur scène. Monsieur Loyal désigna le garçon du bout de sa canne et s'adressa à la foule dans son langage simplet et approximatif. « Voyez ! Miracle deux ! »

« Je m'appelle Hunter Reed », dit le garçon. Dans le public, les hommes tournèrent la tête, essayant en vain de déterminer d'où provenait la voix. « Quand j'étais plus jeune, j'ai eu la grippe, poursuivit le gamin. Mes parents se sont préparés à m'enterrer. »

Monsieur Loyal tapota l'épaule de Hunter et lui signa : inutile de parler aux mineurs en anglais. Alors le garçon se tourna à nouveau vers le public et commença à chanter d'une voix claire et fluette. Ses lèvres ne bougeaient pas. L'homme assis devant Ming se retourna et lui posa une question que ce dernier ne comprit pas. Ming le regarda en face, embarrassé. L'homme répéta sa phrase, désigna Ming, puis le prophète, debout dans les coulisses, muet et enveloppé d'obscurité. Il parla à nouveau en chinois, ses mots prenant la tournure d'une nouvelle question. Ming secoua la tête. Il supposa que l'esprit de tous les autres, comme le sien, était rempli du chant du garçon. Près de Ming, un autre mineur appela Hunter, ses paroles vite étouffées par l'incapacité du garçon à entendre les sons ou à comprendre le chinois.

Monsieur Loyal se boucha les oreilles, mima une parole silencieuse, montra sa propre bouche. « Lui entend pas. Parle pas. »

Hunter termina sa chanson et fit une petite courbette. Monsieur Loyal applaudit une nouvelle fois. Personne d'autre ne l'imita. Au comble de l'irritation, le maître de piste secoua la tête face à l'assemblée de mineurs. Hazel s'attardait au bord de la scène éclairée, attendant son signal.

« Voilà qui conclut notre spectacle, annonça le maître de piste en faisant signe à Hazel de reculer. Nous, fini ! » dit-il, le visage crispé en une expression cruelle et moqueuse. Les mineurs ne bougèrent pas. « Fini ! » s'écria Monsieur Loyal.

Enfin, le public commença à se lever et à s'en aller. Bientôt, la place fut déserte, à l'exception de Ming et de la troupe du spectacle.

« Pas de troisième miracle ? » demanda Ming. Il était toujours assis.

Monsieur Loyal désigna de la main les mineurs qui s'éloignaient. « Ce serait un gaspillage de kérosène, avec ces fichus Asiates.

— Si vous le dites, fit Ming, qui se leva et étira ses membres engourdis. Il vaut mieux prendre un peu de repos, nous chargerons tout et nous voyagerons à la lumière de la lune. Il va vite faire trop chaud pour se déplacer en plein jour. »

Le maître de piste réfléchit un instant et accepta cette idée, et les autres se retirèrent vers leurs couchages. Il ne resta bientôt plus que Ming, le prophète et Monsieur Loyal. Ming lui souhaita bonne soirée et fit signe au vieil homme de le suivre jusqu'à la diligence pour prendre leurs propres couchages.

« Je suis surpris que vous ne vouliez pas passer la nuit ici, monsieur Tsu, lui dit Monsieur Loyal. Avec vos compatriotes. »

Ming s'arrêta et dit au prophète de continuer. Il revint à l'endroit où se tenait le maître de piste et le regarda bien en face. En un clin d'œil, comme s'il ramassait un chaton nouveau-né, Ming plaqua sa main sur la nuque de Monsieur Loyal et le força à se baisser, ses doigts écrasant les nerfs délicats à la base du crâne du maître de piste. Il se baissa pour lui parler littéralement dans l'oreille. « Vous m'avez payé, bien payé même, pour vous conduire sains et saufs à Reno, chuchota-t-il. Et je vais le faire. Mais ce n'est pas comme si j'avais grand besoin de cet argent, vous comprenez ? » Il releva le maître de piste, gardant la main toujours serrée si fort autour de la nuque de ce dernier que la peau fine sur sa gorge était tendue quasiment au point de l'étouffer. « Il y a un homme dont je dois m'occuper, à Unionville. Mais je n'aurai aucun mal à me débarrasser de vous d'abord, si vous continuez de l'ouvrir pour dire des inepties. Alors écoutez-moi bien, l'ami. N'appelez plus jamais ces Chinois mes compatriotes, gronda Ming. Et que Dieu vous garde, oui, que Dieu vous garde, si jamais je vous entends me traiter de Chinois. C'est compris ?

— Oui, dit Monsieur Loyal d'une voix étranglée.

— Excellent. » Ming lâcha Monsieur Loyal et recula d'un pas. L'autre fut secoué d'une quinte de toux, sa main frottant sa nuque douloureuse. Ming eut un sourire et lui donna une puissante claque sur l'épaule, manquant de le faire tomber. « Ravi qu'on se comprenne si bien. »

Une expression étrange passa sur le visage du maître de piste. Pendant un instant, aucun des deux ne parla. Finalement, Monsieur Loyal croisa le regard de Ming et tout à coup, il sourit. « Monsieur Tsu, dit-il, j'admire les hommes qui sont capables de dire sans ambages ce qu'ils ont à dire. »

35

Au clair de lune, Notah attacha les barils d'eau à la diligence et ils se remirent en route. Ils descendirent les ravins à sec de Dun Glen et déboulèrent dans le bassin miroitant. Le mugissement incessant du vent, qu'aucun arbre ni aucun rocher ne venait freiner, leur emplissait les oreilles. L'air était froid et vif. Hazel laissa le garçon dormir dans la diligence et marcha à côté de Ming, le prophète les suivant sur son pinto. Ming voulut descendre de sa monture pour proposer à Hazel de la lui confier, mais elle lui fit signe que c'était inutile et l'incita à rester en selle. Elle préférait faire fonctionner un peu ses jambes. Après cet échange, ils marchèrent en silence pendant un moment, la nuit se déployant devant eux, le vent effaçant les traces de leurs pas sur la surface dure des plaines alcalines.

On sait qu'au clair de lune le monde se pare d'une tonalité différente, perceptible sur un autre registre que celui auquel les hommes sont habitués en temps normal. La diligence émet des cliquetis sur une fausse note. La piste s'enroule et se déroule comme un serpent sans tête. Il ne fait jamais tout à fait assez clair ; les reliefs du monde se déclinent en nuances répétitives, ombres sur ombres. La terre s'oublie elle-même.

Ainsi, se déplacer dans un tel paysage équivaut à une sorte de pèlerinage. L'horizon à l'ouest s'éloigne perpétuellement, sur un rythme identique à celui du pas de l'homme qui tente de l'atteindre. Certains jours, on a la sensation de traverser un monde aux ressources déjà épuisées, un monde à la couleur et au souffle atténués. Les édifices arides faits de roche et de poussière sont illisibles, des monuments détachés de tout souvenir de leur création. Sous le bon angle, quand la lumière est sur le point de disparaître, le voyageur peut avoir une révélation : il devine alors que le monde qu'il traverse témoigne seulement des atavismes de quelque dieu ancien, depuis longtemps évaporé, et que c'est l'écho lointain d'un effort titanesque et transcendant qui, au bout du compte, n'a abouti à rien.

Seul le désert demeure, pour témoigner de cet échec infini.

« Aimes-tu toujours ton mari ? demanda Ming sans préambule.

— Oui, répondit-elle sans hésiter.

— Comment s'appelait-il ? »

Elle fit un sourire triste. « Je ne m'en souviens plus.

— Notah t'a bien arrangée, hein ?

— Oui, dit-elle, et elle se tapota la tempe. Le travail du Navajo n'est pas parfait, mais il m'a bel et bien privée de son nom.

— Je suis désolé.

— Moi aussi. »

Pendant un long moment, aucun des deux ne dit mot. La course de la lune avait dépassé son zénith et glissait maintenant vers la terre.

« Ça ne te gêne pas, de coucher avec un meurtrier ? » demanda Ming.

Hazel rit. « Pas le moins du monde. »

Ming ouvrit la bouche, puis décida de se taire. Ça n'aurait servi à rien de lui en parler.

Mais Hazel en eut l'intuition par elle-même. « Elle, ça la gênait. Ta femme.

— Oui, dit Ming. Mais ce n'est pas entièrement sa faute. Je pensais que je pourrais m'en sortir sans le lui dire, et qu'elle n'aurait jamais besoin de le savoir. Quand elle l'a découvert, oh, bon sang... » Il s'interrompit, rattrapé par ses souvenirs. Ada était en train d'accrocher des tableaux, de petites aquarelles avec des fleurs. Son marteau rendait un son creux quand il cognait les cloisons en placage, mais bien net contre les murs pleins. Il aurait dû se douter que ça ne pourrait pas marcher. Elle était si intelligente, elle l'avait toujours été, c'était une des choses qu'il aimait le plus chez elle. Ça ne lui avait pris qu'un seul après-midi pour deviner la manière dont les cloisons s'ouvraient sur leurs charnières cachées, et elle l'avait aussitôt percé à jour. Quand il était rentré à la maison, elle avait exhibé les liasses de billets qu'elle avait retirées de leur cachette dans les petits interstices de la charpente. Ada s'était assise sur le sol, le visage dépourvu d'expression, entourée de billets éparpillés, de documents, de petits souvenirs de tant de missions accomplies en échange de tant de livres de chair. Il y en a trop, avait-elle déclaré.

Ming tourna le regard vers les ténèbres à l'horizon. « Elle a dit qu'elle ne m'avait sans doute jamais vraiment connu. Que je l'avais trompée. Et encore d'autres choses, et c'était plutôt des cris. »

Tous les deux restèrent silencieux un moment.

« J'aurais dû tout lui avouer », dit-il, à demi pour lui-même. Il s'éclaircit la gorge, tourna les yeux vers l'ouest. « Ada était au courant d'une partie de ce que j'avais fait pour Silas. Son père s'était quand même bien débrouillé pour la tenir à l'écart de ses affaires. Personne ne savait qu'il avait une fille avant qu'il ne la lance en société, et à ce moment-là, il l'avait déjà promise à Gideon. »

Il se souvint de la première fois qu'il avait rencontré le père d'Ada, bien des années plus tôt, bien avant que l'idée même de la voie ferrée ne naisse dans l'esprit de qui que ce fût. Il n'était qu'un enfant alors, qui tirait encore sur des plaques de fer à la carabine à air comprimé, et mesurait encore la distance de tir en rangées d'arbres fruitiers plutôt qu'en mètres. Le père d'Ada était venu au ranch y rencontrer Silas et l'engager pour quelques boulots à Sacramento. Ming avait accouru dans le bureau de Silas pendant leur entretien, sa carabine s'était enrayée et il avait besoin que Silas l'aide à recharger les réservoirs d'air comprimé, mais quand il avait compris qu'il les avait interrompus, il s'était vite réfugié derrière Silas, les joues rouges, et s'était excusé. Silas l'avait présenté, et Ming avait dit ce qu'on lui avait appris à dire s'il rencontrait les clients de Silas. Le père d'Ada l'avait regardé avec froideur et curiosité, puis avait dit à Silas que son chien apprenait vite et que son anglais était meilleur qu'il ne l'aurait cru. Aussitôt après, lors d'un des rares instants où Ming se souvenait d'avoir vu Silas perdre son sang-froid, Silas avait refusé le travail et jeté dehors le père d'Ada. *Personne ne me parle comme ça dans ma propre maison, mon garçon.* Ming ne devait revoir cet homme que bien des années plus tard, au moment où Ada et lui-même formaient déjà un couple.

« Quelle genre de profession exerçait-il ? demanda Hazel, le tirant de ses pensées.

— L'argent, dit Ming. Quoi d'autre ? » Il fit un geste pour désigner le désert, au-delà de l'horizon obscur. « On dit qu'il y a des fortunes inimaginables à se faire, avec les voies ferrées. Des paquets d'argent à gagner dans la construction, les mesures, le nivellement, la pose des rails. De l'argent à gagner dans la terre que traversent les rails et aussi dans la terre qui les longe. Le seul endroit où il n'y a pas d'argent, c'est dans les poches de tous ces Chinois qui travaillent. Les frères Porter savaient tout ça. Et le père d'Ada, lui aussi savait tout ça. La Central Pacific le savait aussi, et ils l'avaient engagé parce que lui-même le savait. Il valait beaucoup plus que tout ce que Silas pouvait mettre en place comme affaires à Sacramento. Il jouait avec un nombre de zéros beaucoup plus grand. Et en même temps, il gardait toujours Ada à distance des aspects les plus sordides des choses. Je suppose que c'est pour ça qu'elle a été si perturbée par ce que j'ai fait. Assassin, elle me disait. Démon.

— Tu sais, toi aussi, tu couches avec un assassin, dit Hazel.

— Pardon ? » fit Ming.

Elle avait tué un homme, une fois, lui raconta Hazel. Il y avait des années de ça, à Omaha. C'était tard dans la nuit. Ils avaient fini leur spectacle et son mari était parti au saloon. Elle comptait leurs gains de la soirée. Un ivrogne s'était jeté sur elle, l'avait attrapée par le poignet. Le type avait vu son numéro, plus tôt dans la soirée, et il lui dit qu'il voulait encore une fois la voir nue, dans sa robe brûlée. Puis il lui avait vidé une bouteille de whiskey sur la tête, avait débouclé sa ceinture et laissé tomber son pantalon sur ses chevilles. Hazel avait grimacé de dégoût et frissonné. Le type lui avait dit d'aller vers le feu et d'enflammer ses vêtements pour qu'il puisse la revoir nue. Alors elle l'avait attiré dans le feu avec elle et l'avait maintenu là. Pendant deux, trois minutes. Le type était trop saoul pour crier. Hazel lui avait mis la main sur la nuque et lui avait appuyé le visage contre les braises.

Elle mima son geste. « Ça a fait un sacré bruit. J'ai dit au shérif que je n'étais pas là quand ça avait dû arriver. Il a regardé le type dans le feu, avec son visage tout noir et tout boursouflé, et il a secoué la tête. Un tas d'ivrognes meurent dans des incendies, a-t-il dit, et ils n'ont à s'en prendre qu'à eux-mêmes. » Hazel leva les yeux vers Ming. « Passe-moi cette gourde, tu veux ? Je meurs de soif. »

Ming dévissa le bouchon de sa gourde et la tendit à Hazel. Elle but, s'essuya la bouche et lui rendit la gourde.

« Tu as tué quelqu'un d'autre, avant ou depuis ? demanda Ming.

— Non, dit-elle. Seulement ce type-là. Pas autant que toi. »

Il baissa les yeux vers elle. Dans la clarté bleue de la lune, son expression était impénétrable. « Deux cents », dit-il à voix basse. Il plissa les paupières et plongea le regard plus profondément dans l'obscurité, mais en vain. « D'après mes calculs, j'en ai tué environ deux cents. » Il pouvait distinguer le sommet de sa tête qui oscillait à côté de son étrier. À présent, elle le regardait, ses yeux brillaient quand ils captaient la lumière de la lune. « Ça ne te gêne pas ?

— Tu es un homme bon, Ming, dit Hazel.

— Je ne le suis pas.

— Je sais reconnaître un homme bon quand j'en vois un, dit-elle, et tu es un homme bon. Il y a sur cette terre des choses bien pires que la simple vie et mort des hommes. »

36

Ils arrivèrent à Unionville peu après le lever du soleil, le bleu indigo s'effaçant du paysage à mesure que le nouveau jour gagnait en force. Dans une petite taverne aux lisières de la ville, le maître de piste leur paya des chambres et un petit déjeuner.

Ming ne mangea rien. Il s'assit sur le sol de sa chambre, les jambes croisées, et se prépara. D'abord le revolver. C'était un petit Remington robuste qui avait vu sa ration de boue, de pluie, de sang et de poudre. Un court moment, il garda simplement l'arme dans sa main, s'émerveillant de sa qualité. Il relut l'inscription à demi effacée sur le canon. *Breveté le 14 septembre 1858. Produits des tours et moulins.* Silas Root l'avait acheté pour vingt dollars à un déserteur de l'Union qui était arrivé à Sacramento, les poches vides en dehors de son revolver. Beaucoup plus fiable que le colt Walker qu'il avait utilisé jusqu'alors. Ce maudit engin-là était assez lourd pour qu'on puisse tuer un homme rien qu'en le lui laissant tomber dessus. Sans même parler de l'effet que cela vous faisait de tirer un coup de feu. Le Walker pouvait arracher la tête d'un homme à cinq mètres de distance, le crâne et tout le reste ; il n'en restait plus aucune trace à part un bourdonnement sourd dans vos oreilles. Ce revolver était beaucoup trop puissant pour son propre bien ; il avait explosé en mille morceaux lors d'une mission et avait laissé des scarifications brûlantes sur la main de Ming. En serrant les dents pour contenir la douleur, il avait achevé sa cible de la main gauche, lacérant maladroitement ce fils de pute avec sa lame, la main qui avait tenu son revolver recroquevillée contre sa poitrine en un poing fermé, répandant du sang un peu partout sur le sol. Il posa le Remington et inspecta les cicatrices que le colt Walker avait laissées sur ses articulations, ce jour-là. Silas lui avait donné un cataplasme nauséabond à appliquer sur les brûlures, disant que cela empêcherait sa main de devenir noire et de pourrir entièrement. Il avait eu raison. Ming serra le poing fermement. Ce geste lui faisait toujours aussi mal. Il ramassa une fois de plus le Remington. Ça, c'était une arme. Et même, une arme qu'il connaissait intimement. Elle lui avait sauvé la vie et elle en avait pris beaucoup d'autres. Une bonne arme.

Ming relâcha le levier de chargement, fit glisser la goupille qui servait à libérer le barillet, et attrapa le cylindre de métal quand celui-ci tomba du revolver. Il trempa le coin d'un chiffon dans le kérosène et nettoya les chambres jusqu'à ce qu'elles brillent. La lumière descendait de biais à travers la haute fenêtre. En une série de mouvements lents et méthodiques, il désassembla l'arme jusqu'au dernier boulon. Il fit tremper les plus petites pièces dans du kérosène contenu dans une boîte en fer-blanc peu profonde. Quant aux plus grosses pièces, il les nettoya à la main. Quand il eut terminé, il remonta l'arme, le barillet et tout le reste, et la rangea dans son étui. Il se leva et s'entraîna à dégainer plusieurs fois de suite. Un mouvement bien connu, une habitude presque. Ming s'assit et chargea bien soigneusement chacune des chambres, poussant fermement une balle après l'autre avec le levier de chargement. De minuscules copeaux de plomb voletèrent vers le sol. Quand il eut terminé, il plaça des amorces en laiton sur chaque mamelon et porta le revolver à son oreille, tournant le barillet pour lui faire parcourir le cycle de ses six coups, écoutant si le métal heurtait le métal. Seul le son d'un mécanisme bien huilé, décrivant des révolutions au fil de détentes successives, lui parvint. Son arme était prête.

Il la rangea dans son étui et sortit son crampon de rail. Il s'activait comme s'il était mû par un ressort, ses mains passant chaque fois par les mêmes points dans l'espace, affûtant la pointe du crampon le long de la pierre à aiguiser. Chaque fois qu'il l'aiguisait, la pointe devenait un peu plus courte. Il estimait que l'arme devait mesurer cinq pouces trois quarts à présent, ou peut-être cinq pouces et demi. Le rétrécissement qu'il avait causé allait presque jusqu'à la base du crampon, l'endroit par où il le tenait habituellement. Il se demanda s'il ne ferait pas mieux d'enrouler du cuir brut autour de la base pour s'assurer une meilleure prise, même si nul ne savait où trouver du cuir brut dans cette ville de malheur.

Le crampon brillait d'une teinte argentée sous la lumière, là où il avait poli sa surface de fer rugueux. Il le soupesa entre ses mains, le fit tournoyer en l'air, puis le rattrapa.

C'est une source de joie quand un homme peut avoir confiance en ses outils.

Il s'allongea sur le plancher de bois nu et ferma les yeux pour se reposer. Quand il se réveilla plusieurs heures plus tard, le crépuscule descendait à l'extérieur et le prophète l'avait rejoint dans la chambre. Le vieil homme était assis à ses côtés, immobile. Ming lui demanda si l'heure de Dixon était venue et le vieil homme lui répondit que oui. Puis il lui demanda s'il pouvait combattre en toute liberté. Le prophète ne répondit pas à sa question. Ming observa longuement son visage usé, songea à lui poser sa question une seconde fois, mais il sentit qu'il n'obtiendrait pas d'autre réponse. Une seconde, il envisagea de placer son crampon sous les narines du prophète pour s'assurer qu'il respirait encore. Puis il se leva et remercia le vieil homme.

Alors que Ming se dirigeait vers les escaliers pour sortir, une rafale de pas retentit derrière lui.

« Attendez ! » appela une voix dans sa tête. C'était Hunter, qui tenait d'une main le chapeau de Ming. Le garçon le rattrapa et appuya le chapeau contre sa poitrine. Ming prit son chapeau, le coiffa, ébouriffa les cheveux du petit. Il remercia Hunter et s'en alla. Au-dehors, il trouva la nuit d'été fraîche, calme et tranquille.

Ming était prêt.

37

Il avait entendu dire que le shérif prenait ses repas dans un saloon du côté est de la ville. Baissant son chapeau sur les yeux, il y entra.

Le barman le salua et jeta un coup d'œil au revolver sur sa hanche. « Ici, on doit déposer ses armes, dit-il. Donnez-moi votre revolver.

— Je ne reste pas longtemps, dit Ming.

— Ça m'est bien égal, rétorqua le barman. Pas d'armes. Pas d'exceptions. »

Ming s'approcha du bar et posa un billet de cinq dollars sur le comptoir. Il le fit glisser vers le barman. « Je n'en ai pas pour longtemps. Vous ne pourriez pas tolérer un petit manquement à la règle ? »

Le barman contempla l'argent d'un regard méfiant et étudia Ming de plus près, essayant de mieux distinguer les traits de son visage noyé dans la pénombre. « Très bien, dit-il enfin. Retirez-moi au moins ce chapeau, histoire que les gens puissent voir qui vous êtes.

— Bien sûr », dit Ming, et il enleva son chapeau tout en

se retournant. Il gardait la tête baissée, dans l'espoir que personne ne le reconnaisse.

Le saloon était obscur et malpropre. Au fond, il trouva le shérif en train de déguster un whiskey, tout seul à sa table.

« Dixon », dit Ming à voix basse.

L'homme assis devant la table leva les yeux. « Je peux t'aider, mon garçon ? grommela-t-il.

— Peut-être bien que oui », répondit Ming, et il s'assit en face du shérif.

Charles Dixon le regarda avec méfiance. « Tu m'as l'air loin de chez toi, on dirait, John ?

— Je ne m'appelle pas John, Dixon », répondit Ming en sortant son revolver et en le posant sur la table.

Dixon regarda l'arme un instant, puis leva les yeux vers Ming avec une expression inquiète et suspicieuse. Son regard était instable, vacillant. Ming devina que le verre dans sa main n'était certainement pas le premier.

« Tu n'es pas censé garder cette arme, ici », dit le shérif. Les yeux rivés sur le revolver, il fit tournoyer le whiskey dans le verre et avala son contenu. Il s'essuya la bouche avec le dos de la main et se cala plus confortablement dans son siège. « Je vais te dire, le Chinois, reprit-il. Si tu vas me chercher un autre verre, je ferai comme si je n'avais rien vu. » Sa prononciation était hésitante, sa voix pâteuse. Quelques verres de plus et il aurait fini par glisser de son siège. Cet homme avait baissé la garde.

« Tu n'es pas censé garder cet insigne », dit Ming en désignant de la tête l'étoile de cuivre piquée à son revers. Je parie que les braves gens d'Unionville l'arracheraient de ta chemise s'ils savaient ce que tu as fait. »

Dixon se pencha en avant, se frottant le visage avec les mains pour se dégriser. Il examina le visage de Ming. « Mon gars, qui diable es-tu ? grogna-t-il.

— Fais un petit effort », lui dit Ming.

D'un seul coup, le shérif devint livide et la peur envahit son visage. « C'est pas possible, murmura-t-il. Le chien de Silas Root. On t'a pendu à Winnemucca, il y a des semaines de ça.

— Ce n'est pas moi qu'ils ont pendu, dit Ming, un sourire se peignant sur son visage. Rebonsoir, Dixon. »

Le regard du shérif fila vers l'arme de Ming, posée sur la table.

« Je te déconseille d'essayer de prendre mon revolver », dit Ming.

Le shérif se jeta dessus quand même et, en un éclair, Ming dégaina son crampon et l'abattit d'un geste souple et cruel sur sa main, la clouant à la table à quelques centimètres du revolver. Le shérif poussa un grognement.

« Je t'ai prévenu, Dixon. » La voix de Ming était aimable et détendue. Les gens quittaient le bar au pas de course, à présent. Le shérif, le visage empourpré, se tordait sur son siège, clignant frénétiquement des yeux à cause de la douleur.

Le barman tendit la main sous le comptoir et en sortit un fusil de chasse. « Shérif ! cria-t-il. Qu'est-ce que je dois faire ?

— Je sais de source sûre que je ne vais pas mourir aujourd'hui », dit Ming à Dixon. Du bluff, mais le shérif ne le savait pas.

« Mais tire, bon dieu ! » hurla Dixon.

Le barman fit feu et le coup partit au hasard, les chevrotines s'enfonçant dans la cloison en bois.

Le sourire de Ming se transforma en un rictus diabolique. « Je vous l'avais bien dit », fit-il avant de récupérer son arme, de viser le barman et de lui tirer une balle dans la gorge.

Le fusil échappa au barman et tomba lourdement sur le sol. L'homme tituba en arrière et s'effondra, portant ses mains à son cou déchiqueté, là où la balle l'avait touché, comme s'il avait pensé que retenir le sang et la chair qui en giclaient lui permettrait de rester en vie.

Ming saisit son crampon de rail et l'arracha de la table et de la main du shérif qui poussa un nouveau hurlement. « Tu m'as causé du tort, Dixon, lui dit Ming, par-dessus le vacarme.

— Va brûler en enfer, le Chinois », cracha le shérif, en berçant sa main ensanglantée. Il haleta une poignée de secondes, puis se jeta en avant.

Ming fit un bond de côté, esquiva l'attaque et plongea son crampon de rail dans le dos de son adversaire qui bascula sur la table.

Il aurait donné cher pour avoir les conseils du vieil homme, à cet instant précis.

Il empoigna Dixon par sa chemise et le traîna sur le sol, puis il retira le crampon du dos du shérif et l'essuya sur son pantalon. « Tu en as fait du chemin, depuis Sacramento, pas vrai ? » Ming contourna la table et, de sa botte, il fit rouler Dixon sur le dos avant de lui poser un pied sur la poitrine.

Du sang s'écoulait par le trou dans le dos du shérif pantelant et formait une tache noirâtre autour de ses épaules.

« Sales fumiers, gronda Ming. Espèce de charognes. Vous n'aviez pas compris que je reviendrais la chercher ? »

Les veines du cou de Dixon se gonflèrent et ses yeux furibonds s'ouvrirent tout grands. Ming lui enfonça le talon de sa botte dans la poitrine et le shérif gémit, du sang noir coulant aux coins de sa bouche.

« Vous n'aviez pas compris qu'elle m'attendrait ? »

Le shérif arrêta un instant de se débattre, son regard brouillé se concentrant avec peine. Un sourire dément illumina son visage ensanglanté. Entre ses lèvres se forma un son curieux, rythmique et humide, un gargouillis léger. De minuscules gouttelettes de sang vinrent saupoudrer la pointe de la botte de Ming, toujours plantée sur sa poitrine. Le shérif s'était mis à rire.

Une rage incandescente envahit Ming. « Pourquoi ris-tu, nom de Dieu ? » rugit-il.

Le shérif continuait de rire. Le coin de ses yeux fous se plissait sous l'effet de sa soudaine hilarité. Ming le frappa au visage avec le talon de son crampon, creusant une entaille dans sa joue. Du sang se mit à couler vers ses oreilles mais il ne cessait pas de rire.

« Tu ne sais pas », siffla le shérif, le sang coulant à flot de son nez et de sa bouche. Même à travers un voile de sang, le sourire fou sur ses dents jaunies par le tabac ne faiblissait pas. « Pauvre imbécile, tu ne sais pas. »

Sans quitter le shérif des yeux, Ming se retourna et lui planta profondément le crampon dans la cuisse. L'homme poussa un cri et agrippa la botte de Ming. « Quoi ? Qu'est-ce que je ne sais pas ? » lança ce dernier.

Les jambes du shérif battaient de plus en plus faiblement, il agonisait, mais malgré ses yeux brillants de douleur, il souriait toujours. « Ta femme, c'est Ada Porter, maintenant, se réjouit le shérif.

— Depuis combien de temps, s'enquit Ming, d'une voix grave et froide.

— Il demande depuis combien de temps », se moqua le shérif. Il toussa à deux reprises, d'une toux profonde et mouillée, projetant du sang dans l'atmosphère et souillant à nouveau la botte de Ming. « Depuis qu'on t'a expédié au diable-vauvert. Merde, elle et Gideon, cracha-t-il, toussant encore une fois, ils ont même eu un enfant ensemble, il y a déjà un bon moment. » Son sourire se fit encore plus démoniaque. « Elle ne t'a jamais aimé, espèce de crétin. Foutue crevure de… Chinetoque… » Les paroles du shérif devenaient hachées, son souffle s'échappait plus vite qu'il ne pouvait le reprendre. Avec ce qu'il en restait, il se remit à rire et le sang lui remplit la bouche, épais et noir comme le pétrole qui jaillit d'un puits nouvellement creusé.

Ming fixa l'homme plaqué sous sa botte. « Ah, vraiment ? »

Les yeux du shérif pétillaient de jubilation et, en un effort surhumain, il rassembla le sang dans sa bouche et le recracha. « Épargne-toi un cœur brisé, oublie-la, le Chinetoque », réussit-il à articuler.

Ming retira sa botte de la poitrine du shérif, qui roula sur le côté et cracha une nouvelle giclée de sang, serrant sa main percée contre sa poitrine en gémissant doucement.

Ming se pencha sur le mourant, lui retira son crampon de la cuisse et l'essuya sur la chemise du shérif. Puis il s'approcha de la table, ramassa son revolver et releva le chien. Le shérif agonisant avait des yeux brillants, joyeux et cruels, et le regardait calmement au ras du plancher taché de sang, sans ciller et sans crainte.

« Eh bien, je suis vraiment désolé d'apprendre cette nouvelle », dit Ming, et il tira une balle dans l'oreille du shérif.

Le silence régnait dans le saloon, à l'exception d'un léger tintement dans la tête de Ming. Les autres clients étaient sans doute partis chercher de l'aide.

Ada Porter. Un enfant.

Il se demandait quels tourments ils avaient pu infliger à sa charmante femme pour la briser ainsi. Nul doute qu'elle les avait combattus de toutes ses forces. Et un enfant, pardessus tout le reste. Une vague de fureur le balaya. Eh bien, soit, un corps fait ce qu'il doit faire pour survivre. Il secoua la tête pour chasser cette pensée et se frotta le visage avec les manches de sa chemise. Un moment plus tard, il se leva et regarda le shérif sur le plancher. Du sang s'écoulait par le trou dans son oreille, mais son profil restait curieusement intact, hautain même dans la mort.

« Résiste », murmura Ming, en partie à lui-même et en partie au silence.

Il savait qu'elle accourrait à sa rencontre quand il reviendrait enfin, et il lui dirait à quel point il était navré d'être parti si longtemps. Mais l'enfant ? Pourrait-il l'élever comme si c'était le sien ? L'abandonnerait-elle ? C'était le plus probable. Les pensées tourbillonnaient dans son esprit, son arme encore chaude dans sa main. Puis il se rendit compte qu'il était toujours au milieu du saloon vide, à califourchon sur le cadavre recroquevillé du shérif. Plus tard, il aurait le temps de faire des plans et de rêver. Pour l'heure, sa tâche urgente n'était pas terminée.

Il rangea son revolver et se baissa pour fouiller les poches du shérif. Une poignée de pièces. Quelques mandats d'arrêt bien pliés, dont l'un concernait Ming. Quelques balles de revolver. Ming empocha l'argent et les balles et jeta les mandats dans le feu qui brûlait dans l'âtre. Puis il s'en alla.

De retour à la taverne où la troupe se reposait et où ils n'avaient même pas encore passé une nuit, Ming réunit les membres du spectacle de magie et leur demanda de se hâter.

Monsieur Loyal sourit en voyant Ming et lui tendit un petit chiffon. « Effacez ce sang de vos bottes », lui dit-il. Il se tourna vers les machinistes et fit un geste vers la diligence. « En avant et vers le ciel, messieurs. En avant et vers le ciel. »

38

Vers le sud maintenant, le long des chaînes arides, un bassin alcalin à leurs pieds. Unionville se réduisit bientôt à une brume grise sur l'horizon noir derrière eux. Comme une bande d'ombres solitaires, ils voyagèrent pendant des heures dans l'obscurité, attendant que la lune se lève. Les chevaux au pas assuré se frayaient un chemin à travers les pièges tendus par l'herbe folle et les éboulis, les hommes suivant la trace floue de leurs empreintes de sabots, la diligence menaçant de se briser en mille morceaux au beau milieu de la piste.

Quand la lune apparut au-dessus du bord du monde, ils avaient déjà commencé à contourner la corne de la chaîne et les montagnes se brisèrent en fragments de ce qui les composait, en roches éclatées et en blocs vitrifiés. Sous la lumière froide, Ming appuya son carnet contre le pommeau de sa selle et biffa le nom de Charles Dixon. Il faisait encore trop sombre pour distinguer les autres noms de sa liste, mais ce n'était pas la peine. Il les connaissait par cœur : *Jeremiah Kelly. Abel Porter. Gideon Porter.*

Et ensuite il la prendrait à nouveau dans ses bras, et elle laisserait derrière elle l'enfant de ce mariage honni, et ils seraient enfin libres, débarrassés de leur passé misérable. Et pourtant, alors même qu'il imaginait son retour triomphal, il la sentait lui échapper. Il essaya de s'imaginer en train de l'embrasser, de lui incliner la tête en arrière en la prenant par le menton, mais les traits de son visage demeuraient flous et brouillés, et les pensées de Ming devenaient raides et puériles. Quand il essaya de s'imaginer l'enfant, il se rendit compte qu'il ne pouvait rien se représenter du tout.

Il fut interrompu dans ses pensées par Monsieur Loyal, qui s'interrogeait à voix haute sur ce qui pouvait bien se trouver sous leurs pas. Sans hésitation, le prophète répondit que d'innombrables veines de minerai se croisaient et se décroisaient ici sous la terre, de l'or et de l'argent, du cuivre aussi, des richesses dont les hommes ne pouvaient que rêver. Monsieur Loyal sourit, planta sa canne dans le sol et, à moitié par plaisanterie, marqua à cet endroit une concession minière à son nom.

Au sud-ouest se trouvait Lovelock. La rivière Humboldt serpentait à côté de la petite ville. Même à cette distance, on apercevait des marécages assez étendus : cinq kilomètres carrés d'herbe verdoyante et de surface aquatique, la splendeur d'une vie perpétuellement étincelante au milieu de la terre sèche. À l'ouest, la lune baissait sur l'horizon, le ciel s'éclaircissait et annonçait l'aube. Il était temps de dresser le campement. Notah construisit le feu avec de jeunes pousses d'armoise et de chaparral et, autour de sa lumière dansante, ils s'assirent et mangèrent leur habituel repas de biscuits et de bœuf salé. Les autres déroulèrent leur couchage et rabattirent leur chapeau sur leurs yeux pour retarder le plus longtemps possible le moment où le soleil les réveillerait. Ming, lui, ne se sentait pas fatigué. Il s'assit sur son tapis de sol et regarda le soleil se lever à l'est, rouge et vaste, crénelé dans l'air qui miroitait. Les oiseaux chantaient. Il s'allongea et ferma les yeux.

Il ne se rendit compte qu'il s'était endormi que quand il fut tiré du sommeil par une violente quinte de toux qui ne cessait pas, ni ne perdait en intensité. C'était Monsieur Loyal. Il était couché sur le flanc, le poing fermé devant sa bouche, tout le corps secoué par une toux qu'il peinait à réprimer.

Ming se leva et se porta à son chevet. Aucun des autres ne s'était réveillé. « Est-ce que ça va ? » chuchota-t-il. Il se baissa et secoua l'épaule du maître de piste. « Ça va ? » répéta-t-il.

Monsieur Loyal hocha la tête avec énergie, ouvrit la bouche pour parler, mais se remit à tousser, les yeux exorbités par la tension. C'était une toux violente, rauque, grasse et chargée. Monsieur Loyal secoua la tête et ravala sa salive au prix d'un nouvel effort. Il prit quelques inspirations profondes et frissonnantes, une paume ouverte posée à plat sur sa poitrine, les yeux vides et débordant de larmes. Il desserra le poing et leva les yeux vers Ming. De petites bulles rouges de flegme sanguinolent mouchetaient sa main. Un faible sourire lui déformait le visage.

« Tuberculose, dit enfin le maître de piste. Je souffre de consomption. »

Il s'essuya le poing sur sa chemise et se laissa retomber sur le dos, le souffle court. Il leva les yeux vers le ciel de l'aube et, un moment, s'efforça de reprendre sa respiration. Ming s'assit à côté de lui. Monsieur Loyal s'appuya sur les coudes, tapota son sac pour y trouver sa gourde. Il la déboucha et but, toussa encore à quelques reprises et s'éclaircit la gorge. Des soubresauts, après la crise. Il y avait à nouveau du sang sur sa main. Il l'essuya sur sa chemise.

« Cela fait trois ans maintenant, dit Monsieur Loyal. Je suis venu dans l'Ouest sur les conseils du médecin. L'air pur des montagnes et les grands paysages, m'a-t-il dit. » Monsieur Loyal fit un geste vers le vaste bassin qui s'étendait devant eux et blanchissait peu à peu au soleil levant. « Ça n'a pas si bien marché que ça, pas vrai ? » Il ricana. « Pendant un moment, j'ai bien cru que j'étais guéri. Mais petit à petit, c'est revenu. » Il se mit à respirer avec force bruit et toussa par petites rafales saccadées qui résonnèrent tout au fond de sa poitrine. Il se pencha sur le côté pour cracher. « C'est même de pire en pire. »

Ming réfléchit un instant. « Nous allons nous séparer, alors, dit-il. À Lovelock. Vous, vous prendrez le train pour Reno. Ce n'est qu'à une journée de distance. Vous trouverez un médecin là-bas. Moi et le vieil homme, on se débrouillera très bien tout seuls. »

Monsieur Loyal fit non de la tête. Il se redressa complètement et se frappa la poitrine avec le poing, cracha à nouveau. « Nous ne nous séparerons pas, monsieur Tsu, avant que vous nous ayez conduits à Reno.

— Vous savez bien que je ne peux pas emprunter la voie ferrée, dit Ming.

— Je le sais. » Le maître de piste but encore à sa gourde et la vida. Il la jeta sur son couchage ; le bouchon humide y roula, décrivant de petits cercles. « Nous suivrons la route que vous nous avez indiquée. Jusqu'à Pyramid Lake, puis au sud jusqu'à Reno.

— Si vous le dites. »

De la main, Monsieur Loyal fit un geste de dénégation. « Ce n'est pas moi qui le dis. » Il pencha la tête vers l'endroit où dormait le prophète, à quelques mètres de là. « C'est lui. Pendant votre convalescence, à Winnemucca, je lui ai demandé quand j'allais mourir.

— Et alors ?

— Au début, ce vieux renard a refusé de me répondre. J'ai eu bien du mal à le faire changer d'avis. Il prétend qu'il n'est pas sage pour les mortels de connaître leur heure avant qu'elle arrive. Ça les rend fous, m'a-t-il dit. » Il rit un peu. « En des termes plus philosophiques, bien sûr.

— Il m'a raconté la même chose. »

Monsieur Loyal pointa un index tordu vers la poitrine de Ming. « Homme sans limites », énonça-t-il, imitant la voix du prophète. Il abaissa la main. « Au bout du compte, le vieil homme a fini par me dire la vérité. » Le maître de piste tourna le visage vers le ciel et regarda en l'air sans rien fixer de précis. Au bout d'un certain temps, il fit à nouveau face à Ming. « Je mourrai sur les rives de Pyramid Lake, dans huit jours. Emporté par cette tuberculose chronique. » Il ramassa le bouchon égaré et le remit en place sur le goulot de sa gourde. Quelques gouttes d'eau scintillaient sur son matelas de sol, il les aplatit avec le tranchant de la main et remit la gourde dans son sac. « Voilà comment tout ça finira.

— Ce n'est pas gravé dans la pierre, dit Ming. Vous aussi, vous pourriez bien être un homme sans limites.

— Nous ne sommes pas semblables, vous et moi, dit le maître de piste. Voilà ce que le prophète m'a dit. » Il posa la main sur l'épaule de Ming. « Vous avez refusé votre heure parce que vous n'étiez pas prêt à partir. » Il retira sa main et la posa sur sa propre poitrine. « Quant à moi, eh bien... » Il poussa un soupir. « Je crois bien que je suis prêt à partir, monsieur Tsu.

— Vous n'avez plus dans l'idée d'aller à Reno ? » demanda Ming.

Monsieur Loyal secoua la tête. « Peut-être que je l'ai eue, dit-il. Il y a longtemps. » Il toussa à nouveau, mais cette fois sa quinte de toux se calma avant de retrouver la force de la première, qui avait attiré l'attention de Ming. Monsieur Loyal cracha par terre. « J'ai un goût de sang dans la bouche partout où je vais, dit-il, de sang et de sel. Je suis prêt.

— Et le spectacle ?

— Ces braves gens savent se débrouiller par leurs propres moyens. Ils s'en sortiront. Et pour ce qui est de Mme Lockewood... » Monsieur Loyal fit un clin d'œil à Ming. « J'ai l'impression qu'elle est entre de bonnes mains.

— Je ne l'emmènerai pas avec moi en Californie », dit Ming.

Monsieur Loyal haussa les sourcils et réfléchit. « Qu'importe. Je pense que vous la retrouverez quand vous serez prêt. » Il marqua une pause. « Me feriez-vous la faveur de garder tout ceci entre nous ? demanda-t-il. D'homme à homme ?

— Certainement.

— Excellent, dit Monsieur Loyal, qui se leva et commença à replier son couchage. Une chose encore, monsieur Tsu », ajouta-t-il, et il tendit la main à Ming pour l'aider à se relever. Ming la prit et se leva. « Vous recevrez votre salaire. J'ai plus qu'assez dans ma bourse pour respecter notre accord. Récupérez l'argent quand je n'en aurai plus besoin.

— Vous voulez dire quand vous serez mort. »

Le maître de piste gloussa. « C'est tout à fait exact, monsieur Tsu. » Ming fit mine de s'éloigner pour refaire son paquetage, mais le maître de piste l'appela. « Ne tardons pas trop pour réveiller les autres. La lune n'est plus assez pleine pour poursuivre notre voyage durant la nuit. Et j'ai un rendez-vous à Pyramid Lake que je dois honorer. »

39

L'après-midi venu, ils cheminaient parallèlement à la voie ferrée distante de quelques centaines de mètres, étincelante au grand soleil. De temps à autre, une locomotive passait, chargée de charbon, de rails, de traverses et de crampons, la motrice à vapeur transformant l'air au-dessus d'elle en une brume ondulante. Ils s'arrêtèrent pour déjeuner à l'ombre de la diligence. On ne fit pas de feu. Le temps était trop chaud pour cela.

« Je crois bien que quand ils auront terminé, dit Gomez en désignant une locomotive au loin, on n'aura plus besoin de cette vieille chose. » Il leva le bras et toqua sur la cabine de la diligence. « Bon sang, on pourra aller en train là où on voudra. J'ai lu les annonces dans les journaux. De la Californie à Chicago en une semaine. C'est bien ça, patron ? »

Le maître de piste, occupé par sa pipe, se contenta de hocher la tête.

La locomotive devint si petite qu'elle disparut. Ils auraient bientôt terminé, d'après Ming.

« Qu'est-ce que l'homme a fait ? » demanda le prophète.

Il se tenait assis en plein soleil, à l'écart de la diligence, les yeux fermés, le visage tourné vers le ciel. Finalement, il ouvrit les yeux et baissa son regard opaque.

« Nombres 23:23, dit Monsieur Loyal avec une légère surprise. Pas tout à fait une citation exacte, vieil homme, mais bien dit. Je vois que vous êtes un familier du Livre saint. » Il se mit à rire. « Et moi qui croyais que vous n'étiez pas chrétien.

— Je ne le suis pas, dit le prophète.

— Eh bien, dit Monsieur Loyal, je vais vous donner le texte exact du verset que vous citez. » Il tendit un index mince. « Il sera dit à Jacob et à Israël : Qu'est-ce que Dieu a fait ?

— Oui, dit le prophète. Mais on dira des rails et de leur création : "Qu'est-ce que l'homme a fait ?"

— Si vous étiez chrétien, dit Monsieur Loyal, je vous traiterais de blasphémateur.

— Peut-être, répondit le prophète, avec un sourire indéchiffrable.

— Dieu n'est point un homme, dit Hazel. Nombres 23, verset 19.

— Bien parlé, madame Lockewood », dit Monsieur Loyal en gloussant. Il regarda la troupe autour de lui avec un certain amusement. « Je ne savais pas que c'était un fichu séminaire, ici.

— Ce n'est pas Dieu qui a construit ce chemin de fer, n'est-ce pas ? dit Hazel. Ce sont les hommes qui ont arasé ces pentes et creusé à l'explosif ce chemin à travers les montagnes. » Elle inclina la tête, indiquant le prophète. « Le vieil homme a raison. Qu'est-ce que l'homme a fait, oui, en vérité.

— Qui vous a raconté tout ça ? jeta Proteus. C'est le Chinois ? On ne peut pas faire confiance à un Chinetoque. C'est trop risqué. »

D'un revers de poignet, Monsieur Loyal frappa Proteus au menton avec la poignée de sa canne. Proteus cligna des yeux sous l'effet de la surprise et la colère balaya son visage, puis se transforma en irritation indignée.

« Pourquoi diable avez-vous fait ça ? demanda-t-il en se frottant le menton.

— M. Tsu est l'une de nos connaissances, dit Monsieur Loyal. Ce n'est pas un Chinetoque. » Il jeta un bref regard à Ming et lui fit un clin d'œil. « Maintenant, dit-il en se tournant vers Proteus, repose ta question à Mme Lockewood. »

Le sauvage lança un coup d'œil furibond à Ming et se tourna de nouveau vers Hazel. « C'est M. Tsu qui vous a raconté ça ? dit-il.

— C'est le prophète, répondit-elle froidement.

— Je crois que le vieil homme a raison, dit Monsieur Loyal. Je suppose qu'en effet ce n'est pas Dieu qui a construit ces rails. » Sa pipe s'était éteinte et il craqua une allumette pour la rallumer. « Qu'est-ce que l'homme a fait », murmura-t-il tout bas.

Il se leva et s'épousseta, puis se plia en deux et eut une quinte de toux. Proteus le regarda, inquiet, se leva et s'approcha de lui. Monsieur Loyal lui fit signe de s'écarter.

« C'est cette maudite pipe », dit-il entre deux quintes. Il inspira profondément plusieurs fois de suite, puis cracha sur le sol, un petit amas rosacé de salive et de sang qu'il écrasa rapidement dans la poussière du bout de sa botte. Il déboucha sa gourde et but quelques gorgées. « Remettons-nous en route, voulez-vous ? »

Ils arrivèrent à Lovelock le lendemain soir, leur avancée ralentie par le soleil et le vent. Les machinistes ne mirent que peu de temps à monter le chapiteau et bientôt ils interpellaient les passants. Un spectacle de miracles, disaient-ils, un spectacle de miracles. Entrez et venez voir.

Le maître de piste restait planté là avec une expression étrange, contemplant les sièges qui se remplissaient peu à peu, sa pipe consumée et oubliée dans sa main. « Voilà onze années que je fais tourner ce spectacle sous une forme ou une autre, dit-il à Ming qui se tenait à côté de lui. Onze années. » Il prit une profonde inspiration et poussa un soupir. « Et ce soir, c'est mon dernier spectacle. »

Ming lui demanda si cela le chagrinait, mais Monsieur Loyal ne lui répondit pas. Il parut remarquer la pipe qui refroidissait dans sa main et tapota ses poches à la recherche d'une allumette. Il en trouva une, la frotta sur le talon de sa botte et ralluma le foyer. Une épaisse fumée sucrée s'échappa des coins de sa bouche. Il retira la pipe de sa bouche, étudia le tabac qui brûlait dans le fourneau. Des braises chassant des braises, un ouroboros de feu et de cendres.

Il resta silencieux pendant un long moment. « Il y a onze ans, je me suis retrouvé à Omaha, dit-il enfin, sans rien d'autre qu'une valise de vêtements et un millier de dollars en billets de banque. Et un joli pécule en or, bien sûr. » Il fit un clin d'œil à Ming et tira sur sa pipe. Des volutes de fumée lui enveloppaient le visage. Le soleil avait disparu au-delà du grand désert et le ciel était bleu profond et doré. La lumière de la lampe se déplaçait sur ses traits comme les doigts d'un aveugle qui cherche à reconnaître ce qu'il caresse.

Ming resta silencieux. Il regardait le maître de piste, qui fumait.

« J'ai vu des choses qui ne sont pas destinées aux simples mortels, dit Monsieur Loyal. Des choses destinées uniquement aux regards des dieux, contemplant d'en haut quelque âge antédiluvien. » Il tira de nouveau sur sa pipe et parla tout en exhalant, et on aurait cru ses mots sculptés dans la fumée. « J'ai vu des plaines en flammes aussi loin que porte le regard, brûlant le jour et la nuit pendant une semaine entière, le feu éclipsant le soleil. Des incendies que nul ne pourrait imaginer. »

Il regarda le public qui se rassemblait et se retira dans les coulisses sombres, où il fit signe à Ming de le rejoindre. Monsieur Loyal suivait des yeux les gens qui se pressaient devant la scène, mais son esprit était ailleurs.

« Dans les plaines, j'ai vu un bison réduit à l'état de squelette en deux jours, reprit-il d'une voix calme et solitaire. Nettoyé par les vautours, les coyotes et les scarabées. Et les orages, par Dieu, les orages. Des éclairs dans le ciel, aussi épais que des draps de lit, la pluie qui s'abat à la fois du dessus et du dessous. Et puis à l'ouest, au-delà des plaines et des Rocheuses, le désert sans fin, la poussière qui monte du sol. Des hommes desséchés et recrachés par la terre, même les esclavagistes et les meurtriers fuyant l'est. J'ai vu des putains plus riches que des rois et des rois plus pauvres que le plus misérable des hommes, qu'il soit vivant ou mort. Tous engloutis dans le gigantesque tourbillon de ce continent sans fin. Cette terre dépasse l'entendement des hommes. »

Ming attendit un moment, pas tout à fait sûr que le maître de piste ait terminé son soliloque. « C'est juste, dit-il enfin.

— Et quand ces rails seront terminés, dit Monsieur Loyal, les trains traverseront ces contrées à la vitesse de la vapeur et de l'acier.

— Oui.

— Dieu n'est point un homme », dit-il encore, puis, comme s'il se souvenait de la présence de Ming, Monsieur Loyal lui demanda ce qu'il avait vu. « Que pensez-vous de cette terre ? » dit-il, en désignant avec sa pipe l'espace au-delà du public, au-delà des vastes landes marécageuses de la Humboldt, loin vers l'est et vers l'ouest.

Ming resta un moment silencieux. « J'ai vu des choses qui n'étaient destinées qu'aux mortels. Je n'ai rien vu qui soit réservé aux regards des dieux.

— Que voulez-vous dire, monsieur Tsu ?

— J'ai vu des hommes mourir, dit Ming, tremblants et effrayés. J'ai vu des hommes presque déchirés en deux par des éboulements et éparpillés à travers les montagnes. J'ai vu des hommes adultes pleurer leur mère, répandant des rivières de sang sur le sol. » Il regarda Monsieur Loyal droit dans les yeux. « Je crois qu'aucun dieu n'a vu tout cela.

— Je suppose que vous avez raison, dit Monsieur Loyal.

— Quand vient le moment, dit Ming, personne n'est jamais prêt à mourir. »

Monsieur Loyal ricana. « Eh bien, conclut-il, je ne suis pas personne. »

Il y eut un léger bruissement de pas sur le sol de terre sèche. C'était Gomez, les yeux brillant dans l'obscurité. « Monsieur, dit-il, ils sont prêts. »

Monsieur Loyal leva sa botte et frappa sa pipe contre elle jusqu'à ce que son fourneau se soit vidé, puis il écrasa les étincelles éparses répandues sur le sol. Il remercia Gomez, qui hocha la tête et disparut. Monsieur Loyal rajusta son couvre-chef, ramassa sa canne appuyée contre un mât de tente et en donna un petit coup bien net sur le sol. Une énergie toute neuve infusait ses mouvements. Il sourit à Ming. « Un corps est prêt quand un corps est prêt », murmura-t-il avec férocité, et sur ce, il s'avança sur la scène.

40

Après le spectacle, ils s'assirent tous ensemble autour d'un feu sans éclat et firent circuler une bouteille de whiskey. Au troisième passage de la bouteille, Monsieur Loyal déboucha sa gourde et la remplit à la bouteille, le mince filet d'alcool miroitant à la lueur du feu. Les seuls bruits que l'on entendait, à part celui de la flasque qui se remplissait, étaient les craquements du feu. Quand le whiskey déborda et se déversa sur les doigts du maître de piste, celui-ci posa la bouteille et en but un peu à sa gourde. Il passa la bouteille à Hazel, sur sa gauche.

Celle-ci renversa la tête en arrière et prit quelques petites gorgées avant de reposer la bouteille et de s'essuyer la bouche du dos de la main. Elle fit la grimace et se mit à tousser. « Quel tord-boyaux », dit-elle en s'étouffant à moitié. Elle cracha dans le feu et passa la bouteille à Notah, qui versa une petite quantité de liquide dans sa bouche et l'avala avec une grimace.

« Ce n'est pas le pire que j'aie bu », dit Monsieur Loyal. Il prit une autre gorgée de sa flasque, puis sans crier gare se tourna de côté et toussa violemment dans son épaule, le corps secoué par un accès de toux intense et sonore. Quand il écarta enfin son visage de son épaule et s'éclaircit la gorge, il larmoyait. Il esquissa un faible sourire et agita sa flasque devant lui en guise d'explication. Il tenta de parler, mais cela déclencha une autre quinte de toux. « Quel tord-boyaux », parvint-il à dire, avec un hochement dans la direction de Hazel.

— Vous allez bien, monsieur ? » demanda Hunter dans la tête de toute la compagnie.

Monsieur Loyal lui fit signe de ne pas s'inquiéter. « Mauvais whiskey », dit-il, et il signa pour le garçon.

Des traces sombres de flegme et de sang se voyaient sur la chemise du maître de piste. Ming attrapa son regard et s'épousseta l'épaule.

Le maître de piste considéra les taches de sang sur sa chemise et acquiesça légèrement de la tête. Il les frotta pour les nettoyer. « Nous repartons demain », dit-il, la voix éraillée. Il se racla encore une fois la gorge et cracha dans le feu. « Vers l'ouest, jusqu'à Pyramid Lake, et de là, vers le sud jusqu'à Reno. » Il sortit une carte de la région et l'étala sur le sol. Les autres se rapprochèrent pour regarder. « Si vous nous montriez la route à suivre, monsieur Tsu ? » suggéra-t-il.

Ming examina la carte. « C'est un relevé topographique ferroviaire, dit-il. Comment avez-vous eu ça ?

— Par un ami, répondit Monsieur Loyal sur un ton énigmatique. N'est-elle pas merveilleusement détaillée ?

— En effet », souffla Ming. De minces courbes de niveau couraient follement sur la totalité de la surface, soulevant des montagnes et des bassins fantômes sur le papier. Ming scrutait la carte, le visage crispé par la concentration. Un itinéraire se formait dans son esprit. À la lueur du feu, il traça une ligne à travers les chaînes et les bassins, énonçant des noms à voix basse quand son doigt les dépassait. Ils couperaient à l'ouest, puis obliqueraient vers le sud en dessous de Lone Mountain, puis au nord-ouest à travers les contreforts. Ming tapota du doigt un petit symbole : un puits. La nuit suivante, ils camperaient là. Il entoura de l'index un groupe de montagnes basses, Trinity Range, et dit que, le deuxième jour, ils iraient vers l'ouest en passant le col au sommet de la chaîne, puis redescendraient vers un autre puits en fin de journée. Il tapota un symbole identique à l'endroit où ils pourraient trouver de l'eau. Le terrain serait plat tout au long du troisième et du quatrième jour et ils pourraient ainsi couvrir plus de distance, gardant Trinity Range à l'est, campant près d'une source, puis se dirigeant au sud-ouest le quatrième jour, là où les Sahwaves se divisent en petits pics isolés.

Le cinquième jour de voyage serait le plus éreintant, une course folle du lever au coucher du soleil, de l'extrémité sud des Sahwaves, à travers les plaines boueuses du lac Winnemucca jusqu'au flanc est de Truckee Range, puis jusqu'à Pyramid Lake qu'ils atteindraient à l'aube du sixième jour. De là, il fit enfin glisser son doigt sur la carte jusqu'au bout de leur itinéraire.

Monsieur Loyal demanda quelle distance ils devraient franchir. Ming posa le pouce sur la carte juste à côté de l'échelle, le déplaça le long de l'itinéraire, comptant les segments et les additionnant à voix basse. Entre quatre-vingt-dix et cent, cent dix kilomètres, d'après ses calculs. Avec la chaleur et les dénivellations, le maître de piste dit qu'ils finiraient par épuiser à mort leurs pauvres chevaux. Ming ne manifesta pas son désaccord.

Parmi les individus assemblés autour du feu incertain, un seul émit des objections : Proteus. Le sauvage s'assit, les jambes croisées, revêtu de sa forme de réplique du maître de piste et pointa un index vers Ming. « Je ne ferai pas un pas de plus dans le désert que je n'y suis vraiment obligé. Et rien ne m'y oblige, en fait. » Il leva le pouce par-dessus son épaule en direction du dépôt ferroviaire. « Pourquoi ne pas prendre le train ? On serait à Reno en deux jours.

— C'est une idée absurde, répliqua Monsieur Loyal sur le ton du reproche. Tu te souviens certainement que M. Tsu ne peut pas prendre le train.

— En raison de ses crimes, marmonna Proteus. Oh oui, ça, je m'en souviens !

— Nous avons besoin de sa protection. Ta proposition est rejetée.

— Et pourtant, il n'y a aucune raison valable pour qu'on le suive jusqu'au bout du monde. Je sais bien que vous avez un faible pour lui, même si je ne peux m'expliquer pourquoi, mais je n'ai pas besoin de me l'expliquer, et nous n'aurons aucun besoin de sa protection non plus si nous prenons le train. » Il se leva et désigna la diligence qui se profilait derrière lui. « Deux jours ! s'écria-t-il. Nous pouvons rejoindre Reno en deux jours. Et nous débarrasser de ce foutu... » Il se reprit juste à temps. « Et nous débarrasser de M. Tsu, par-dessus le marché. » Il jeta un coup d'œil aux autres, tout autour du feu. « Vous n'êtes pas d'accord ?

— Non, dit Hazel d'une voix monocorde.

— Non, bien sûr », grogna Proteus. Il se tourna vers Monsieur Loyal. « Allons, mon ami, on n'a aucun besoin de passer par Pyramid Lake pour aller jusqu'à Reno. » Il désigna Ming d'un air narquois. « Et on n'a pas non plus besoin de voyager avec lui.

— En voilà assez », dit Monsieur Loyal d'une voix dure et froide. Il se leva et fixa Proteus, les yeux à la hauteur de son double. « Nous partons demain pour Pyramid Lake.

— Mais enfin, pourquoi ? demanda Proteus.

— Parce que le prophète l'a décrété ! » tonna le maître de piste. Son visage était effrayant.

Le vieil homme garda le silence, bien que Ming crût voir un sourire de connivence passer fugacement sur son antique visage.

Proteus recula devant le regard du maître de piste. Tout le monde garda le silence un petit moment. « Monsieur, bredouilla finalement Proteus, je vous demandais ça juste pour savoir, c'est tout. » Il rouvrit la bouche pour poursuivre, mais fut saisi d'un violent accès de toux qui le projeta sur les genoux. Le païen toussa de plus belle, se cognant la poitrine et respirant avec difficulté. Il cracha sur le sol entre ses pieds et se baissa d'un coup pour regarder là où le crachat était tombé. Il releva les yeux vers le maître de piste. « C'est du sang », dit-il. Il toucha de l'index l'endroit où il avait craché et tendit le doigt sous la lueur du feu. « Vous toussez du sang.

— Il doit provenir de l'endroit où je t'ai frappé hier soir, sans nul doute, dit Monsieur Loyal.

— Non. Ce n'est pas ça, dit Proteus. C'est vous.

— Alors ce n'est rien du tout.

— Ce n'est rien du tout, répéta Hazel d'une voix claire. Viens », dit-elle en se levant. Elle se pencha et tira Hunter vers le haut à sa suite. « Il est tard, à présent. » Elle adressa un regard au maître de piste et partit. Ming la regarda s'en aller.

« À demain matin », dit sèchement Monsieur Loyal. Il inclina son chapeau et partit.

Un par un, les autres disparurent. Seuls Ming et le sauvage restèrent près du feu.

Proteus s'allongea sur le flanc face aux flammes, son souffle lent et profond, une main appuyée contre sa poitrine. Il fixait Ming. « Tu l'as tué, chuchota-t-il.

— Ce n'est pas moi », dit Ming.

Proteus se retourna sur le dos et sa silhouette s'allongea jusqu'à ce qu'il retrouve sa forme sauvage originelle. Il se redressa et prit une série d'inspirations prudentes, sa poitrine tatouée se soulevant et s'abaissant. Il passa sa langue sur ses dents, inspira et cracha à nouveau. Pas de sang. Il garda les yeux rivés sur Ming pendant un long moment, mais ne dit plus rien. Enfin, il s'allongea sur la terre dure et compacte et s'endormit vite.

41

Avant même que le soleil ne se lève, ils avaient déjà repris leur chemin, les marais luxuriants de Lovelock disparaissant au loin derrière eux. Sur la plaine, dans la fraîcheur de l'aube, ils progressèrent à bonne allure, quinze kilomètres parcourus en quelques heures. Puis la chaleur commença à les épuiser, hommes et bêtes confondus. À midi, lorsqu'ils s'arrêtèrent pour déjeuner, les chevaux avançaient à peine plus vite qu'un homme à pied. Les membres de la troupe se sustentèrent avec du bœuf salé si sec et si cassant qu'il se brisait en éclats dans leur bouche et avec des biscuits immangeables à moins de les ramollir lentement dans l'eau. Cela fait, ils se remirent en route, les chevaux de trait tirant la diligence à une allure d'escargot. Le soleil brillait, infini et sans pitié. Ming chevauchait en tête du groupe et Hazel marchait à côté de son cheval.

« Il va bientôt mourir, n'est-ce pas ? » dit Hazel, la voix monocorde et distante.

Ming l'observa du haut de sa selle, les yeux protégés par le bord de son chapeau. Hazel gardait les yeux braqués devant elle. Il rajusta son chapeau et posa le regard sur l'horizon. Il ne dit rien.

« N'est-ce pas ? » répéta Hazel.

Elle le regardait à présent, et Ming rencontra son regard insistant.

« Oui, dit Ming. C'est la tuberculose.

— Je l'ai entendu tousser, à Winnemucca, dit-elle. Il avait déjà la même toux à Omaha.

— Le prophète dit qu'il mourra dans cinq jours, dit Ming. À Pyramid Lake. »

Son cheval soulevait un nuage de poussière à mesure qu'ils avançaient, la diligence qui venait derrière eux traversa ce nuage et se couvrit d'une fine couche de poussière. Monsieur Loyal conduisait, assis à l'avant, les jambes pendant au-delà du marchepied, son chapeau en équilibre sur son genou, les yeux plissés face au soleil. Il remarqua que Ming le regardait et lui adressa un sourire. Ming inclina la tête et se concentra sur la piste.

« Mais qu'est-ce que nous allons faire, après ? demanda Hazel. Tu resteras avec nous, après sa mort, n'est-ce pas ?

— Je vous conduirai jusqu'à Reno, dit Ming. Comme promis.

— Et ensuite ? »

Ming baissa les yeux vers Hazel et vers son ombre raccourcie par le soleil de midi. « Ensuite ? La Californie.

— Tu crois que tu vas la récupérer ?

— Je suppose que je n'y ai pas réellement pensé jusqu'à présent. » Il tripota les rênes, caressant du pouce le cuir épais. Il lui raconta ce que Dixon lui avait appris, qu'Ada s'était mariée avec Gideon Porter, qu'elle avait même eu un enfant de lui. Il regarda l'horizon. « Je ne suis plus si sûr qu'elle viendrait avec moi si je voulais la reprendre. Mais peut-être bien que Dixon a menti. » Il se retourna sur sa selle pour regarder le prophète, qui chevauchait loin derrière, à côté de la diligence. Il savait déjà que ça ne servirait à rien de demander au vieil homme si Dixon avait dit ou non la vérité. Il se remit à nouveau face à l'horizon, vers l'ouest. « On ne peut pas savoir ce qui se passera, pas avant que je me retrouve là-bas en face d'elle, je suppose.

— Doux Jésus, dit Hazel. Je suis désolée pour toi, Ming. »

Un silence suivit, rompu seulement par le bruit des sabots dans la poussière.

« Ming », lui dit Hazel très doucement. Elle plissa les paupières sous la lumière du soleil et le regarda. « Reste avec moi, à Reno.

— Je ne peux pas. » Sa voix était ferme.

« Pourquoi pas ?

— Je le dois à Ada. C'est toujours ma femme, peu importe ce qu'en dit un juge corrompu. » Il regarda Hazel. « Peut-être qu'elle n'est plus la même, et peut-être que Dixon ne mentait pas et qu'elle ne m'a jamais vraiment aimé. Mais il faut que j'essaie. Je lui dois bien ça.

— Est-ce que tu l'aimes toujours ?.

— Tu ne m'as pas demandé ça une fois déjà ? dit Ming.

— Si. Mais je me suis dit que tu avais peut-être changé d'avis, maintenant que tu sais, pour Gideon et pour le gamin.

— Mais nom de dieu, dit-il. Qu'est-ce que ça peut bien foutre ? »

Ils traversèrent les plaines sèches et longèrent des contreforts que la caresse de milliers d'années de vent avait rendus lisses et doux. À l'horizon se profilaient les formes de plus en plus concrètes des montagnes bleutées et des nuages, tandis que le soleil les frappait de plein fouet.

À l'approche du crépuscule, ils s'arrêtèrent pour dîner, alimentèrent avec des côtes de cactus cholla un feu qui émettait des serpentins de fumée tortueux et leur offrit chaleur et lumière. Les sentiers pavés de gypse laissés par les rivières évaporées étincelaient à la lumière de la lune montante. Proteus contemplait le feu et regardait les machinistes qui s'activaient aux alentours. La journée les avait tous épuisés. Personne ne disait grand-chose. Une fois venue la nuit la plus profonde, le prophète se leva et braqua son regard opalescent vers l'ouest et, un étrange sourire sur le visage, annonça qu'ils arrivaient enfin aux terres des frontières.

42

Tôt le matin suivant, ils grimpèrent vers Trinity Range, avançant à bonne allure. Ming chevauchait en éclaireur quand, derrière lui, une voix l'appela. C'était Monsieur Loyal. Ming tira d'un petit coup sec sur ses rênes. Il attendit le maître de piste, qui s'approcha de lui en s'appuyant légèrement sur sa canne.

Le visage indistinct de l'homme était masqué par son chapeau, plongé dans l'ombre pour se protéger de la lumière du midi. Il reprit son souffle et toussa sans force, ses hoquets précédés chaque fois d'une inspiration profonde et sifflante. Enfin, il s'éclaircit la gorge et balaya d'un revers les gouttelettes sur son visage. « Je voulais vous parler, dit-il, à l'écart des autres. » À nouveau, il toussa et cracha. Du talon de sa botte, il enfonça le sang dans le sable et fit signe à Ming de se remettre en route.

Ming s'exécuta en silence. Il gardait le regard fixé droit devant lui. Le paysage alentour évoluait, sa nature changeait. De vastes plaques de terre soulevées du sol, des couches de roches empilées luisant sous un soleil éternel. La piste devenait sinueuse et étroite.

Monsieur Loyal fouilla dans son sac pour trouver sa flasque et avala quelques gorgées de whiskey. Il s'éclaircit la gorge et tendit la flasque à Ming, qui fit non de la tête. « Croyez-le ou non, dit le maître de piste, c'est un bon remède contre la tuberculose. Une prescription du médecin. »

Il gloussa et rangea la flasque, puis jeta un regard furtif en arrière, évaluant la distance qui les séparait des autres. Il parut satisfait et reprit : « Monsieur Tsu, après mon décès...

— Je les conduirai jusqu'à Reno, dit Ming. Comme promis.

— Brave homme, dit Monsieur Loyal. Même si vous avez commis bon nombre de meurtres et volé tous ceux qui ont croisé votre chemin, qu'il s'agisse d'hommes, de femmes ou d'enfants, je vous ai toujours pris pour un honnête homme.

— Je n'ai jamais rien volé à une femme, dit Ming. Ni à un enfant.

— Alors, vous êtes plus honnête encore que je ne le pensais, dit Monsieur Loyal. Hazel m'a appris que vous vouliez partir pour la Californie, une fois la troupe arrivée à Reno. Pour y retrouver une femme, je présume ?

— J'imagine, oui. »

Ils franchirent le col et la piste commença à descendre. Ming et Monsieur Loyal marchaient l'un à côté de l'autre, l'horizon au loin semblait toujours à la même distance d'eux.

« Gomez et Notah savent se débrouiller par eux-mêmes,

dit Monsieur Loyal. Proteus aussi, s'il peut réussir à garder son sang-froid.

— Et Hazel ?

— Mme Lockewood est plus que capable, répondit le maître de piste. C'est pour le garçon que je suis inquiet. Je l'ai pris sous mon aile il y a bientôt quatre ans de ça, avant même qu'il n'apprenne à parler. Enfin, d'une certaine façon, il ne sait toujours pas parler, maintenant non plus, mais vous me comprenez. » Il regarda à nouveau la diligence derrière eux, enveloppée dans le nuage de poussière qu'elle soulevait sur son passage.

« Il va rester avec Hazel, dit Ming. Il s'en sortira.

— Mme Lockewood s'est prise d'affection pour vous, dit Monsieur Loyal.

— On dirait, oui.

— Et la réciproque est vraie.

— Je suppose, oui, admit Ming.

— Monsieur Tsu, dit gravement Monsieur Loyal. Prenez bien soin d'elle. Et du garçon aussi. Veillez à ce qu'ils soient en sécurité. »

Ming donna sa parole.

Le maître de piste le regarda un moment, inclina légèrement la tête. « Très bien », conclut-il, et il en resta là.

À l'ouest, le soleil se levait avec force au-dessus des montagnes et la terre se parait à présent d'étranges teintes d'or et d'ambre. Une fine brume montait des capitules jaunes des derniers buissons d'astéracées encore en fleur. Un moment, ils cheminèrent entourés d'un halo de cette brume humide tandis que la piste devant eux redevenait plate.

Monsieur Loyal restait à la hauteur de Ming. Ils avancèrent ainsi en silence pendant plusieurs kilomètres.

« J'ai déjà vécu, commença le maître de piste d'une voix étrange et distante, pendant un temps excessivement long, monsieur Tsu. » Il glissa sa canne sous son bras, tendit ses mains ouvertes devant lui et les tourna de tous côtés, examinant les innombrables rides et cicatrices creusées sur sa peau. La rosée du matin s'évaporait déjà, la lumière durcissait. Monsieur Loyal fronça les sourcils et ramena ses mains le long de ses flancs. « Un temps excessivement long, répéta-t-il, et il semblait se parler à lui-même.

— Vous n'êtes pas sur terre depuis si longtemps, l'ami, railla Ming. Cinquante ans ? Soixante peut-être ? »

Le maître de piste sourit. « Onze ans, dit-il. Cette fois-ci. »

Ming le dévisagea. « Comment cela ?

— Onze ans, cette fois-ci », répéta doucement Monsieur Loyal. Il leva la main et tapa sur le genou de Ming. « Descendez, dit-il, et marchez avec moi un petit moment.

— Pour quoi faire ?

— Je suis un vieil homme qui marche vers la mort, dit Monsieur Loyal. Faites-moi ce plaisir. Descendez donc. »

Ming passa sa jambe par-dessus la selle et sauta à terre, sans pour autant que son cheval cesse d'avancer. Il laissa les rênes filer dans sa main et quand il toucha le sol, il les retint sans les serrer, laissant l'animal marcher à côté de lui. Ils cheminaient maintenant à trois de front, Ming, Monsieur Loyal et le cheval.

« Nous sommes tous des miracles, ici, dit le maître de piste.

— Je m'en suis aperçu.

— Même moi.

— Même vous ? »

Monsieur Loyal prit une profonde inspiration et ses poumons émirent le son creux d'un roulement de tambour dans le lointain. « Je ne sais pas pourquoi je ne vous l'ai pas dit jusqu'à présent, dit le maître de piste, mais j'ai déjà vécu cent mille vies. » Sa voix était basse. « Je vais mourir dans quatre jours, oui, mais je suis mort d'innombrables fois auparavant. Le cycle se répète toujours de la même façon. Je me réveille en 1858, dans une pension de famille à Omaha, avec la tuberculose et mille dollars dans mon paquetage. » Il contempla le paysage autour d'eux. « Je n'étais jamais arrivé aussi loin de mon point de départ. » Monsieur Loyal sourit et tapota l'épaule de Ming. « Pour cela, je me dois de vous remercier », dit-il, et il s'éloigna pour rejoindre les autres.

43

Une fois la rosée du matin dissipée et le ciel redevenu d'un bleu teinté d'albâtre, ils s'arrêtèrent pour déjeuner à l'ombre clairsemée d'un vieux bosquet d'armoise nettoyé jusqu'à l'os par le vent implacable. Ils se dirigeaient à présent vers le sud, en longeant le flanc ouest de Trinity Range. Sous ce soleil de plomb, il faisait beaucoup trop chaud pour faire du feu. Monsieur Loyal ne mangea presque rien.

« Monsieur », dit Proteus. Il était dans la peau du maître de piste et prononcer ce seul mot déclencha chez lui une violente quinte de toux. Quand il eut repris son souffle, il cracha par terre et frotta le sol du talon de sa main. On y voyait encore de minces filets rosacés. Il pointa un index sur la tache dans la poussière, puis sur Monsieur Loyal. « Dites-moi que ce n'est pas vrai. »

Le maître de piste regarda une seconde le sang et la salive qui séchaient sur le sol. « J'ai bien peur que si, vieil ami.

— Vous êtes en train de mourir, dit Notah, comme s'il découvrait ce fait pour la première fois.

— Le temps en était venu, je crois, dit Monsieur Loyal.

— Il vous a tué, dit Proteus, désignant Ming de son doigt crochu.

— Non, ce n'est pas vrai, dit Monsieur Loyal d'un ton ferme, et, s'adressant au prophète : Quand est-ce que cela arrivera ?

— Au lever du soleil. Dans trois jours. »

Ils passèrent la journée à avancer dans une lumière aveuglante qui chauffait à blanc le paysage. Peu après le déjeuner, ils rencontrèrent une élévation progressive du sol, laissant croire au premier abord à l'affleurement d'un amas de pierres. Des objets courbes aux lignes brisées parsemaient çà et là l'horizon. En s'approchant, Ming vit qu'ils avaient la couleur des os vieillis, nuances de crème et de gris pâle. Des côtes et des vertèbres, et les restes enfoncés d'un énorme crâne encore doté de ses dents, des os serpentant à travers la terre durcie. Ming s'agenouilla et brossa la poussière d'une vertèbre, passa son ongle sur les crêtes et les rainures du très vieil os. Il tira sur la vertèbre enfouie dans la terre mais ne parvint pas à la déloger. Avec son crampon de rail, il commença à creuser l'os.

« Ce sont des côtes, dit Monsieur Loyal.

— Plus que des côtes », dit Ming. Il fit levier sur la vertèbre avec la pointe de son crampon et l'arracha du sol et brossa la terre meuble à sa surface tout en se relevant. L'os était plus lourd qu'il ne l'aurait cru ; il le fit passer d'une main à l'autre pour se familiariser avec son poids. Du bout de l'os, il désigna le sol. « Il y a tout un squelette complet, ici. »

La ligne de vertèbres se poursuivait à partir de l'endroit

où Ming avait creusé, les os s'élargissant au fur et à mesure qu'on en remontait la ligne, puis elle disparaissait sous terre sur une courte distance, avant de resurgir quelques mètres plus loin, en une éruption de côtes qui jaillissait du sol, pour la plupart cassées, mais certaines encore intactes et plus hautes que la taille de n'importe quel homme. Une vraie cathédrale d'ossements. Ming aida le prophète à descendre de son cheval et le conduisit au beau milieu du squelette. Les pieds du vieil homme debout sur une vertèbre à moitié ensevelie se balancèrent d'avant en arrière. Il posa sa main parcheminée sur l'une des côtes et ferma les yeux.

« Ça devait être quelque chose d'énorme », hasarda Gomez. Il passa un doigt le long d'une des arches en os, frotta la poussière entre ses doigts. « Qu'est-ce que vous croyez que c'était ?

— Un spécimen de grand poisson, dit Monsieur Loyal. Le même qui a englouti Jonas. Tu crois en Dieu, n'est-ce pas, Gomez ?

— Oui, lui répondit Gomez. Mais ce poisson ne ressemble à rien de ce que j'ai jamais pêché. » Il se dirigea vers l'immense crâne qui gisait non loin, écrasé dans la terre et, au prix d'un effort, il en détacha une longue dent acérée. Il la jeta en l'air et la rattrapa, la tint sous la lumière du soleil et l'observa pendant un moment. Quand il fut satisfait, il glissa la dent dans sa poche et la tapota.

Alors qu'ils repartaient pour reprendre leur descente vers l'extrémité sud des Sahwaves, Monsieur Loyal demanda au prophète ce qu'était autrefois cette créature. Le vieil homme lui répondit qu'il s'agissait en effet d'un grand poisson, comme l'avait deviné Monsieur Loyal, mais pareil à aucun de ceux qui sautaient et nageaient encore, comme l'avait fait observer Gomez. Le prophète dit que c'était une créature d'un âge antédiluvien, qui, bien longtemps plus tôt, avait nagé ici, dans une mer ensoleillée profonde de quarante brasses. Et il dit que cette terre avait autrefois été ailleurs, qu'en vérité toute terre avait autrefois été ailleurs, que le monde tournait et tournait encore sur lui-même, balayant sans fin les lieux d'un endroit à un autre. Le prophète en revint à son sujet favori, parla du temps au-delà du temps, des montagnes réduites en poussière en un battement de cils, des gouffres martelés dans les grès. Notre monde, déclara-t-il, n'était qu'un assemblage insensé de roche et d'eau, forgé sous les océans par le feu et la pierre.

Cette nuit-là, Ming rêva qu'il chevauchait à travers un monde qui tourbillonnait et volait en éclats. Il rêva de rênes serrées entre ses mains et de la vaste et écœurante course folle du monde sous lui : le temps au-delà du temps.

Au coucher du soleil le lendemain, ils avaient parcouru près de la moitié de la distance restante jusqu'à Pyramid Lake. La lune planait haut dans le ciel, sa lumière s'immisçant graduellement dans la réalité, devenant plus solide à chaque instant. La piste s'enroulait, sinueuse, traversant des éperons entrelacés, avant de s'élever sur la pente de la montagne, jusqu'au col tout en haut. Les chevaux étaient lents, mais progressaient d'un pas assuré.

Ming avançait seul en tête, ne parcourant qu'une centaine de mètres à la fois, s'arrêtant pour écouter les bruits éventuels d'hommes ou de bêtes. Mais il n'entendit rien, à part le sifflement sourd et incessant du vent qui balayait les sommets. Cela ne le perturbait pas du tout de savoir que, bientôt, Monsieur Loyal allait les quitter. Il avait déjà vu des hommes affronter la mort en croyant jusqu'au bout qu'ils vivraient, il avait déjà vu les visages d'hommes qui hurlaient alors qu'ils tombaient à pic le long de parois de granit presque verticales.

Et il les avait aussi entendus. Une fois, dans les sierras, une pleine charge de poudre avait explosé trop tôt et le roc s'était abattu en nappes, tombant comme une pluie, enterrant d'un coup un groupe de vingt hommes. Au début, ils avaient crié, leurs cris étouffés et lointains sous l'amas de roches. Toute la nuit durant, la neige était tombée et, au matin, toute trace de l'éboulement était ensevelie sous une épaisse couche blanche, aveuglante et parfaitement lisse. Mais on pouvait encore entendre les faibles gémissements des ouvriers, prisonniers dessous. Leurs camarades au-dehors avaient peiné pendant trois jours pour évacuer les éboulis. Des pelletées de neige et de roche cassée, de la sueur qui fumait sur les visages des hommes qui s'escrimaient. Le labeur s'effectuait vite et pourtant pas dans l'urgence. Ils creusaient pour dégager la pente afin d'y poser les rails, pas pour libérer les hommes coincés sous les rochers. À la fin de chaque journée, le souffle de Ming était verni d'une pellicule de glace qui s'accrochait à sa barbe et au col de sa chemise. Tout cela n'aurait pris qu'un seul jour sans les tempêtes, ces tempêtes incessantes qui, nuit après nuit, effaçaient leurs progrès. Le troisième jour, ils enlevèrent à la pelle ce qu'il restait des éboulis et trouvèrent les corps. Certains hommes avaient été réduits à des taches incohérentes de sang et d'os, raides comme des poutres, les articulations saisies par le gel. D'autres avaient simplement l'air endormis.

Mais aucun de ces hommes n'était encore en vie. L'eau que la chaleur de leurs corps avait libérée s'était figée sur leurs visages et leur avait donné de grotesques masques de mort translucides, leurs traits déformés par de terribles expressions de panique et d'effroi.

Ming frissonna. La lune brillait droit devant lui; il tendit les deux mains à bout de bras, empilant ses doigts sur l'horizon. Six doigts pour atteindre la lune. Ça voulait dire qu'il restait une heure et demie de clair de lune. Il se demanda si les chevaux pourraient encore y voir, dans l'obscurité totale.

Une fois les ouvriers morts enfin dégagés de l'éboulement, on les avait enveloppés dans de minces châles et enterrés dans le remblai suivant. Cinq mille tonnes de roches, de sable et de gravier utilisés pour combler le ravin le plus magnifique que Ming avait jamais vu. Et pour sceller la sépulture de vingt hommes, morts pour rien.

Au sommet du col tout en haut de Truckee Range, Ming s'arrêta et contempla le paysage bleuté qui s'étendait en contrebas. La diligence et le reste de la troupe étaient encore à quelques mètres en arrière. Au loin apparaissait l'étendue miroitante de Pyramid Lake. Il mesura l'espace entre la lune et l'horizon. Quatre doigts. Encore une heure de clair de lune. Le vent profond grondait sans relâche à ses oreilles. Avec un léger sursaut, il réalisa que les montagnes à présent visibles de l'autre côté du lac n'étaient autres que la sierra Nevada. Soulignées par le clair de lune argenté, leurs silhouettes dentelées toutes similaires se découpaient à l'horizon. Un curieux sentiment de soulagement envahit Ming. Au-delà des sierras, il y aurait la Californie et, encore au-delà, la mer salée et profonde. Il eut un sourire malgré lui et laissa échapper un souffle qu'il n'avait pas eu conscience de retenir. Une terre ancienne, une terre sacrée. Bientôt, il serait là-bas.

La piste qui descendait du col était raide mais courte. Quand ils atteignirent la bordure de la cuvette, diligence et compagnie, Ming pouvait encore tout juste faire tenir un dernier doigt entre la lune et l'horizon. Il ne restait plus qu'un quart d'heure de clair de lune. Moins que cela même, puisqu'ils étaient à présent sur un terrain plus bas. Sans les contretemps dus aux lacets et à la pente, ils avancèrent plus vite, en dépit du sol salin et humide et des ornières de plus en plus profondes que la diligence commençait à creuser dans le sol mou. Aux approches de Pyramid Lake, ils tombèrent sur les débris épars d'une grande bataille. Flèches plantées dans le sol jusqu'à l'empennage, sacoches en cuir brut à moitié avalées par la boue mouvante.

Ming éperonna son cheval et partit en avant-garde pour repérer le chemin. Il traversa un champ d'os ou de ce qui ressemblait à des ossements, et ralentit. C'étaient les reliques d'un massacre ancien, lambeaux de toile dispersés sur la terre craquelée et fusils sans doute tombés de mains soudain inertes. À pas prudents, le cheval de Ming parcourut lentement ce paysage dévasté. Les corps des défunts avaient disparu depuis longtemps déjà, ne laissant là que les crânes d'un millier de morts, éparpillés sur cent hectares, pareils aux détritus d'une partie d'osselets cosmique. Le vent, la pluie et les charognards avaient dispersé les os de manière brutale, désintégrant chaque forme humaine reconnaissable en un chaos de côtes et de dents. Ming arrêta son cheval et mit pied à terre. Les autres étaient encore loin derrière lui. Il les attendrait.

Sous la lumière de la lune déclinante, un objet argenté attira son attention et il s'accroupit pour l'inspecter. Du sol dépassait un fémur mince, à moitié enfoui dans la terre, un fémur délogé de son bassin, balayé à une vingtaine de mètres de là. Il retira l'os du sol et épousseta les fragments de terre collés à son extrémité distale. Il était léger, beaucoup plus léger que les os du grand poisson rencontré plus tôt, que le temps avait changés en pierre. Il fit basculer le fémur entre ses doigts, le lâchant et le rattrapant tour à tour.

La troupe était encore loin. Ming commença à décrire de grands cercles autour de son cheval, balançant le fémur en longs arcs de cercle, l'esprit ailleurs, reconstituant les violences anciennes qui s'étaient déroulées sur ce champ oublié. Les fantômes d'un millier de Philistins... Au bout d'un moment, il se lassa de porter l'os et, se baissant jusqu'au sol, il en cala une extrémité contre une petite pierre et enfonça le talon de sa botte au milieu, le fendant en deux. De la poussière s'échappa de l'os brisé, un simulacre de moelle. Il lança la moitié de fémur qu'il tenait encore dans sa main aussi fort qu'il le pouvait et, en tournoyant, l'os s'en alla voguer au loin.

Ming remonta en selle et dirigea son cheval vers l'est, vers les autres. Déjà, ils approchaient. La lune se cacha derrière les sierras; dans la pénombre, Ming parvenait à peine à distinguer leurs visages.

« Il y a quelque chose qui ne va pas ? » lui cria Monsieur Loyal.

La question prit Ming par surprise. C'était la première fois qu'il entendait sa voix depuis un certain temps, ou peut-être avait-il simplement oublié à quel point l'élocution du maître de piste s'était détériorée. Ming secoua la tête, d'un mouvement à peine perceptible dans l'obscurité, et lui dit que tout allait bien.

« Continuons, alors », dit le maître de piste, et il agita sa canne, dont les anneaux dorés lancèrent des éclairs dans la pâle lumière qui restait encore suspendue dans l'air.

Ming fit demi-tour et repartit. La surface noire de Pyramid Lake scintillait dans le paysage gris et sombre. Ils touchaient au but.

44

Ce sont les petites heures du jour, et à ces heures, hommes et bêtes peuvent facilement perdre leur chemin. Le crépuscule et l'aube, ces préliminaires jumeaux interchangeables. Le passage du temps, perceptible seulement dans la faible rougeur à l'ouest, ou dans la lueur montante à l'est. Sous la couverture des nuages, rien ne se mesure ; les minutes s'égrènent, irrégulières, sans singularité. Chacun attend que l'heure se révèle, que le ciel devienne noir ou se transforme en un jour sans couleurs. Et, à ces petites heures du jour, le temps s'oublie lui-même.

Dans la pénombre juste avant l'aube, ils atteignirent les rives de Pyramid Lake. Ming descendit de cheval, marcha jusqu'au bord de l'eau et y trempa un doigt pour la goûter : tiède et à peine salée, potable pour les hommes comme pour les chevaux. Il remplit sa gourde, la reboucha et s'essuya les mains sur son pantalon. La diligence s'arrêta et des silhouettes se mirent en mouvement autour d'elle, leurs traits indistincts et ambigus dans la maigre lumière. Le soleil n'allait pas tarder à se lever, une demi-heure tout au plus.

Monsieur Loyal marchait vers Ming, sa canne s'enfonçant à chaque pas dans le sol boueux. Il toussait faiblement et de manière ininterrompue, les rares inspirations qu'il parvenait encore à prendre étaient grasses et liquides. Sans nul doute, le prophète allait une fois de plus avoir raison. L'heure du maître de piste était proche. Une quinte de toux particulièrement violente l'amena à se recroqueviller en position fœtale et à plier la tête vers le sol, les yeux exorbités, du mucus sanguinolent coulant de sa bouche. Notah essaya de passer le bras de Monsieur Loyal sur ses épaules pour l'aider à se relever, mais ce dernier lui fit signe de le laisser. Un bref instant plus tard, il parvint à reprendre son souffle et se redressa avant de continuer à marcher vers le bord du lac.

Hazel et le garçon s'étaient assis sur l'un des marchepieds de la diligence. Le ciel commençait à s'éclaircir et, sous la lumière nouvelle, Ming réussit à peu près à distinguer le visage de Hazel. Son regard semblait voir à travers Ming, elle regardait le lac scintiller, affichant une expression bizarrement placide. Hunter, lui, avait l'air sombre. Ses yeux étaient à moitié clos; entre ses mains, il tournait et retournait un petit objet pâle. Un fragment de vertèbre.

Monsieur Loyal franchit les derniers pas jusqu'au lac, laissa tomber sa canne et s'effondra à genoux au bord de l'eau. Ming marcha jusqu'à l'endroit où il s'était agenouillé.

« Aucune aide, insista Monsieur Loyal.

— Je sais. Je ne vous offre pas mon aide. »

Monsieur Loyal leva les yeux et sourit, les dents barbouillées de sang. « Qu'est-ce que vous m'offrez, alors ? » dit-il, avant d'être ravagé par une nouvelle rafale de toux. Il s'essuya la bouche sur son avant-bras nu, laissant une longue traînée de sang le long de sa peau.

« Les derniers sacrements, dit Ming.

— Ne me prenez pas pour un imbécile, rétorqua le maître de piste. Vous êtes un homme bon, monsieur Tsu, mais vous n'êtes pas un bon chrétien, élevé dans la crainte de Dieu. » Il se frappa la poitrine et expectora un autre copieux amas de sang et de mucus. Des fils de salive épais d'un blanc rosé pendaient aux coins de sa bouche. Il s'essuya le visage une fois de plus. Une nouvelle trace de sang sur son bras. De minces vaguelettes montèrent du lac et lavèrent la boue devant lui. D'une voix qui se délitait, Monsieur Loyal ordonna à Ming de réunir les autres.

Ming leur fit signe et bientôt tous se tenaient auprès de l'homme à genoux, debout les mains enfoncées dans les poches. Monsieur Loyal s'assit sur ses talons, les yeux fermés, la bouche entrouverte. Sa respiration rendait un son creux et gargouillant.

« Ils sont tous là », dit Ming tout doucement.

Monsieur Loyal rouvrit les yeux et pencha la tête en arrière. Avec difficulté, il se concentra et dévisagea l'assemblée. « Proteus, dit-il. Transforme-toi. »

Le sauvage portait toujours la forme du maître de piste ; dans l'aube naissante, sa peau brillait d'une pâleur maladive. Il fronça les sourcils, grinça des dents et passa en un clin d'œil à travers une multitude de formes, mais aucune d'entre elles n'était la sienne. Seuls ses yeux restaient les mêmes. Enfin, une série de toux rauques le secoua et interrompit son interminable transformation. Jusqu'à la fin, il resterait le double du maître de piste.

« Transforme-toi, murmura encore Monsieur Loyal.

— Je ne peux pas », dit Proteus avec la voix du maître de piste.

Monsieur Loyal ferma les yeux et baissa la tête. « Tu vas mourir si tu ne te transformes pas », murmura-t-il.

Le sauvage secoua la tête. « Non, monsieur, dit-il, je ne mourrai pas.

— C'est ta propre tombe que tu creuses, lui dit Monsieur Loyal. Fais comme tu voudras. » Au prix d'un grand effort, il se pencha en arrière et déplia les jambes de façon à s'étendre vers l'eau, les pieds pointés en direction de l'ouest. Gardant les yeux fermés, il s'exprima à nouveau. « Prophète. » Le vieil homme se pencha vers Monsieur Loyal et mit une main très ancienne sur sa poitrine. Le maître de piste croisa les doigts et posa ses mains sur son ventre, où elles se soulevèrent et s'abaissèrent au rythme de sa respiration pénible. « L'aube approche, vieil homme », dit Monsieur Loyal, le front trempé de sueur, comme s'il remontait chaque mot de profondeurs abyssales.

« C'est juste, répondit le vieil homme.

— Tu n'es pas un prophète chrétien, parvint à dire le maître de piste, Mais tu es tout de même un prophète. » Il rouvrit ses yeux secs et tenta de parler à nouveau, mais il s'effondra, secoué par une longue quinte de toux. Son corps était à présent trop faible pour supporter plus longtemps une si grande violence ; dans la jeune lumière du matin, sa toux leur parut anémique et grêle. À plusieurs reprises, il ouvrit et ferma la bouche, mais aucun son n'en sortit. Il tendit une main hésitante et tâtonna vers celle du prophète sur sa poitrine, puis la tapota en un geste désespéré.

Sur l'autre rive du lac, une lame de lumière franchit le sommet des montagnes et commença à ramper vers eux.

« Les derniers sacrements, dit Ming. Il veut que tu lui donnes les derniers sacrements. »

Le prophète réfléchit un instant à cela. Puis, avec un hochement de tête solennel, il se leva. Il passa ses mains flétries sur le corps du maître de piste. « Retourne d'où tu viens », entonna le prophète.

On aurait dit que d'un seul coup, partout à la fois, le ciel blanchissait, passant de teintes violettes et rouges à un bleu vide et infini. Ou peut-être que ce phénomène durait déjà depuis un moment et que Ming le remarquait seulement à présent. La troupe se tenait debout, clignant des yeux sous le soleil qui les réchauffait, et regardait Monsieur Loyal sur le sable. Ses yeux étaient devenus vitreux et un filet de salive séchée brillait sur sa barbe.

Ming imagina le mort se réveillant une fois de plus, onze ans plus tôt, dans une chambre d'une pension de famille à Omaha, avec mille dollars en billets de banque et une valise remplie de vêtements. Peut-être qu'il était déjà là-bas. « Reposez en paix », dit-il à voix haute, d'une voix étrange et inconnue, même à ses propres oreilles.

Les autres regardèrent Ming, et Hazel demanda ce qu'il fallait faire du maître de piste.

Ming contempla l'homme étendu à ses pieds. « On doit l'enterrer, je crois », dit-il finalement.

Les machinistes et lui-même creusèrent une fosse dans la boue tendre. Le temps qu'ils terminent et ressortent de la fosse, le corps du maître de piste avait déjà commencé à se raidir. Sous sa peau, les tendons de son cou étaient durs comme des os. Quand Notah voulut lui fermer les yeux, ses paupières refusèrent de bouger. Les hommes poussèrent Monsieur Loyal dans la fosse; son corps fit un bruit sourd en tombant au fond. Ses yeux fixaient le ciel incandescent sans ciller, tandis que les hommes jetaient des pelletées de sable mouillé sur son corps. Et bien que cela n'ait pas troublé Ming, le regard mort du maître de piste perturba Gomez à un tel point qu'il jeta sa pelle et demanda aux autres de s'arrêter un instant. Il déchira sa manche et arracha une bande de tissu, puis sauta dans la fosse en maugréant des incantations en espagnol tout en disposant le tissu pour qu'il forme un bandeau et protège les yeux de Monsieur Loyal. Ming tendit sa pelle vers la fosse, la poignée la première, et fit remonter Gomez.

« Voilà, dit le Mexicain. Maintenant, il est prêt. »

Ils comblèrent rapidement le reste de la tombe et, du dos de leurs pelles, tassèrent la terre pour dessiner un petit monticule bien lisse. Cela fait, les machinistes commencèrent à charger leurs affaires à bord de la diligence. Ming plaça une grande plaque oblongue de basalte à la tête de la sépulture et recula pour contempler son travail. La tombe semblait bien trop petite, trop courte, trop étroite pour accueillir un corps. La pierre tombale de fortune qu'il avait posée ne pouvait rivaliser avec le paysage. Il songea qu'il pourrait construire un monticule de pierres pour le maître de piste, mais décida de ne rien en faire. Par le passé, il aurait pu se sentir mal à l'aise à l'idée de laisser un homme dans une tombe dépourvue de marques. Mais maintenant, ça n'avait plus d'importance pour lui. Si les hommes marquent les tombes, c'est pour pouvoir y revenir. Et qui diable serait revenu ici, sur cette grève vide et oubliée, une poignée de fleurs sauvages à la main ?

Le bruit d'une toux spasmodique retentit derrière lui. C'était Proteus. Appuyé contre un rocher, le corps tordu par la douleur, la main ouverte sur sa poitrine, il portait toujours la forme du maître de piste. Sa peau était d'une pâleur effrayante. Ming s'approcha et se posta à côté de lui le temps que la toux se calme.

« Son heure approche, annonça le prophète.

— Pour l'amour de Dieu, grogna Proteus. Personne ne fera donc taire ce vieillard ? » Il leva la tête et fixa Ming d'un regard vide, son visage hideusement déformé par le dégoût. D'un bond, en un soudain éclair de violence, le sauvage se leva et jeta Ming au sol ; les deux hommes s'affalèrent dans la boue. « Tu l'as tué ! rugit le sauvage, titubant à quatre pattes. Et maintenant, tu vas me tuer moi aussi, saleté de Chinetoque. » Des postillons sanguinolents s'échappaient de sa bouche.

Ming roula de côté comme un chat et se remit sur ses pieds. En une fraction de seconde, il dégaina son revolver et en releva le chien, mais Proteus se jeta de nouveau sur lui, criant qu'il allait le tuer et décochant une grêle de coups sur la tête de Ming. Son arme finit jetée un peu à l'écart et, levant les bras pour se protéger le visage, Ming entrevit le métal par terre et il sut alors que Proteus l'avait vu lui aussi. Le sauvage s'élança, ses mains tentant d'agripper l'arme et, alors que l'homme refermait les doigts autour de la crosse du revolver, un arc de lumière s'abattit sur lui, suivi du craquement répugnant du fer frappant l'os, et le corps de Proteus fut secoué d'un spasme et heurta le sol, désormais inerte.

Hazel laissa tomber la pelle et écarta de Ming le corps de Proteus. La tête de Ming bourdonnait encore. Tremblant un peu, il saisit la main que lui tendait Hazel et se releva. Les autres étaient restés là sans bouger, à les regarder. Ming reprit son souffle et s'épousseta. Du bout pointu de sa botte, Hazel fit rouler le sauvage sur le dos. Du sang s'écoulait d'une profonde entaille dans sa nuque. Son visage, qui était encore celui du maître de piste, semblait paisible.

« Il n'a pas retrouvé sa forme », dit Hunter dans leurs esprits, sa voix claire et limpide.

Notah ramassa la pelle que Hazel avait laissée tomber et la mit sur son épaule. Pendant un moment, il regarda avec mépris le corps de Proteus, son expression indéchiffrable. Enfin, il se tourna vers Hazel et hocha la tête. « Pas trop tôt », dit-il.

Les chevaux s'agitaient, inquiets, sentant peut-être la mort dans l'air.

Gomez se dirigea vers la diligence et s'assit sur le marchepied. « Je n'enterrerai pas deux fois le même homme, annonça-t-il. Reprenons la route. » Il claqua des doigts à l'intention de Notah. « Range donc cette pelle, mon ami. »

Notah le rejoignit à la diligence et lança la pelle à Gomez, qui l'attrapa et l'attacha au marchepied.

Ming restait penché au-dessus du cadavre de Proteus. Hazel et Hunter le regardaient.

« Vous venez avec nous, monsieur ? demanda le garçon.

— Oui », dit Ming.

Hazel passa la langue sur son pouce et essuya une trace sur le front de Ming. Elle tendit la main pour lui montrer. Du sang.

« Le sien ou le mien ? » demanda Ming, et il leva la main pour se toucher le front. Il était gonflé. Quand il retira sa main, il y vit une tache de sang brillante.

« On dirait bien que c'est le tien, dit Hazel, essuyant son pouce sur sa chemise. Tu saignes encore.

— Ça se refermera bientôt, dit Ming, mais sa tête lui faisait un mal de tous les diables. Allez donc rejoindre les autres », ajouta-t-il à Hazel et au garçon. Il descendit la grève étroite et s'agenouilla au bord de l'eau, les vaguelettes clapotant autour de lui. Il se pencha en avant, prit un peu d'eau dans sa main pour s'éclabousser et fit la grimace quand elle toucha la coupure. Du sang coula sur son front et le long de son menton ; les gouttelettes se tordirent et s'étirèrent dans l'eau claire comme de minuscules méduses. Il s'essuya le visage sur ses manches et se releva, des taches d'humidité sur les genoux.

Le prophète était déjà grimpé sur son pinto. Gomez s'était assis à l'avant de la diligence, le fouet enroulé du conducteur dans une main, un fouillis de rênes dans l'autre. Hazel et le garçon avaient pris place à l'intérieur.

« Prêts ? demanda Notah, appuyé à l'ombre de la diligence, les bras croisés sur la poitrine.

— Prêts », répondit Ming.

Notah se hissa sur la diligence et, d'un mouvement souple, s'installa sur le siège avant à côté de Gomez.

Ming remonta sur son cheval et se tourna vers l'ouest. « En route pour Reno », dit-il.

45

La piste leur fit contourner la pointe sud du lac, avec les montagnes qui s'étendaient à l'ouest. L'air était lourd et chaud. Au-delà, il y avait les sierras. La troupe avançait beaucoup plus vite maintenant. Gomez et Notah avaient détaché la grande cage de fer qui avait contenu Proteus et l'avaient abandonnée là où elle était tombée, à moitié embourbée à cause de son poids énorme. Gomez estima qu'elle devait bien peser quatre ou cinq cents livres. La diligence ainsi allégée s'ébranla sur la piste de terre battue, assez vite pour suivre le galop du cheval de Ming. Le soir venu, ils atteignirent le dernier grand col sur la piste qui conduisait vers Reno, au-delà de Virginia Range qui s'étire entre le lac et la grande étendue vallonnée que l'on traverse tout droit jusqu'à Reno.

Dans la fraîcheur du soir, sur la rive ouest du lac, ils établirent leur campement et firent un feu bien chaud et bien fumant avec de l'armoise coupée et des fragments de bois flotté. Des essaims de moustiques circulaient et palpitaient autour d'eux, leur grinçant aux oreilles. Les membres de la troupe se rapprochaient progressivement du feu, allant presque jusqu'à s'asseoir à l'intérieur de celui-ci, mais les moustiques ne se décourageaient pas pour autant. Hazel tendit la main dans les flammes et en tira une poignée de braises. Elle s'assit les jambes croisées, agitant les braises autour de son visage et dans ses cheveux avant de les faire tenir en équilibre sur la pointe de ses genoux. Les moustiques la laissèrent en paix.

« Demain », commença Ming, puis il s'arrêta. Il n'avait plus parlé depuis le matin et le son de sa propre voix le surprit. Les autres le regardaient avec impatience. Il se racla la gorge et fit une nouvelle tentative. Demain, ils traverseraient ces montagnes, dit-il en désignant la masse sombre de la chaîne non loin d'eux, puis ils suivraient la vallée vers le sud jusqu'à Reno. S'ils se mettaient en route assez tôt, ils pourraient y arriver avant que la nuit tombe.

« Et ensuite ? demanda Hazel.

— Ensuite, nous nous séparerons, dit Ming, en évitant de croiser son regard. J'ai des affaires à régler, et après ça, je ferais mieux de quitter Reno aussi vite que je pourrai. »

Un moustique se posa sur son bras ; il tendit le bras devant lui pour mieux voir la silhouette de l'insecte se découper contre la flamme. La créature possédait une beauté curieuse, presque analogue à celle des oiseaux. Il donna une claque là où elle s'était posée, puis essuya sur son pantalon le moustique écrasé. Il avait une petite tache de sang sur le bras.

« Vous avez l'intention de tuer quelqu'un, dit Notah sans autre préambule. Qui ça ? »

Ming se gratta à l'endroit où le moustique l'avait piqué. « Un dénommé Jeremiah Kelly. C'est un juge. »

Gomez émit un petit sifflement. « Ce gars-là veut se faire un juge ! s'exclama-t-il. Eh bien, bonne chance.

— Ce n'est pas plus compliqué de tuer un juge que de tuer n'importe qui d'autre, dit Ming en souriant. Les balles les frappent tous de la même façon. »

Sur ce, Notah et Gomez se mirent à rire. Le Navajo sortit un objet de sa poche et le lança à Ming par-dessus le feu. C'était la bourse du maître de piste. « Je crois qu'il vous devait de l'argent, dit Notah. Prenez ce qui vous revient. »

Ming ouvrit la bourse et en sortit une liasse, compta quatre cents dollars, puis secoua la tête et remit les billets dans la bourse. Il la jeta à Notah, qui l'attrapa, surpris.

« Le moment n'est pas encore venu, dit Ming. Une moitié d'avance, l'autre à l'arrivée à Reno, sains et saufs. C'était ça, notre accord. » Il fit un signe de tête pour désigner la nuit qui les entourait. « Vous n'êtes pas encore arrivés à destination sains et saufs, pas tout à fait.

— Tu penses que demain, les ennuis nous trouveront ? demanda Hazel.

— Je ne peux pas le savoir, dit Ming.

— Ce ne sera pas demain », intervint le prophète. Les yeux fermés, il avait repris sa chansonnette dépourvue de mélodie. Il ouvrit les yeux et ceux-ci parurent briller dans la lueur du feu. Mais ils étaient aussi aveugles que d'habitude.

« Le vieil homme dit que ça n'arrivera pas demain, alors ça n'arrivera pas demain », dit Notah, et il chassa un moustique de son visage. Ming ne faisant pas mine de vouloir récupérer la bourse du maître de piste, il remit celle-ci dans sa poche. « Comme vous voudrez, ajouta-t-il.

— Venez tous, dit le prophète, asseyons-nous et souvenons-nous des morts. »

Le vieil homme se mit à fredonner et Ming reconnut l'élégie qu'il avait chantée tant de semaines et tant de villes plus tôt. Une chansonnette dépourvue de mélodie et de paroles, et pourtant, alors que ses sonorités graves résonnaient dans la poitrine mince du prophète, Ming sentit un grand épuisement envahir ses os, en réponse à la chanson du vieil homme. Une alternance régulière de voix et de silence, la plus légère ébauche d'un rythme.

Finalement, le fredonnement du prophète s'éteignit. C'était une façon de marquer le temps, dit-il, et ainsi, c'était aussi une façon de se souvenir.

Notah murmura que, de toute façon, il n'avait guère aimé Proteus, et à ces mots, le vieil homme rétrécit un peu plus les yeux pour réfléchir, puis dit à Notah qu'il n'avait pas de souvenirs de ce Proteus dont parlait le Navajo.

Ils s'endormirent entassés autour du feu, et laissèrent celui-ci s'éteindre de lui-même. Il faisait presque froid et la fumée tenait à distance une partie des moustiques. Ming, allongé sur son tapis de sol, regarda les étoiles et se mit à rêver : il rêva qu'il marchait sur un sentier interminable à travers un désert liquide et mouvant excepté aux endroits où il posait le pied, rêva qu'il chargeait, déchargeait et rechargeait son arme. Il rêva qu'il tuait le même homme encore et encore et puis l'enterrait encore et encore, un millier de tombes creusées le long d'une seule rangée sans fin.

46

Au matin, il s'éveilla avec l'odeur de la fumée sur la peau et dans les cheveux. Hunter était déjà debout, il tisonnait les dernières braises enveloppées de cendre dans le foyer avec l'os qu'il avait trouvé il y avait si longtemps, noircissant de créosote son extrémité. Dans l'aube pâle, d'infimes particules de cendre dérivèrent dans l'air et vinrent se poser sur le visage de Gomez, le réveillant. Le Mexicain s'assit et se frotta le visage avec ses mains, momentanément désorienté. Puis, voyant Hunter penché sur le feu et les cendres qui flottaient dans l'air, il se tourna vers lui, retira l'os des mains du garçon et jeta quelques poignées de sable sur les braises qu'il avait attisées. Il s'aperçut que Ming le regardait et grogna un salut sans mot.

« Bonjour, Gomez », dit Ming, s'appuyant sur un coude. Hazel remua en entendant ses paroles et, dans la lumière qui se réchauffait, il ne put s'empêcher de fixer son visage. Il s'approcha d'elle, lui tapota l'épaule et elle s'éveilla. Le prophète remua et se réveilla à son tour, puis s'assit tout doucement en clignant des yeux.

Notah fut le dernier à se lever, s'étirant, gémissant et se frottant les paupières. Heureusement pour eux, l'heure était trop matinale pour les moustiques. Ils rangèrent tous leur paquetage dans la diligence et se remirent en route. Le défilé qui traversait les montagnes se franchissait presque entièrement en terrain plat, des pics noirs et denses sortant de terre de part et d'autre de la piste. Ils gravirent une légère pente, puis redescendirent de l'autre côté. Le lac disparut à l'horizon derrière eux.

Enfin, ils s'avancèrent dans la longue vallée qui descendait vers Reno. Les nuages se déchiraient au-dessus d'eux, projetant l'ombre de pluies sublimées par leur chute dans l'atmosphère. La lumière était douce et inconstante.

Ils atteignirent Reno aux heures longues de l'après-midi, alors que le soleil projetait leurs ombres en diagonale, comme autant de marionnettes imitant leurs mouvements. Les nuages s'étaient dissipés et, d'est en ouest, le ciel passait du blanc-bleu au rouge selon une gamme chromatique parfaite. Le crépuscule les trouva occupés à abreuver et à nourrir leurs chevaux ; le temps de régler leurs chambres dans une pension, le monde au-delà de leurs fenêtres sales avait viré au noir. Les machinistes se choisirent une chambre commune, Hazel et Hunter en louèrent une deuxième, et Ming et le prophète une dernière. Notah sortit la bourse du maître de piste de sa poche et en retira le prix des trois chambres pour une unique nuit.

Ming regarda les étagères chargées de bouteilles derrière l'aubergiste et demanda combien coûtait le whiskey.

« Vingt-cinq *cents* le verre », lui répondit l'aubergiste. Il se retourna et prit une bouteille de couleur ambrée sur l'étagère, la déboucha et la posa sur le comptoir. « Combien de verres ?

— Quatre, sauf si le vieil homme en souhaite un. » Il jeta un coup d'œil au prophète, qui déclina de la tête. « Quatre, alors. »

L'aubergiste sortit quatre petits verres tout rayés et versa le whiskey. « Ça vous fera un dollar », dit-il.

Ming ramassa une poignée de pièces dans sa poche et compta l'argent avec le pouce. Le verre à la main, ils prirent place autour d'une des tables du saloon vide. Une troupe bien étrange... Deux Chinois, l'un, un assassin, et l'autre, une antiquité. Un Navajo, ses longs cheveux noirs lui tombant sur les épaules. Un Mexicain, à la peau si bronzée qu'elle semblait briller sous la faible lumière de la lampe. Une femme blanche à la silhouette frêle et un jeune garçon dont les pieds ne touchaient même pas le sol.

Ming leva son verre au niveau de ses yeux. « À la bonne arrivée, sains et saufs », dit-il.

Notah sourit et leva son verre. « Bien parlé. »

Gomez et Hazel levèrent eux aussi leur verre et tous quatre burent ensemble. Hunter mima le geste de lever son verre et, avec un grand sourire, il avala d'une traite le contenu de son verre imaginaire. Le whiskey s'accrocha dans le gosier de Ming et il se mit à tousser.

« Peut-être que toi aussi, tu as la tuberculose, le taquina Hazel. Je pense qu'il y a assez de place derrière pour qu'on t'enterre à côté des chevaux, si tu trépasses. »

Ming fit un geste de la main et reprit son souffle. « Si je trépasse, c'est que ce whiskey m'aura tué », dit-il.

Le garçon tapota Hazel jusqu'à ce qu'elle le regarde, puis mima à nouveau l'acte de boire, de façon plus dramatique cette fois. Elle lui signa quelque chose et il rit en silence, puis fit semblant de tousser.

« Est-ce qu'il se moquerait de moi ? » demanda Ming avec un sérieux feint, en pointant un index sur Hunter tout en portant son verre à ses lèvres. « Il ferait mieux de prendre garde. » Il avala le reste de whiskey sans même une grimace. Jubilant, il ouvrit grand la bouche pour le seul bénéfice du garçon. Tout était descendu dans son estomac.

Hunter frappa dans ses mains, un sourire joyeux sur le visage.

« Bien arrivés, sains et saufs », dit Notah, interrompant leur jeu. Il fouilla dans sa poche, en tira la bourse du maître de piste et la fit glisser sur la table en direction de Ming. « J'ai demandé au prophète si ça suffisait et il a dit que oui. Allez-y. Payez-vous.

— Un, deux, trois, dit Ming en comptant les billets, et quatre. Quatre cents à l'arrivée.

— Il y en a encore, là-dedans, dit Notah. Le prophète dit que vous devriez les prendre.

— Je suis peut-être un meurtrier, dit Ming, mais je ne suis pas un voleur.

— Les morts, ça n'a pas besoin de sous, dit Notah. Mais ce n'est pas à toi que la décision revient, de toute manière. Nous sommes tous tombés d'accord, hier soir. Aucun de nous n'a la moindre intention de prendre cet argent.

— C'est la fin de notre petite aventure itinérante, dit Hazel.

— On ne montera plus le spectacle », surenchérit Gomez.

Le projet de Notah, c'était de se rendre dans le nord de l'Oregon pour y chercher de l'or. Le lendemain matin, il voulait partir de son côté en diligence. Quant à Gomez, il envisageait de se reposer un peu ici, à Reno, de prendre son temps et ensuite d'aviser. Bon sang, il pourrait peut-être même jouer un peu aux dés, qui sait ? Il termina son whiskey.

« Tu n'as pas besoin de cet argent ? » demanda Ming à Hazel. Il leva la bourse du maître de piste encore remplie de billets et de pièces.

« Ces hommes vont trouver des fortunes faciles, dit le prophète. Ne t'inquiète pas pour eux.

— Qui plus est, ajouta Hazel, un sourire timide apparaissant sur son visage, j'ai déjà reçu ma récompense. » Elle tendit la main de l'autre côté de la table et tapota le bras du vieil homme. « Prophète, dit-elle, et pour moi ? Y aura-t-il une fortune facile aussi ?

— Je ne sais pas, répondit le vieil homme.

— Ça semble terriblement pratique de savoir ou de ne pas savoir les choses selon que ça vous arrange ou non, plaisanta Hazel. Allez, dites-le-lui.

— Prends l'argent, dit le prophète à Ming. Tu en auras plus besoin qu'eux.

— Si le vieil homme le dit. » Ming haussa les épaules et empocha la bourse du maître de piste. Il fit tourner son verre vide sur la table, le regardant danser sur son rebord, et l'emprisonna dans ses doigts tendus avant qu'il ne puisse basculer.

Ils restèrent assis à table en silence encore un petit moment, l'alcool adoucissant le monde à ses confins. Il se faisait tard. À l'étage, ils s'installèrent chacun dans leur chambre. Alors que Ming était sur le point de fermer sa porte, Hazel apparut et la maintint ouverte, et lui annonça que le garçon était parti dormir dans la chambre des machinistes et qu'elle serait seule dans la sienne pour cette dernière nuit passée ensemble. La pension de famille était silencieuse. Elle prit la main de Ming dans la sienne et il referma la porte derrière lui et la suivit dans le couloir sombre jusqu'à sa chambre, la porte vite fermée à clé derrière eux, la lumière de la lampe vacillant sur les murs, et quand elle s'approcha tout près de lui, frissonnante, cela ne prit pas longtemps pour que son corps se mêle au sien, et la chaleur de leur souffle se mélangea et consuma toutes ses pensées jusqu'à la dernière, excepté une seule, claire et lumineuse, la pensée qu'il l'aimait, et cette pensée-là envahissait tout et semblait infinie et juste.

47

Quand Ming s'éveilla le lendemain matin, elle était encore là, dans ses bras, chaude contre son propre corps. La lumière entrait par la fenêtre et une odeur de poussière flottait dans l'air. Il écarta ses cheveux de son visage, les glissa derrière son oreille. Le bout de ses doigts semblait ronronner quand il lui caressait la peau. À cet instant, elle bougea et échappa au sommeil, les yeux encore perdus. Elle sourit à Ming et se rapprocha de lui. Il passa le bras autour de ses épaules et appuya sa tête contre la sienne.

« Hier soir, murmura Hazel, tu ne m'as pas demandé ce que j'allais faire. »

Ming recula la tête pour mieux voir son visage. « Non, dit-il, je ne l'ai pas fait.

— Eh bien ? » demanda-t-elle.

Ming y réfléchit un moment. « Je suppose que je ne veux pas savoir.

— Tu es un drôle de type, Ming Tsu », dit-elle, et elle l'embrassa.

Ils s'habillèrent et descendirent au saloon, où le prophète

était assis dans un box en compagnie de Notah et de Gomez. Les trois hommes saluèrent Hazel et Ming quand ceux-ci les rejoignirent.

« Avant que vous ne posiez la question, dit Gomez, le garçon est encore endormi, dans notre chambre.

— Parfait, dit Hazel. Il en a besoin.

— Vous deux aussi, vous devez en avoir besoin, dit Gomez en réprimant un sourire. Je parierais qu'on a pas beaucoup dormi, ici, la nuit dernière.

— Pas beaucoup, non », dit Hazel sans regimber.

Les machinistes échangèrent des regards complices.

« Vous arrivez juste à temps, dit Notah. Le prophète ici présent va nous dire la bonne aventure.

— Ah, vraiment ? dit Ming.

— Oui, dit Gomez. Il vient de prédire l'avenir de Notah.

— Il y a de l'or, dans ces montagnes, plus au nord, dit Notah en souriant, et c'est moi qui vais le trouver. Le prophète l'a dit.

— Ton heure ne viendra pas avant bien longtemps », dit le prophète. Ses yeux blancs survolaient le tissage infini des fils de l'avenir, séparant chaîne et trame. « Trente ans. » Il se tut pendant un moment.

« Et puis ? » demanda enfin Notah.

Le prophète secoua la tête. « Je ne sais pas. » Il braqua son regard vide sur Notah. « L'avenir s'écarte du présent à la manière du delta d'une rivière. Demain, c'est facile. Et les lendemains au-delà de demain, c'est facile aussi. Mais trente ans… Je ne peux pas en dire plus. Seule la durée est certaine.

— À mon tour, intervint Gomez. Et pour moi ? »

Le prophète posa un doigt noueux au milieu du front de Gomez, puis retira sa main, frottant son pouce et son index l'un contre l'autre comme s'il égrenait un chapelet fantôme. Ses yeux recommencèrent leur recherche familière à travers sa cécité, des yeux antiques se déplaçant vite dans leurs orbites, son visage de pierre impassible. « Tu te rendras à Santa Fe, dit le prophète, et là, ton heure viendra. »

Gomez fronça les sourcils, inquiet. « Dans combien de temps ? demanda-t-il.

— Vingt-six ans.

— Et si je ne vais jamais à Santa Fe ? » demanda-t-il.

Le prophète sourit et joignit les deux mains. « Alors, je ne sais pas.

— Sur la tombe de ma mère, je jure que je n'irai jamais à Santa Fe », déclara Gomez, une faible étincelle de panique dans les yeux. Il regarda Ming. « Vous n'avez pas déjà échappé à la mort ?

— Je crois bien que si, dit Ming.

— L'homme sans limites est une anomalie, avertit le prophète. Il a une dette envers le monde.

— Une dette ? demanda Gomez.

— Ne lui pose plus de questions, dit Notah en posant une main sur l'épaule de Gomez. Vingt-six ans, c'est toute une vie. »

Gomez ouvrit la bouche pour protester, mais ne dit rien. Il se rassit, troublé.

« Allons, dit Notah en se levant de son siège, laissons-les un peu tranquilles. »

Gomez hocha la tête et se leva également.

« Avant de partir, réveillez Hunter pour lui faire vos adieux, leur dit Hazel.

— Ce n'est pas nécessaire, répondit Gomez. On les lui a faits hier soir avant qu'il se couche. »

Ming et Hazel ne se levèrent pas. Ming souhaita bonne chance aux deux hommes et leur tendit la main, que chacun serra à son tour.

Notah était sur le point de s'en aller, mais il s'arrêta net. « Vous n'êtes pas obligé de voyager tout seul, vous savez. Bon sang, vous pouvez emmener Hazel et le garçon avec vous maintenant, et pas un homme vivant ne pourra vous retrouver.

— J'ai des gens à voir, dit Ming.

— Et si je vous propose de vous les enlever de la tête ? dit le Navajo. En signe d'amitié.

— Merci bien, Notah, dit Ming, mais je ne suis pas intéressé.

— Vous en êtes bien sûr ? demanda Notah. Dernière chance, l'ami. Pas besoin de laisser vos souvenirs vous troubler comme ça. »

Ming rencontra son regard. « J'en suis sûr. »

À ce moment-là, Notah pinça les lèvres et donna un coup de coude à Gomez. « Je ne t'avais pas dit qu'il dirait ça ? » Il mit son chapeau, le rajusta un peu. « Eh bien, bonne chance pour tuer ce juge, Ming Tou. »

Ming hocha la tête et le remercia une fois de plus.

« Peut-être que je vous reverrai, tous les deux, dit Hazel. Dans une autre vie.

— Peut-être, dit Notah. Ou peut-être pas. » Un sourire narquois se peignit sur son visage. « On verra bien si tu te souviens de nous. »

48

Ming était assis sur le plancher de sa chambre, ses armes disposées autour de lui en un cercle mortel. Le prophète, assis en tailleur à côté de lui, les yeux fermés, fredonnait à voix basse pour lui-même. Hazel et le garçon, perchés au bord du lit, observaient Ming pendant qu'il s'activait. Il faisait chaud dans la pièce et l'air était immobile. Au-dehors, le soleil se couchait.

Ming passait la pointe de son crampon de rail sur la pierre à aiguiser, un son sec et rythmique qui remplissait l'air. Hunter paraissait émerveillé. Ming fit signe au garçon d'approcher. « Regarde », lui dit-il, se souvenant trop tard de la surdité du gamin. Il tenait le crampon dans une main, la pierre à aiguiser dans l'autre, et balayait la pointe brillante sur sa surface. Chaque fois qu'il tirait, il faisait tourner la pointe d'une fraction, l'arrondissant au fur et à mesure. Le garçon s'assit sur ses talons et scruta ses moindres gestes. Après un moment, Ming fit une boucle autour de sa botte avec sa ceinture et la tendit. Il laissa courir la pointe du crampon de haut en bas sur la longueur de cuir, le frottant et le polissant jusqu'à obtenir une brillance de miroir. Une fois satisfait, il présenta le crampon au garçon, la poignée en avant.

De ses petites mains, Hunter le prit et leva la pointe vers la lumière du soleil qui entrait par la fenêtre, étudiant ses reflets qui jouaient sur la pointe, se tordant et s'enroulant. « C'est chaud », dit le garçon dans l'esprit de Ming.

Ming fit oui de la tête. Il mima l'acte de frotter la lame, une friction. Le garçon lui rendit le crampon et il le rangea dans son étui. Puis il réunit les différentes pièces de son arme démontée et commença à la réassembler. Quand il installait chaque balle à sa place, un petit copeau de plomb tombait sur le sol et, quand il eut terminé, il rassembla ces copeaux et les roula ensemble entre ses doigts pour former une balle grossière, qu'il donna à Hunter.

« Il t'aime bien, dit Hazel, toujours sur le lit.

— Oui, dit Ming. Je l'aime bien, moi aussi. » Il finit de charger son revolver et le passa ensuite au garçon, dont le visage s'illumina, fasciné, tandis qu'il faisait tourner l'arme entre ses mains.

« Il n'est pas chargé ? demanda Hazel d'un ton inquiet.

— Mais non, dit Ming, ouvrant sa main pour révéler un petit tas d'amorces. Aucune arme ne peut tirer sans amorces. » Il sentit quelque chose qui tirait avec insistance sur sa ceinture : Hunter essayait de remettre le revolver dans son étui. Ming lui prit le revolver des mains et le rangea dans son fourreau d'un geste souple.

« Tu vas tuer quelqu'un ? » demanda le garçon avec son étrange pouvoir.

Hazel hocha la tête et lui répondit en signant. *Un méchant homme.* « Je ne connais pas le signe qui veut dire juge, expliqua-t-elle à Ming.

— Ça suffira bien », dit-il. Il se leva et brossa d'un revers de la main les restes de poudre renversée et les copeaux de plomb sur sa chemise.

Le prophète ouvrit les yeux et se leva. Tous quatre se tenaient maintenant debout dans la pièce, silencieux, attendant.

« Je peux te demander une dernière chose ? dit Ming à Hazel.

— Tout ce que tu voudras.

— Ce soir, quand la lune sera bien haut dans le ciel, emmène les chevaux et le prophète à l'extrémité ouest de la ville, près du tribunal. Je vous retrouverai là-bas.

— Et ensuite ? dit-elle.

— Ensuite, je vous ferai mes adieux. »

Derrière les fenêtres, les nuages roulaient et le ciel se couvrait de noir. Ming toucha son arme et sentit le froid rassurant du métal sur le bout de ses doigts.

« Tu vas revenir ? » dit une voix dans sa tête. C'était Hunter. Ming secoua la tête et le garçon se mit à pleurer.

« Allons, dit Ming en se penchant pour regarder le garçon. Allons. » Il chassa les larmes du visage de Hunter avec les pouces, se souvenant un peu tard de la limaille de fer qui devait encore lui coller aux doigts.

Hazel rit un peu en voyant les larges traces grises que Ming avait laissées derrière lui.

« Viens là, dit Ming, tirant sa manche par-dessus sa main

pour nettoyer le visage du petit. Je t'ai sali la figure.» Après avoir nettoyé les traces, il prit les joues de Hunter dans ses mains et le regarda dans les yeux. «Tout ira bien, tu m'entends?» Puis il gloussa. «Bien sûr que non.» Ming leva les yeux vers Hazel. «Tu peux lui demander où il a mis sa lance en os?»

Hazel signa à l'intention de Hunter. Le gamin opina, récupéra l'os dans la poche de sa veste et le tendit à Ming. «Tiens, dit-il. Tu vas t'en servir?

— Moi? Non», dit Ming, en prenant la côte pointue dans la main de Hunter. Il sortit sa pierre à aiguiser et demanda au garçon de s'asseoir à côté de lui sur le sol. Avec grand soin, Ming se mit à aiguiser et à affûter la pointe de la lance. Quelques frottements sur la pierre firent disparaître les taches de sang et quelques-uns de plus transformèrent la pointe de la côte en un mince poignard effilé. Ming approcha la côte de son œil et l'observa, puis mima l'acte de souffler dessus. Il la leva devant le visage du garçon. «Souffle», dit-il. Hunter s'exécuta, propulsant un nuage de fine poussière blanche dans l'air. Ming rangea sa pierre à aiguiser, ferma son paquetage, se leva et le passa en bandoulière.

«À la revoyure, dit Hazel, d'une voix douce et cassée.

— C'est ça.» Il se baissa pour que son visage soit au niveau de celui de Hunter et remua les mains en décrivant des signes maladroits, à moitié mémorisés. *Je tue. Sois bien. Adieu.*

49

Le vieux loquet en métal était rouillé et fragilisé par l'âge et la négligence. Il n'émit qu'un faible claquement de protestation quand Ming força la serrure et ouvrit la porte d'un coup de talon. Les charnières sèches ne se plaignirent que très peu quand le battant céda et ensuite n'émirent plus d'autre bruit. Ming s'accroupit contre le mur extérieur, le revolver à la main, la tête penchée en dehors du chambranle pour plonger le regard dans le couloir sombre de la maison. Un long moment, il se tint accroupi à côté de la porte ouverte. Depuis bien longtemps, il avait appris la patience. Surveiller une maison jusqu'à ce que la dernière lampe s'éteigne, puis attendre encore une heure de plus. Plus le temps s'écoule, plus l'imprévu s'éloigne : il faut donc accorder du temps au temps. Et le temps, il en avait en abondance, en cette nuit calme et fraîche au milieu du désert. Ming ajusta sa prise sur son revolver et attendit encore un peu.

Il perçut le léger bruit de quelque chose qui bougeait et porta son arme à son œil, braquant la mire dans l'obscurité. Puis une petite forme floue le dépassa à toute vitesse et il faillit presque faire feu sous l'effet de la surprise. La forme bondit dans les branches d'un aulne et tourna ses deux yeux brillants vers Ming. Un chat. Ming soupira et patienta jusqu'à ce que son pouls ralentisse. La voie était libre. Il se releva et franchit le seuil.

À l'intérieur, la lumière de la lune entrait, fracturée et atténuée, à travers les fenêtres sales; les planches poussiéreuses grinçaient sous ses pieds, où qu'il les pose. Il se déplaçait avec lenteur. Une brise légère entra par l'embrasure derrière lui et siffla tout bas dans la maison. Il jeta un coup d'œil à la porte par-dessus son épaule. Il aurait dû la refermer, mais au moins laissait-elle entrer un peu de clair de lune. Ses yeux s'adaptaient tout doucement à la pénombre. Un pas prudent après l'autre, le plancher se creusant et gémissant. La porte de la cuisine s'ouvrait sur sa gauche, le couvert avait été dressé pour une personne, la vaisselle sale était encore sur la table. Au mur, près de la cuisinière, une unique lanterne brûlait faiblement. Ming balaya la pièce du regard, l'arme collée à l'œil, et ne passa la porte qu'une fois tout à fait sûr qu'il n'y avait personne.

Enfin, il parvint à la porte de la chambre. Elle était légèrement entrebâillée. Il tendit la main et toucha le battant tout près des charnières, de sorte qu'il s'ouvrit aussi doucement que si un courant d'air avait traversé la maison. La robe du juge était drapée sur une chaise en bois à côté du bureau vide. Le lit étroit était enfoncé dans le coin opposé. Ming se faufila dans la pièce, à pas lents pour ne pas provoquer de grincements. Quand il atteignit le côté du lit, il se redressa et contempla l'homme qui dormait là.

« Jeremiah Kelly, souffla-t-il, espèce de sale fils de pute. »

Il rengaina son revolver et sortit son crampon. Il n'avait jamais eu dans l'idée d'abattre Kelly. Un coup de feu aurait réveillé les voisins et attiré le gardien de nuit posté au bureau du shérif, deux maisons plus loin. Il lui fallait travailler en silence. Tenant le crampon comme un marteau dans sa main droite, il plaça la gauche à quelques centimètres du visage du juge, si près qu'il pouvait sentir la respiration de l'homme sur sa paume.

« Kelly », dit-il encore, à voix haute, et les yeux du juge s'ouvrirent.

Ming abattit sa main gauche sur la bouche de l'homme, lui enserrant la mâchoire et étouffant un petit cri. Le juge se débattit pour se libérer des couvertures et Ming appuya de tout son poids sur sa tête et la maintint fermement tandis qu'il lui soulevait le menton et plaçait la pointe du crampon sous sa pomme d'Adam et la lui enfonçait dans la gorge. Le corps du juge fut saisi de spasmes et ses mains volèrent vers son cou. Un filet de sang régulier commença de couler autour du bord du crampon, toujours scellé dans la chair.

Ming se pencha pour que le juge puisse le voir. « Tu te souviens de moi ? » gronda-t-il. Il retira le crampon et, tandis que le sang commençait à pisser, Ming enleva sa main de la bouche de Kelly.

Le juge l'ouvrait et la refermait comme un poisson et un sifflement chuintant en sortait. Ses yeux étaient grands ouverts, roulant de tous côtés, pleins de confusion. Ming essuya son crampon sur le dernier pan de drap sec au pied du lit et le rangea dans son étui. Le regard fou, le juge s'agrippait frénétiquement aux draps qui l'emprisonnaient, essayant désespérément de se libérer. Dans la confusion de la mort imminente, il tentait de fuir par pur réflexe. Avec un bruit sourd et humide, il finit par tomber de son lit et s'écrasa sur le sol, s'aplatissant sur le ventre. Dans l'obscurité, son sang semblait presque noir, lisse et brillant comme de la laque sur le plancher.

Ming considéra le juge avec détachement. Il s'accroupit et étudia un moment le visage de Kelly, puis se leva et tira la chaise à lui, la robe du juge tombant du siège. Ming s'assit à côté du corps enveloppé par ses draps. « Il ne me reste plus que les frères Porter, maintenant », dit-il à haute voix. Il jeta un coup d'œil à Kelly mais ne parvint pas à trouver ses yeux, dans le noir. Un long moment, il demeura silencieux. « Combien vous a-t-il donné, pour me bannir au loin ? demanda-t-il enfin. Mille dollars ? Deux mille ? Et à quoi cet argent vous a-t-il servi ? »

Le regard du juge vagabondait, ne se fixant sur rien, et ses doigts se recroquevillaient faiblement sur le bois brut du plancher. Il ne lui offrit aucune réponse.

« Maudit fils de pute, dit Ming en se levant, sa voix à peine plus forte qu'un murmure. Rien de ce que tu as fait ne peut être défait. »

Ming se rendit à la cuisine, souleva la lanterne du mur, trouva une bouteille de kérosène dans une armoire et revint dans la chambre, où le juge gisait sur le ventre dans une mare de son propre sang qui ne cessait de s'élargir. Ming l'enjamba et versa du kérosène sur le lit, puis en éclaboussa les murs, le sol et le corps. Quand la bouteille fut vide et que des vapeurs nocives emplirent la pièce, Ming posa la lanterne par terre, là où le kérosène se mélangeait au sang. À croupetons, il ôta le couvercle de la lanterne et poussa la flamme nue sous le lit, où elle commença à noircir et carboniser le cadre en bois. Puis il se releva et sortit. Sur le seuil de la chambre, il se retourna, comme s'il s'attendait à ce que le juge ait quelque chose à lui dire. Mais Kelly gisait sur le sol, déjà mort.

« Ton chat a réussi à sortir, au fait », lui dit Ming. Une petite flamme se fraya un chemin le long du pied du lit, s'enflamma en sifflant au contact du kérosène et du sang. La pièce devenait plus lumineuse de seconde en seconde et la fumée épaississait l'air. Ming se dirigea vers la porte d'entrée de la maison et referma derrière lui. Dans la nuit illuminée par le clair de lune, la fumée commençait à monter entre les interstices des solives. Il se mit en marche d'un pas rapide, la tête basse. Le tribunal n'était pas loin. Quand il dépassa le bureau du shérif, les ombres que les flammes faisaient courir autour de ses pieds dansaient follement. Il regarda un instant derrière lui et vit que l'incendie avait déjà entièrement embrasé la maison du juge, des flammes jaillissant de chacune des planches qui se consumaient. Des cris de panique s'élevèrent dans le bureau du shérif, la porte s'ouvrit et l'homme de garde sortit en courant, suivi d'un groupe d'individus qui avaient l'air de s'être réveillés à peine quelques minutes plus tôt.

Ming traversa la rue et continua à marcher, jetant par-dessous le bord de son chapeau des coups d'œil au champ qui s'étendait devant le palais de justice. Deux silhouettes floues attendaient là, à côté de deux chevaux. Il avançait dans l'ombre. Dans la rue, les fenêtres s'ouvraient et des gens se penchaient au-dehors, la nuit se remplissait de murmures étonnés et de cris d'alarme. Ming atteignit le tribunal et se faufila dans l'ombre qui le bordait.

« Tu l'as eu ? » demanda une voix grave. C'était Hazel.

« Oui », dit une autre voix, plus âgée, grave et rocailleuse. Le prophète.

« Ce fils de pute est mort », dit Ming.

Il prit les rênes du pinto du prophète et, dans l'obscurité, trouva sa main ridée, sa peau fine comme du papier sur ses os. Il aida le vieil homme à grimper sur son cheval. Des lumières orangées et rougeâtres vacillaient aux lisières de la zone d'ombre qui entourait le tribunal. Dans l'air flottait l'odeur âcre de la fumée de l'incendie. Les yeux de Ming s'adaptèrent à la pénombre et il put distinguer le visage de Hazel, ses yeux brillants, ses lèvres douces. Il prit la pointe de son menton dans sa main, inclina sa tête en arrière et l'embrassa. Elle avait le goût du kérosène, doux et écœurant, et il passa la main dans sa nuque et l'attira plus près. Au bout d'un long moment, il recula et la regarda, tenant ses mains entre les siennes.

« Bonne chance », chuchota-t-elle. Ses yeux brillaient de larmes, mais elle lui souriait malgré tout.

Ming laissa retomber ses mains et monta sur son cheval. Il lui dit adieu et prit le pinto du vieil homme par les rênes. Puis, se penchant de sa selle, il lui prit encore une fois la main et la serra, et la pression de cette main petite et froide fit naître une crispation douloureuse au creux de son estomac.

Il regarda vers l'ouest et donna un grand coup d'éperons. Le ciel était tout blanc, un champ d'étoiles.

TROISIÈME PARTIE

命

50

Dans l'obscurité, ils chevauchèrent vers le nord, en direction de la voie ferrée, laissant Reno quelques kilomètres derrière eux. Le paysage autour d'eux se modifia, se déforma et s'éleva pour aller à la rencontre des sierras qui surgissaient à l'horizon, plus à l'ouest. Par endroits, les arbres étaient tordus et rabougris, comme s'ils s'étaient rétractés pour éviter tout contact avec le désert. La lumière de la lune leur permettait d'y voir assez clair et leurs vaillantes montures trouvèrent leur chemin à travers les taillis épais. Bientôt, les lueurs de la maison du juge qui brûlait au loin disparurent tout à fait. Ming fit alors arrêter les chevaux et demanda au prophète de mettre pied à terre. Dans quelques heures tout au plus, le soleil allait se lever. Ils déroulèrent leurs couchages et regardèrent les étoiles décrire des révolutions autour d'eux.

« Mon heure approche », dit le prophète.

Ming détourna les yeux du ciel pour regarder le prophète, qui était couché sur le dos, les mains croisées derrière la nuque, les yeux ouverts. « Est-ce pour bientôt ? demanda Ming.

— Pour bientôt, oui. » Le prophète se redressa et parut contempler la terre aride parsemée de broussailles, les montagnes sombres à l'ouest. Il prit un peu de terre entre le pouce et l'index et frotta ses doigts l'un contre l'autre, étudiant la façon dont la terre s'effritait.

Ming s'assit à son tour pour lui faire face.

« Il y aura des ennuis demain, dit le prophète. Combats en toute liberté.

— Tu vas être tué, vieil homme ? »

Le prophète eut un sourire. « Mon heure n'est pas pour demain, pas encore. Mais pour bientôt, mon enfant.

— Est-ce que tu leur as menti hier ? demanda Ming. À Notah et à Gomez ?

— Je ne m'en souviens plus.

— Non, bien sûr », ricana Ming.

Des nuages minces glissaient devant la face de la lune. Ming découvrit qu'en se concentrant il pouvait tromper la perspective et modifier sa propre vision des choses, aplatir le champ d'étoiles et renverser le monde, et, de cette façon, se convaincre lui-même qu'il ne regardait pas vers le haut mais au contraire vers le bas, vers une toile semée d'étoiles, comme s'il était suspendu au toit du monde et regardait les cieux défiler au-dessous de lui. Un puissant vertige le saisit et il leva une main, ou plutôt la baissa, s'agrippant par réflexe à l'herbe à côté de son couchage pour s'empêcher de tomber. Il secoua la tête, ferma les yeux et, lorsqu'il les rouvrit, le monde était de nouveau à l'endroit. Il remarqua que le prophète le regardait de ses yeux fixes.

«Si tu traverses les sierras, lui dit le vieil homme, tu devras le faire par une route que tu ne connais pas encore.

— Et comment la trouverai-je ?»

Le prophète fit courir ses doigts dans l'air, cherchant dans le vide, comme s'il palpait les probabilités et les écartait ensuite. Il s'arrêta. «Je ne sais pas.

— Tu as une façon bien curieuse de parler, vieil homme.»

Le prophète sourit et ils se turent.

«Mon heure approche, répéta-t-il après un long moment. Écoute bien, mon enfant. Je vais te livrer une dernière prophétie.» Il tapa du bout d'un doigt sur le sol et tendit l'oreille, écoutant le son qu'il avait produit. Il fredonna un peu pour lui-même. «Cette terre est nouvelle, annonça-t-il, et cette terre est plus ancienne que tu ne peux l'imaginer.» Il semblait puiser ses paroles dans les tréfonds d'une mémoire impossible. «Dans les profondeurs des temps très anciens, il y avait de l'eau ici, et dans les profondeurs des temps très lointains, il y aura à nouveau de l'eau ici.» Son visage luisait, comme s'il était illuminé par un soleil plus jeune. Tout va changer, déclara-t-il. Comme tout a toujours changé. La terre sous nos pieds change. Les océans interviennent quand la terre est vaincue, et des montagnes s'élèvent dans leurs interstices. En un temps au-delà du temps, poursuivit-il, les étoiles s'éteindront les unes après les autres et la lune s'éloignera. En un temps au-delà du temps, il n'y aura plus rien à contempler en dehors d'une nuit noire sans étoiles, où seule percera la lumière infime de la lune au loin. L'eau nettoiera la terre et le feu arasera sa surface. Le vieil homme étendit les mains et les fit glisser sur le sol en longs arcs de cercle.

La terre sous leurs pieds appartiendra à ceux qui la sculpteront à leur image, à ceux qui, en la traversant et la retraversant de part en part, parviendront à en déterminer les contours, le caractère, ce qu'il en restera à la fin du jour. La terre ne se souvient que des labeurs qu'elle a subis, dit le prophète, et même quand ces labeurs deviennent gris et flous dans l'esprit de ceux qui les ont accomplis, la terre s'en souvient encore et peut témoigner de leur existence.

La nuit était proche et froide.

« Aucun souvenir ne vient sans qu'on l'ait convoqué, poursuivit le vieil homme. Dans notre esprit, les souvenirs dorment jusqu'à ce qu'on les réveille et, alors seulement, ils nous reviennent. » Ses yeux blancs et aveugles trouvèrent ceux de Ming et il lui offrit un sourire triste. « Te souviendras-tu de moi ? » demanda-t-il, presque sur le ton d'un enfant.

Ming jura qu'il se souviendrait.

« Merci », dit le vieil homme.

Ils s'assirent côte à côte et regardèrent la lune descendre vers l'horizon. On aurait dit les deux seules âmes à avoir jamais existé.

« Quand mon heure sera venue, dit enfin le prophète, ne t'approche pas de moi.

— Pourquoi ? demanda Ming.

— Tout sera plus clair à la fin. Quand mon heure viendra, dit le vieil homme, la voix grave et forte, détourne-toi et fuis, mon enfant. »

51

Au matin, ils rassemblèrent leurs affaires et repartirent, chevauchant de front. La journée était calme. À l'heure où le soleil déclinait et rougissait le ciel à l'ouest, des bruits de sabots retentirent au loin derrière eux. Ming se retourna sur sa selle et aperçut un groupe de cavaliers entouré d'un nuage de poussière tourbillonnant. Il ne pouvait pas distinguer leurs visages, mais il pouvait voir les longs fourreaux qui rebondissaient sur les flancs de leurs chevaux. Il y avait des fusils et des carabines dans ces fourreaux, cela ne faisait aucun doute. Il tira sur les rênes du cheval du prophète et, d'un coup d'éperons, lança le sien au galop et très vite ils flottèrent dans la chaleur miroitante, un meurtrier et un aveugle tressautant sur leurs selles. Ils dépassèrent une mesa trapue et la contournèrent pour échapper à la vue des cavaliers, mais, alors qu'ils longeaient la mesa, un cavalier leur coupa la route en brandissant un énorme fusil à canon scié et ouvrit le feu. Il manqua sa cible et les chevrotines allèrent s'enfoncer dans la roche rouge. Le cheval de Ming se cabra sous l'effet de la surprise, les naseaux dilatés, les yeux écarquillés par la peur. Ming tira plus fort sur les rênes et força l'animal à se calmer. Il dégaina son revolver et le braqua sur l'homme au fusil. Il s'apprêtait à tirer quand il se rendit compte que le cavalier paraissait aussi stupéfié de le voir que l'avait été le cheval de Ming. Une expression de soulagement passa sur le visage de l'inconnu et il leva les mains au-dessus de la tête en signe de reddition. Ses cheveux noirs et emmêlés tombaient en cascade sur ses épaules. Ming estima qu'il devait mesurer plus de deux mètres.

« Qu'est-ce qui se passe ici ? » grogna Ming, son arme toujours à la main.

Le géant rit, les mains en l'air, et secoua sa tête massive. « Toutes mes excuses, l'ami, dit-il. Toutes mes excuses. » Il baissa une main pour remettre le fusil dans son fourreau et ramena la main au-dessus de sa tête. « Nous avons cru que vous veniez pour nous tuer.

— Nous ? dit Ming sur un ton menaçant.

— Oui, dit l'homme, nous autres, toute la bande. Si vous m'autorisez à baisser les mains, je vais appeler mes compagnons et vous verrez que nous ne vous voulons aucun mal. »

Ming baissa son arme mais la garda pointée sur le géant. « D'accord, appelle-les. »

L'homme baissa les mains et poussa un soupir de soulagement. « Merci bien, dit-il. Hé ! Les gars ! » cria-t-il. Il siffla bruyamment.

D'un peu plus loin derrière la mesa sortit un petit groupe d'une demi-douzaine d'hommes à l'air hagard, dont l'un boitait de façon prononcée. Un garrot était serré autour de sa cuisse, la jambe de son pantalon était souillée de sang et de poussière.

Ming tira par terre en guise d'avertissement, à mi-distance entre lui et les nouveaux venus. « Reculez, dit -il.

— Vous l'avez entendu », dit le géant, imperturbable. Il fit un geste de la main. « Reculez.

— On s'en va d'ici », dit Ming, et il commença à faire tourner bride à son cheval.

Le géant loucha sur le visage de Ming et ses yeux s'élargirent, signalant qu'il l'avait reconnu. Ming visa la poitrine de l'homme et arrêta son cheval.

« Vous pourriez nous faire une faveur, dit le géant.

— Je ne fais pas de faveurs.

— Vous avez vu ces cavaliers derrière vous ?

— Et alors ?

— Ils viennent pour nous tuer, dit le géant. Je m'appelle Huxton et ceux-là, dit-il en désignant le petit groupe derrière lui, c'est la bande à Huxton. Nos têtes sont mises à prix et ces cavaliers en ont après nous.

— Ça ne me concerne pas, dit Ming.

— Si, je pense que ça vous concerne, au contraire. » Un sourire en coin apparut sur le visage du hors-la-loi. « Je pense que vous n'avez pas vraiment le choix. Les gars, dit-il sur un ton théâtral, combien il vaut, ce Chinois assassin, braillard et fin tireur ?

— Dix mille dollars, chef, répondit l'un des hommes derrière lui, un type tout maigre aux cheveux noirs qui avait l'air de n'avoir rien mangé depuis des jours.

— Dix mille dollars, répéta Huxton. Mince alors, dit-il à

Ming, mais c'est que tu es rudement célèbre dans ces parages, l'ami.

— Vous vous trompez sur mon compte », répondit Ming. Il se demandait à quelle distance se trouvaient les cavaliers derrière eux.

« Oh non, ça, je ne crois pas, objecta le hors-la-loi. Si je compte bien, nous, on est sept et vous, vous n'êtes que deux. » Il se pencha de côté sur sa selle pour examiner de plus près le prophète. « Et même un seul, en fait. Quoi qu'il en soit, on serait bien contents de récupérer cette prime de dix mille dollars, et croyez-moi, on le ferait volontiers. » Il tapota le fusil à côté de sa selle. « Mais ça ne fera pas sauter la prime qui est sur nos têtes à nous. » Il croisa les bras et sourit. « Alors, tu ne changerais pas d'avis, à propos de cette faveur ?

— Votre ami est blessé, observa Ming en désignant le type très pâle à la jambe blessée.

— Le shérif lui a collé une balle, à Reno », dit Huxton.

Les bruits de sabots de leurs poursuivants devenaient de plus en plus distincts. Ils n'étaient peut-être plus qu'à une minute de distance. Ming se retourna vers le vieil homme. « Prophète ? appela-t-il.

— Aide-les, fit le prophète.

— Allez, tu as entendu le vieux », conclut Huxton, en dégainant son fusil.

Il fit claquer sa langue et ses hommes commencèrent à escalader la paroi de la mesa, fusils et carabines en bandoulière. Le blessé grimpa en boitillant aussi haut qu'il put sur la paroi rocheuse puis, grimaçant de douleur, il pivota sur ses talons et s'assit brusquement, sortit un petit derringer à un seul coup d'un étui sur sa cheville et se carra le dos contre la mesa.

Le géant saisit les rênes de son cheval et arma son fusil à canon scié. Il posa l'arme en travers de sa selle, sa crosse paraissant petite dans sa main énorme. « Allez, va et fais bon usage de ce revolver », dit-il à Ming.

Les cavaliers avaient presque atteint la mesa et Ming pouvait les entendre échanger des cris pour se donner du courage. Il fit tourner bride à son cheval et longea la mesa pour repasser de l'autre côté, puis il pivota sur sa selle et visa l'espace vide à côté de la mesa. Quand une forme floue jaillit dans sa ligne de mire, il suivit le cavalier et tira sur lui, trouant la poitrine du premier de ses poursuivants. Le cavalier fit un petit bond en arrière et bascula sur son cheval, un pied coincé de travers dans l'étrier et, se cabrant furieusement, le cheval le traîna sur une courte distance avant que le crâne de l'homme ne vienne se fracasser contre un rocher. D'autres cavaliers déboulaient à présent, se déplaçant trop vite pour que Ming puisse les compter, il y en avait au moins quatre ou cinq. Ming fit décrire un cercle serré à son cheval de manière à les prendre à revers. Derrière lui, on entendait les tirs rapides des revolvers, la bande à Huxton avait ouvert le feu sur les cavaliers qui galopaient autour de la mesa. Le prophète restait perché sur son pinto, immobile et serein, le cavalier et sa monture apparemment insensibles au déluge de feu qui s'abattait autour d'eux. Huxton guida son cheval sur le flanc des assaillants, balaya un large demi-cercle avec le canon de son fusil, tira et toucha l'un des cavaliers au ventre, l'arrachant à sa monture. Le bandit garda le canon de son fusil pointé sur l'homme à terre et tira à bout portant dans la poitrine du blessé au moment où il le dépassa.

« Baisse-toi », appela le prophète et Ming se courba sur sa selle au moment précis où une balle passa en sifflant à quelques centimètres de son visage.

Il se redressa et, au bruit d'une douille en laiton éjectée de la culasse d'un fusil, aperçut le tireur qui s'apprêtait à chambrer une nouvelle cartouche. Ming fit feu à l'instant où l'homme actionnait le levier de son arme, mais il manqua sa cible. Il tira à nouveau et, cette fois, il le toucha à la joue alors même que l'homme tirait lui aussi, mais sa balle se perdit, le fusil à répétition tomba de ses mains et, s'affaissant sur le côté de sa selle, il disparut dans un nuage de poussière, le sang giclant de son visage ravagé. Ming visa un autre cavalier et il était sur le point de tirer, quand le cou de l'homme éclata, puis sa tête bascula en avant et il s'écroula. Du haut de la mesa, un des hommes de Huxton poussa un cri de triomphe.

Un cheval sans cavalier passa devant Ming. Accroupi sur le sol, son cavalier désarçonné braqua son arme droit sur Ming au moment où le cheval de celui-ci s'approchait. Ming réarma son revolver et tira d'un coup sec sur les rênes. Alors que le cheval se cabrait, un choc parcourut tout son corps quand la balle le frappa à l'abdomen. Le cheval s'effondra, envoyant Ming heurter le sol, et roula un peu plus bas sur la pente, inerte et sans vie. L'air était si chargé de poussière que Ming fut obligé de fermer les yeux.

« Feu ! » cria le prophète.

Ming pressa la détente sans rien voir et un homme s'abattit sur le sol à quelques pas de lui. Il se releva et cligna des yeux pour en chasser la poussière. Celui qu'il avait touché convulsait, Ming s'avança vers lui et tira encore une fois, l'homme eut un dernier soubresaut et cessa de remuer. Ming arma de nouveau son revolver et, du canon, il balaya les plaines, mais, sur le champ de bataille, il n'y avait plus que des hommes et des chevaux agonisants ou morts. Au loin, les petites silhouettes sombres des chevaux terrorisés qui avaient perdu leur cavalier s'enfuyaient au galop. Le prophète attendait sur sa selle, imperturbable, chantonnant pour lui-même. Ming s'approcha de son cheval mort. Il détacha son paquetage de la selle et le jeta par-dessus son épaule.

Huxton était encore en selle, se frayant un chemin parmi les corps, son fusil à canon scié à la main. Il s'aperçut que Ming le regardait et lui adressa un large sourire. « Joli travail, l'ami », lui dit-il. Il fourra deux larges doigts dans sa bouche et siffla en direction de la mesa. « Les gars, cria-t-il. Descendez donc par ici.

— Stanton est mort, chef, lança un homme du haut de la mesa. Tué d'une balle dans l'œil. » L'homme leva le visage ensanglanté de son camarade par-dessus le repli rocheux. « Est-ce que je le balance en bas ?

— Laisse-le là-haut, dit Huxton. On aura pas le temps de l'enterrer. »

L'homme descendit le long de la paroi rocheuse, vite suivi par trois autres bandits. Le type aux cheveux noirs et à la jambe blessée restait sur le gros rocher où il s'était perché quand le combat avait commencé, à deux mètres de hauteur. Il tenait encore le derringer dans sa main et se penchait en arrière, une main posée sur le ventre.

« Descends de là, Clark », dit Huxton à son camarade.

L'homme aux cheveux noirs secoua la tête. « Je ne peux pas, chef. Je suis touché.

— Où ça ? demanda le hors-la-loi. Fais voir. »

Clark grimaça et retira sa main. Sa chemise était couverte d'un mélange de boue et de sang qui lui coulait entre les doigts. Il respirait avec peine et regarda Huxton en plissant les paupières, puis remit sa main sur sa blessure, le visage mouillé de sueur. Le géant descendit de cheval et se dirigea vers le gros rocher. Il se mouvait avec une agilité déconcertante pour un homme si grand. De sa large main, il écarta celle du moribond pour examiner la blessure.

« Je suis foutu, pas vrai ? dit Clark, d'une voix fluette.

— Je crois bien que oui », dit Huxton.

Clark toussa et du sang coula de son ventre. Sa tête s'affaissa.

Huxton recula d'un pas, leva son fusil à canon scié et tira. La tête de Clark disparut tout simplement. Le hors-la-loi se tourna vers les quatre survivants de sa bande réunis devant lui, sales et sanguinolents. « Fouillez les cadavres », ordonna-t-il.

Les autres se dispersèrent en éventail et se mirent à palper les corps piétinés et déchiquetés de leurs poursuivants, à leur tâter les poches et à vider le contenu de leurs paquetages dans la poussière.

Le géant s'approcha de Ming. « Tu t'es bien conduit envers la bande à Huxton, le Chinois. Que dirais-tu de te joindre à nous ? » Il désigna le revolver toujours dans la main de Ming. « Tu es un tireur hors pair. On aurait bien besoin d'un homme comme toi.

— Je dois aller quelque part, dit Ming.

— Ah ? dit Huxton en levant les sourcils. Et où ce quelque part pourrait-il bien se trouver ?

— En Californie », dit Ming.

Le hors-la-loi émit un sifflement. « La Californie, c'est tout là-bas, de l'autre côté des sierras. Et puis il y a la neige qui arrive. Ce serait toi et le vieil homme, rien que vous deux ?

— Oui », dit Ming. Il jeta un coup d'œil au prophète, toujours sur sa selle, fredonnant toujours sa chansonnette sans mélodie, les yeux fermés.

Huxton se pencha un peu pour placer son visage au niveau de celui de Ming. Il avait une expression menaçante. « Lui, ce n'est pas un Chinois comme les autres, pas vrai ? » dit-il à voix basse.

Ming ne lui répondit pas. Il commença à se rapprocher de l'endroit où le prophète attendait, perché sur son pinto.

« J'ai entendu le nom que tu lui as donné, tonna Huxton. Prophète. »

Ming s'arrêta et posa un regard froid sur le géant. « Ça ne signifie rien », dit-il. Il avait perdu le compte des balles qu'il restait dans son revolver, mais il savait qu'il n'y en aurait pas assez pour affronter Huxton et toute sa bande. Peut-être que s'il tuait leur chef en premier, les autres s'enfuiraient.

« Le vieux t'a crié quand tirer et quand te baisser », intervint un des compagnons de Huxton. Il avait fini de piller les corps et vint se poster à côté de son chef, presque une silhouette d'enfant en comparaison de la stature gigantesque du hors-la-loi. L'homme cligna des yeux en regardant Ming et le prophète. « On dirait bien que le vieux Chinetoque a un troisième œil. »

Huxton s'approcha de Ming et posa une main énorme sur son épaule. « Je crois bien que le vieil homme va rester avec nous, le Chinois », dit-il. Il fit claquer sa langue et son acolyte arma son revolver et le pointa droit sur la poitrine de Ming. Le géant fit un signe de tête au prophète, qui attendait sur son pinto. Les regards des deux hommes étaient à la même hauteur, alors même que le prophète était sur son cheval. « Quelles autres prophéties peux-tu nous faire, vieil homme ? » demanda-t-il.

Le prophète ouvrit les yeux et transperça Huxton de son regard aveugle. Ming sentit la grande main posée sur son épaule se contracter sous l'effet de la surprise.

« Il y a ici un homme appelé Maxwell, dit le prophète.

— C'est moi, Maxwell », dit l'homme debout à côté de Huxton. Il gardait son arme pointée sur Ming, mais son regard nerveux papillonnait en direction du prophète. Huxton n'ajouta rien de plus. Finalement, Maxwell ne put se taire plus longtemps. « Alors, quelle est donc cette prophétie ? demanda-t-il.

— Il va vous tuer, dit le prophète à Huxton.

— Qui ça ? » gronda Huxton. Son regard se tourna vers Maxwell. « Lui ?

— Ce n'est pas moi », balbutia Maxwell. Son visage était livide et son revolver s'était mis à trembler. « Chef, ce n'est pas moi !

— C'est pourtant bien de toi que le vieux a voulu parler, pas vrai ? » rugit Huxton. Il retira sa main de l'épaule de Ming et, d'un revers terrifiant, il balança son bras en arrière et frappa Maxwell en plein visage. L'autre s'envola d'un seul coup et lâcha son arme.

Le géant pivota pour le suivre et, aussitôt qu'il eut le dos tourné, Ming plongea vers l'arme de Maxwell. Personne ne parut remarquer son geste. Les acolytes de Huxton, vaguement effrayés, observaient Maxwell et leur chef. Ming se releva et retourna vite se placer à côté du prophète. Huxton s'accroupit à côté de Maxwell et serra le visage de l'homme d'une main puissante, étouffant son glapissement de terreur.

Pendant ce temps, les mains cachées derrière le dos et le visage indéchiffrable, Ming faisait jouer le bout de ses doigts sur l'arme de Maxwell, les appuyant contre les chambres cylindriques du barillet et comptant une, deux, trois, quatre, cinq cartouches. Le bandit avait dû recharger son arme juste avant la fin de la fusillade. Ming capta le regard du prophète. « Combats en toute liberté ? » demanda-t-il en un souffle, et le vieil homme hocha la tête de manière presque imperceptible. Ming arma le chien du revolver de Maxwell, le gardant derrière son dos, et posa une main, presque avec nonchalance, sur le pommeau de la selle du prophète.

D'une seule main, Huxton souleva Maxwell par la gorge et le projeta brutalement contre la paroi de la mesa. Les yeux de l'homme devinrent tout gris et il dégringola sur la pente, coudes et genoux pêle-mêle. Le géant fixa Ming et le prophète, respirant fort. Personne ne bougeait. « Tu as d'autres prophéties à nous donner, vieil homme ? grogna Huxton, un rictus de folie s'étalant sur son visage.

— Une seule, dit le prophète, la voix claire.

— Qu'est-ce que c'est ? gronda Huxton.

— Ming Tsu va te tuer », dit le prophète en se déplaçant vers l'arrière de sa selle.

Huxton se jeta sur Ming, qui lui tira droit dans l'œil. Le hors-la-loi s'écrasa sur le sable. Les autres membres de la bande se ruèrent sur leurs holsters pour essayer de dégainer leurs armes. Ming se leva d'un bond et se hissa sur le pinto du prophète, le vieil homme bien calé derrière lui. Il ramena en arrière le chien du revolver de Maxwell et descendit un des bandits. Puis il enfonça le talon dans le flanc du cheval, qui se cabra et partit au galop. Il réarma son revolver et fit feu à nouveau, et un autre membre de la bande de Huxton tomba. Encore deux balles, encore deux hommes. Ming visa soigneusement et tira. Une dernière balle, un dernier homme. Un projectile frôla l'oreille de Ming et alla s'enfouir dans la terre plusieurs centaines de mètres derrière lui. Ming tira et l'homme abattu tomba par terre. Il donna un nouveau coup de talon dans les côtes du cheval et ils partirent au grand galop. Ming regarda derrière lui ; la mesa commença à rétrécir à l'horizon.

Une silhouette massive se releva en titubant, tenant quelque chose entre ses mains. Vingt mètres derrière eux, la balle souleva un petit geyser de poussière, puis ils entendirent le bruit d'un coup de fusil, à l'écho étiré et déformé par la distance. Ming jura. Il jeta le revolver de Maxwell dans la poussière et dégaina le sien, tira, releva le chien, tira à nouveau et cette fois n'entendit que le claquement sec du percuteur retombant sur une amorce inerte. Son arme était vide.

« Je lui ai tiré dessus, dit-il, jurant à voix basse. J'ai tiré sur ce salopard.

— Oui, dit le prophète. Et en temps voulu, tu le tueras. »

Soudain, le prophète eut un spasme et se pencha de côté. Ming tendit la main et rattrapa le vieil homme avant qu'il ne tombe. Dans la lumière vacillante du crépuscule, ses yeux anciens brillaient. Un instant plus tard, le son lointain d'un second coup de fusil leur parvint. Une traînée sanglante apparut sur la cuisse maigre et osseuse du prophète, là où la balle l'avait effleuré. Le sang coulait vers son mollet, tachant les broussailles sur leur passage. Ming enfonça les talons dans les flancs du pinto, mais l'animal ne pouvait pas galoper plus vite. Son bai cerise était plus rapide que la paisible monture du prophète, il aurait été plus rapide, oui, si seulement ce salaud ne lui avait pas tiré dans le ventre. Il aurait voulu demander au prophète si son cheval avait eu une mort douloureuse. Peut-être plus tard, une fois qu'ils seraient tous les deux en sécurité. La jambe du vieil homme pendouillait dans le vide tandis qu'ils filaient vers le soleil couchant. Ils chevauchèrent jusqu'à ce que le ciel devienne noir et, quand leur monture fut complètement épuisée et se refusa à aller plus loin, ils s'arrêtèrent enfin et campèrent là, sans feu, dans le froid, le sang de la jambe blessée du prophète continuant à suinter à travers sa couverture, Ming veillant sur le vieil homme, son arme de nouveau chargée à la main.

52

Il se réveilla en sursaut, son revolver encore tiède dans la main, l'air glacé le faisant frissonner. Il avait dû s'endormir. Les paupières encore collées, il tâtonna dans l'obscurité, cherchant son compagnon et, pris d'un vertige qui lui souleva le cœur, il se rendit compte que le vieil homme n'était plus là. Il se frotta le visage avec les mains et regarda autour de lui, mais il sentit que le prophète était déjà parti depuis longtemps. S'éloignant de son couchage, une piste de traces fines se dessinait sur le sable, mouchetée de gouttes de sang.

Ming se leva et suivit les traces du regard aussi loin qu'il pouvait dans l'obscurité. Elles se dirigeaient vers l'est, là d'où ils venaient. Le pinto du prophète dormait, debout sur ses jambes. Ming se dit qu'il devait faire un choix. Sauter en selle et repartir vers l'est, l'arme chargée, pour traquer Huxton et le prophète. Suivre la piste tortueuse et sanglante du prophète, retracer ses mouvements sur les buttes et les vallons, le retrouver avant Huxton. Ou bien chevaucher vers le sud, jusqu'aux contreforts des sierras, scrutant l'horizon sur son passage, et prendre le hors-la-loi à revers pour le tuer. Pourtant, tout en y songeant, il savait qu'il n'en ferait rien, qu'il repartirait vers l'ouest, abandonnant le couchage ensanglanté du prophète pour parcourir ce paysage inachevé. Il attacha son sac à la selle du prophète et grimpa sur le pinto. L'animal secoua la tête, se réveillant à mesure qu'il chevauchait. Une aube pâle arriva à l'est et déferla sur le sable. Sur le sol, l'ombre de Ming et de son cheval raccourcissait. Que pouvait-il y faire, de toute façon ? Le prophète lui avait dit que son heure approchait. Ming avait déjà volé une mort à ce monde.

Un homme sans limites.

Il chevaucha le long d'un arroyo rempli de limon et progressa vers l'ouest, gardant le soleil dans son dos. En milieu d'après-midi, il guida le pinto du prophète sur les rives de l'arroyo, puis jusqu'à un petit promontoire de roche rouge et de poussière. Il s'arrêta et sortit de son sac la lunette d'approche en cuivre toute rayée et balaya lentement l'horizon lointain, à l'affût du moindre mouvement. Un coyote se déplaçant dans les broussailles. Des vautours s'acharnant sur une carcasse. Et puis, se découpant dans un espace creusé par le vent au milieu d'une petite chaîne de montagnes à l'est, il aperçut une silhouette énorme et sombre qui avançait, tirant par les rênes un cheval sur lequel était assis un prisonnier encapuchonné, les mains liées derrière le dos. Ils suivaient la même piste que le prophète et lui avaient empruntée la veille. Un voile trouble obscurcissait le verre grossissant de sa lorgnette, et Ming ne pouvait pas discerner le visage de l'homme qui guidait le cheval, ni distinguer la silhouette du prisonnier du cheval qui le portait. Mais il s'agissait là de silhouettes familières, de mouvements familiers. Il pouvait lire les intentions de l'homme dans sa démarche.

Ming estima que les deux hommes ne devaient être qu'à quatre ou cinq kilomètres de distance, cependant le paysage qui les séparait était chaotique, accidenté et difficile à traverser. Il replia sa lorgnette et la remit dans son sac, puis sortit sa gourde et la vida. Sa bouche était sèche et pâteuse ; quand il eut fini de boire, quelques gouttes tombèrent sur la selle et disparurent dans le cuir sous la chaleur aveuglante. Ming rajusta le bord de son chapeau et s'essuya la bouche.

Il rangea la gourde, saisit les rênes du pinto du prophète et le lança au galop, les sabots tambourinant sur la terre desséchée qu'il foulait. Non, trop de poussière. Il serait trop visible. Ming tira sur les rênes et le cheval ralentit au trot. Il se demanda si Huxton avait une longue-vue lui aussi. Si le géant l'observait comme il l'avait lui-même observé, prenant des repères et planifiant sa route à travers le paysage. Il se demandait à quoi il pouvait ressembler dans cette chaleur étincelante.

Alors qu'il chevauchait vers l'ouest, il commença à rêver les yeux ouverts, un rêve éveillé qui défilait avec réalisme sur le sable qu'il parcourait. Son index droit tressaillit et il vit, au ralenti, un revolver imaginaire se tordre dans sa main ouverte, des étincelles jaillir du canon, l'œil de Huxton s'avaler lui-même tout entier et du sang gicler de son orbite vide. Quelle sorte d'homme était capable de se relever en titubant avec une balle dans la tête ?

Un léger renflement de la terre maintenant, la cadence des sabots du pinto bégayante et imprévisible à mesure qu'ils grimpaient. Une journée complète s'était écoulée depuis que le prophète avait été blessé. Le soleil touchait déjà les sierras. La lune se levait à l'est, presque pleine, un petit arc de cercle découpé sur son flanc, pareille à une balle de plomb logée dans la chambre d'un gigantesque revolver invisible. Sous la lumière froide de la lune, Ming se dirigea vers le nord, le long des contreforts, à la recherche d'un ruisseau, puis d'un suintement, et enfin d'une quelconque trace d'eau. Rien. Le pinto du prophète se faisait de plus en plus léthargique. Ming dressa son campement là où l'animal s'était arrêté et déroula son couchage sur la surface inclinée d'un rocher, tournant les yeux vers l'est. Il s'adossa au rocher, sa lunette d'approche à la main, et observa le paysage au clair de lune, à la recherche de Huxton. Il n'y avait aucune trace du bandit, ni du cheval sur lequel se tenait le prisonnier. Il crut entrevoir la lueur terne d'un feu de camp au loin mais, quand il la chercha, il ne trouva rien. Il ne se sentait même pas fatigué.

Dans la nuit, le pinto du prophète s'assit, les genoux repliés, sa grande tête affaissée, les narines dilatées, les yeux embués. Des fils de salive longs et minces lui pendaient aux lèvres, il manquait d'eau depuis trop longtemps. Le cheval se pencha de côté et se laissa tomber par terre, ses jambes esquissant une faible ruade.

Si on ne l'avait pas poursuivi, Ming aurait pu appuyer le canon de son arme contre le front du cheval et mettre fin à ses souffrances. Mais le risque était trop grand : le bruit du coup de feu pouvait le faire repérer. « Je suis désolé », dit-il à voix basse.

La respiration du cheval se fit lente et rauque. Ses yeux se posèrent sur le visage de Ming. On aurait dit qu'il voulait lui demander quelque chose.

« Je suis vraiment désolé », murmura Ming.

Quelque temps plus tard, un lavis gris se leva à l'est et les étoiles furent balayées de leurs perchoirs. Ming rangea sa couverture et détacha son paquetage de la selle du prophète. Le pinto ne bougeait pas. Sa robe luisait sous la lumière du matin et sa tête gisait sur le sol, bizarrement tordue. Il n'y avait plus de vie dans ses grands yeux. Ming passa son paquetage par-dessus son épaule et se mit en route.

Il se déplaça lentement et rapidement à travers les bosquets d'armoise, grimpant les collines basses qui annonçaient les sierras. De temps en temps, il s'arrêtait pour observer Huxton et son prisonnier qui se rapprochaient. Ils avaient bien avancé au cours de la nuit précédente et, venu midi, Ming n'avait plus besoin d'utiliser sa longue-vue. De sa position toujours plus élevée sur la pente, il pouvait distinguer leurs formes qui progressaient dans la vallée.

Il avait réussi à les oublier un instant quand la détonation d'un fusil se répercuta à travers les montagnes. Ming pivota, essayant frénétiquement de localiser l'origine du bruit. Huxton et son prisonnier avaient fait halte dans une petite clairière. Ming sortit la lorgnette de son sac et s'accroupit, observant Huxton sous le couvert de la végétation. L'homme était vraiment un géant, presque aussi grand que son cheval.

Des traces de sang séché couraient sur un côté de son visage. Le cratère laissé à la place de son œil était noir comme la créosote et brillait sous la lumière du soleil. L'air était si calme que, dans l'étrange silence qui suit un coup de fusil, Ming réussit à percevoir une faible trace des invectives du hors-la-loi. Huxton lâcha les rênes et scruta les pentes. Il ne réussissait pas à trouver Ming.

« Je sais que tu es là ! » cria Huxton.

Il tira à nouveau dans la terre et la déflagration se propagea bientôt jusqu'à Ming, perché sur la montagne. Ming ne bougeait pas.

« J'ai retrouvé ton cheval, appela le hors-la-loi. Viens ici te battre comme un homme ! »

Ming ne bougeait toujours pas. Ses cuisses le brûlaient mais il restait accroupi près du sol, le regard fixé sur Huxton à travers sa longue-vue. Un long silence suivit.

« Pas de chevaux ! s'écria finalement Huxton. Tu me vois ? » Le hors-la-loi brandit un énorme couteau Bowie et le leva bien haut pour que Ming puisse le voir. La lame accrocha la lumière quand il la remua. D'une main, il agrippa dans son poing la crinière du cheval de Ming et, d'une torsion brusque, lui fit baisser la tête. D'un mouvement fluide, il passa son couteau en travers du cou de l'animal et le sang gicla sur le sable.

Les mâchoires claquèrent sur le vide et l'animal agita la tête en tous sens, les yeux agrandis par la panique. Il parvint à faire un pas en avant, puis il s'écroula alors que son sang noircissait déjà la poussière tout autour de lui.

Huxton rengaina son couteau, marcha vers son prisonnier,

l'attrapa par le bras et le tira vers le haut, les jambes du prisonnier cédant sous lui, l'une d'elles visiblement cassée. Huxton défit le nœud qui retenait la capuche du prisonnier et l'arracha de sa tête. Mais bien sûr, Ming savait déjà de qui il s'agissait. « Regarde, le Chinois ! rugit Huxton. Le voilà, ton faux prophète ! »

Ming se mordit la lèvre pour ne pas crier. Il savait qu'il ne pouvait rien faire, sinon regarder. Le prophète lui avait bien dit de ne pas s'approcher quand son heure viendrait. Huxton attrapa le vieillard par les cheveux et le souleva de terre. Le corps du vieil homme se tordait comme celui d'un serpent et les muscles de ses épaules ondulaient tandis qu'il luttait en vain contre ses liens. D'une large main, Huxton lui arracha le bâillon de tissu et le jeta de côté. Du sang et de la salive frappèrent le sol. Le prophète fut secoué par un violent accès de toux, puis il retomba dans le silence. Ming regardait la scène dans sa mince lorgnette de cuivre. Le vieil homme aveugle, le poursuivant aux cheveux fous, le cheval mort, la terre noircie par le sang tout autour d'eux.

« Dis quelque chose ! ordonna le hors-la-loi au prophète.

— Mon heure est enfin venue », s'exclama le vieil homme. Sa voix résonnait, claire et inébranlable, à travers le désert et montait jusque dans les collines. Elle semblait venir d'un tout autre endroit, d'un tout autre homme, un homme qui n'était pas ligoté et ne saignait pas dans la poussière du désert. « Homme sans limites, dit-il. Rappelle-toi, mon enfant, quand ce sera fini, détourne-toi et fuis. »

Huxton courba la tête du prophète vers l'arrière, planta sa botte au creux des reins du vieil homme et, avec un grognement sourd, le força à s'agenouiller. Il gardait dans sa main une grosse poignée de ses cheveux emmêlés. De l'autre, il dégaina à nouveau son couteau et fit descendre la pointe de la lame jusqu'au nombril du prophète. D'un seul mouvement silencieux, il brandit la lame infernale vers le ciel et ouvrit en deux le corps du prophète au-dessus de la poussière. Huxton lâcha les cheveux du vieil homme éviscéré qui tomba en avant et roula sur le dos. Il gisait sur le sol dans une position étrange, courbé, les mains toujours attachées dans le dos. Le sang coulait de son ventre comme du vin tiré d'une outre.

Les yeux aveugles du prophète parcouraient à toute vitesse le ciel blanc. Sa bouche s'ouvrait et se refermait, et son expression était tout simplement émerveillée. Il convulsait, le bout de ses bottes dessinant de petits arcs dans le sable, mais son visage restait serein.

Huxton se tenait au-dessus de lui et regardait son corps frêle se tordre avec quelque chose qui ressemblait vaguement à de la pitié. Le prophète sourit et du sang coula aux coins de sa bouche, le long de ses pommettes très anciennes, forma de petits lacs dans les pattes-d'oie au bord de ses yeux.

« Le Chinois ! hurla Huxton. Viens te battre comme un homme ! »

Ming replia la lorgnette et la rangea dans son paquetage. Il pleurait, ses larmes brûlantes lui brouillant la vue. Il se sécha le visage avec une manche rugueuse et toute usée. Au fond de la vallée, en contrebas, Huxton essuya la lame de son couteau sur le pantalon sanguinolent du prophète et le rengaina. Il toucha son œil abîmé avec ses larges doigts et scruta à nouveau la pente, cherchant sans doute à y apercevoir Ming. Au bout d'un moment, il détourna le regard et se mit en marche vers l'ouest. Vers Ming.

Peut-être que Huxton ne l'avait pas encore repéré. Le hors-la-loi avançait lentement, une de ses jambes traînant un peu dans le sable. Puis il s'arrêta et braqua son fusil. Ming ne bougea pas. Soudain, une détonation retentit et, à dix mètres de Ming, un buisson d'armoise éclata en mille morceaux. Le rire triomphant de Huxton résonna sur la pente et à travers les collines. Quelques instants plus tard, un nouveau coup de fusil et une gerbe de poussière jaillit à quelques mètres à peine de l'endroit où Ming se tenait accroupi. Le rire du hors-la-loi était profond et cruel.

Ming tourna les talons et s'enfuit en courant.

53

Il faisait froid dans la montagne. Ming s'était allongé dans une petite clairière, abrité par une plaque de granit en surplomb. Il respirait à peine. Au loin, il entendit ce qui pouvait être des pas humains, les pas de Huxton. Il sortit son revolver et attendit. Le son s'arrêta, s'attarda, puis repartit dans une autre direction. Un animal sauvage. Il soupira et rengaina son arme.

La nuit était claire, sans nuages et la lune projetait des ombres sur les pentes pour ceux qui savaient les détecter. Ming leva bien haut sa lunette d'approche, les doigts engourdis, et observa le chemin qui montait. Huxton avait vidé un chargeur entier de son fusil Henry dans le flanc de la montagne, seize balles frappant le sol derrière Ming alors qu'il grimpait à toutes jambes, ses pieds glissant sur les aiguilles de pin séchées et dans la terre meuble. Il avait franchi le sommet et regardé en arrière ; le hors-la-loi commençait à gravir la pente, lancé à sa poursuite.

Ming se demandait combien de cartouches il restait à Huxton pour son fusil Henry. Cela faisait presque deux jours qu'il n'avait rien bu et sa bouche était comme remplie de cendres. Il essaya de cracher, mais rien ne sortit. Plus haut dans la montagne, il trouverait de l'eau. Pour le moment, son pouls était rapide et, dès qu'il fermait les yeux, il avait l'impression que sa tête allait exploser. Il remonta la pente à grands pas, scrutant le paysage nocturne, cherchant la plus infime trace luisante d'eau. Il n'en vit aucune.

Quand il atteignit la crête tout en haut des contreforts, il s'assit, aspira la fine pellicule de salive entre ses dents et respira d'un souffle court et peu profond. Tout près de lui, il entendit le bruit des aiguilles de pins que l'on écrase ; deux yeux lumineux apparurent dans les taillis à quelques mètres à peine. La terre elle-même semblait émettre un grondement sourd et continu. Ming tendit la main vers son arme et la posa sur l'étui, les yeux grands ouverts, sur le qui-vive. De l'ombre émergea la forme suave et brillante d'un puma, blanc comme le marbre de la pointe à la queue. Son souffle se bloqua dans sa gorge. Le puma s'approcha de lui, un feulement montant de sa poitrine. Ming inclina légèrement la tête et le puma s'arrêta et parut faire de même. Ils restèrent un moment à se regarder sous la lumière de la lune.

« Je ne fais que passer, dit Ming d'un ton déférent. Je traverse pour gagner l'autre côté. »

Le puma s'assit confortablement sur son arrière-train, puis se coucha sur le côté, ses énormes pattes alourdies de terre agglomérée et d'aiguilles de pin. Ses yeux suivaient Ming avec un vif intérêt.

Ming voulut parler, mais sa gorge était trop sèche et il

toussa un peu, plaquant sa bouche au creux de son épaule pour étouffer le bruit. Il prit une profonde inspiration et fit un nouvel essai. « J'ai besoin d'eau », dit-il avec un vague désespoir. Il se demanda où se trouvait Huxton, quelque part en contrebas dans la forêt de pins, en train de réduire la distance qui les séparait.

Le puma ouvrit sa gueule et bâilla. Ses dents aiguisées pareilles à de petites faux brillèrent dans la lumière froide. Sa longue queue balaya le sol de la forêt et il se redressa pour s'accroupir, ses muscles dessinant des vagues souples sous son pelage d'un blanc immaculé. Il regarda Ming encore un moment, puis tourna la tête et se remit en marche le long de la crête. Quelques pas plus loin, le puma s'arrêta net et se tourna à nouveau vers Ming, comme pour lui faire signe de le suivre. Ming se leva et partit sur les traces du félin blanc qui se faufilait dans les sous-bois, se frayant un chemin à travers les troncs noueux des pins ponderosas. Ming restait derrière lui, le suivant de près, la tête baissée. Bientôt, il entendit le bruit de l'eau qui coulait, le puma sauta sur une grosse branche et Ming s'avança vers un mince ruisseau nourri de neige fondue qui creusait un sillon dans la terre. Il tomba à genoux, plongea la tête et but avidement, et l'eau fraîche et délicieuse dégoulina sur son menton.

Quand il releva les yeux, le puma resta introuvable. Ming s'essuya la bouche avec sa manche et remplit sa gourde d'eau fraîche. Quand il eut fini, il la rangea dans son paquetage et commença à redescendre de la montagne, gardant le ruisseau à sa droite. Il le suivit jusqu'à ce que celui-ci s'élargisse et devienne trouble et sale, et que la forêt de pins disparaisse.

Ming fit un petit feu dans le ravin qui bordait le lit du ruisseau. C'était un feu suffisant pour que Huxton puisse le voir, si loin fût-il, un feu suffisant pour qu'on le repère et le traque. Mais de toute manière, le bandit le retrouverait à un moment ou l'autre. Ming vérifia son revolver et le trouva chargé à plein, six balles dans le barillet. Il s'enduisit le visage et les bras de cendres et de suie, rendant son corps aussi terne et sans vie que la terre grise sous ses pieds. Il se glissa dans les taillis, à quelques pas du feu, serrant son arme dans la main. Il coucha les braises dans sa ligne de mire.

Au bout d'un temps incertain, Ming s'endormit et rêva d'une terre creuse, de continents qui se bousculaient à la surface d'une planète qui renverrait un écho à l'infini si quelque marteau cosmique venait à la frapper. Il rêva de pièces si vastes que leur toit et leurs murs disparaissaient dans un brouillard éternel, et d'une ville réduite à l'état de décombres où les mauvaises herbes poussaient à travers les poutres brisées. Et puis il rêva qu'il tombait, les paupières serrées face à la violence du vent qui sifflait autour de sa tête, et il rêva encore du choc qui suivait, et enfin il se réveilla une fois de plus. Le revolver était toujours dans sa main. Il y avait quelqu'un à côté de lui, à quelques mètres à peine.

C'était Huxton. Il se tenait là, accroupi au-dessus du feu éteint, son couteau Bowie à la main. Le soleil ne s'était pas encore levé. Il n'avait pas vu Ming. À la lumière faiblissante de la pleine lune qui se couchait, Ming se rendit compte une fois encore que l'homme était un géant extraordinaire, dont l'ombre se découpait contre les étoiles déclinantes. Ses cheveux fous souillés de sang traînaient dans la poussière quand il se baissait. De la pointe de la lame, il remuait les charbons éteints dans le foyer, fixant du regard le paysage désolé. Il essuya le couteau sur son pantalon, le remit dans son fourreau et se leva. Ses yeux se posèrent directement à l'endroit où Ming s'était caché. Pendant un moment, on aurait pu croire que le géant ne l'avait pas vu. Et alors, il s'élança.

Ming fit feu une, deux, trois, quatre fois avant que Huxton ne lui rentre dedans et que sa tête ne heurte les pierres. Des éclairs de lumière fleurirent dans son champ de vision et la seule chose qu'il savait encore, c'était qu'il ne devait pas lâcher son revolver. Il rouvrit les yeux juste à temps pour voir le bandit ramener sa botte en arrière pour lui donner un furieux coup de pied et Ming arma son revolver et tira dans le genou de Huxton. Le bandit s'écroula sur le sol et Ming se releva une seconde avant que Huxton ne l'empoigne de sa main géante. Un sourire dément déforma le visage du hors-la-loi. Sa main libre fila vers sa taille pour attraper son couteau Bowie. Ming enfonça le talon de sa botte dans la figure de Huxton, puis décocha un coup de pied furieux au couteau, le faisant sauter de la main du hors-la-loi et l'envoyant valdinguer sur la terre craquelée par la sécheresse. La lame s'arrêta à quelques pouces du bord du ravin.

Huxton se mit à quatre pattes et se précipita vers le couteau, traînant sa jambe blessée, grotesque et toute tordue. Ming s'accrocha à son dos comme un enfant assassin. Tous les deux continuaient à lutter dans la lumière métallique qui précédait l'aube, sans autres bruits que ceux des bottes qui glissent sur la terre sèche et les coups sourds frappant les corps. Pas un des combattants ne prononçait le moindre mot. Ming avait oublié l'arme qu'il tenait, il avait oublié son crampon. Seul importait le couteau du bandit, tombé dans la poussière à portée de main. Le peu de forces qui leur restait diminuait rapidement.

Huxton s'élança une fois de plus et parvint enfin à refermer les doigts autour du manche gainé de cuir de son couteau. Il afficha un large rictus démoniaque et de ses dents découvertes s'échappa un son qui s'apparentait à un rire triomphal. Le temps leur était compté. Huxton balaya l'air de la lame et, au même instant, Ming roula de côté, esquivant de peu son geste mortel. Le fracas du ruisseau en contrebas envahissait ses oreilles. De ses poings serrés, Ming agrippa la chemise du hors-la-loi et se laissa aller en arrière au-dessus du vide. Les deux hommes basculèrent ensemble par-dessus le rebord de la falaise rocheuse. Par réflexe, Huxton tendit les mains en avant pour amortir sa chute, mais il ne trouva rien à quoi s'accrocher. Tombant en chute libre, le bandit ouvrit tout grands les yeux, ses cheveux fous voletant autour de son visage, pareils à un halo malpropre. Puis, tous deux vinrent rebondir contre les parois du ravin. Ils dégringolèrent le long de la pente. Un nuage de poussière s'éleva sur leur passage. Des paillettes de mica lancèrent des éclats sous les premières lueurs d'un nouveau jour. Dix mètres plus bas, deux corps inertes vinrent s'échouer sur la berge du ruisseau. Ni l'un ni l'autre ne bougeaient.

54

Ming se réveilla avec un mal de tête lancinant, la bouche remplie de l'affreux goût métallique du sang. Il ouvrit les yeux et regarda le ciel bleu et blanc. Il crispa et décrispa les orteils dans ses bottes, serra les mains pour former de faibles poings. Il était encore en un seul morceau. Il tenait toujours son revolver. Il ne pouvait pas lever la tête pour le voir, mais il sentait ses angles de métal rassurants au creux de sa paume droite. Il avait l'impression que ses yeux avaient gonflé dans leurs orbites. Il porta son regard vers le haut, vers l'endroit d'où il était tombé. Il ne se souvenait même plus des détails de sa chute.

Il y avait des cicatrices dans la paroi du ravin, impossibles à distinguer de mille autres cicatrices d'origine plus naturelle, les traces sculptées par des ruisseaux fantômes qui n'existaient qu'au moment de la fonte des neiges au printemps. Avec un grognement, il roula sur le côté et tomba nez à nez avec le masque macabre du hors-la-loi, sa grande tête hirsute à moitié immergée sous les eaux glacées du ruisseau. L'eau s'écoulait par-dessus son œil insensible et aveugle, tirait ses boucles emmêlées en une masse sombre qui se tordait et palpitait dans le courant comme quelque créature vivante. Enfin, à la lumière du jour, Ming parvint à voir de tout près le trou qu'il avait percé dans le crâne du hors-la-loi, là où il lui avait tiré droit dans l'œil, et le cuir chevelu ensanglanté et tout collé, là où le projectile était ressorti de sa tête. Il avait placé sa balle exactement là où il l'avait voulu.

Le hors-la-loi gisait sur le côté, le bras replié selon un angle peu naturel, le manche de son grand couteau toujours dans sa main, la large lame enfoncée dans ses propres côtes. Des traces sombres de sang séché couraient sur les rochers et descendaient le cours du ruisseau. Pendant un long moment, Ming regarda l'eau caresser ce visage. Il lui vint à l'esprit qu'il devait retrouver son paquetage, rassembler ses affaires une fois de plus et se préparer à ce qui viendrait ensuite.

Alors, enfin, Ming se releva très lentement, la pression sous son crâne augmentant d'un coup à cause de l'effort. Il cracha du sang dans le ruisseau et ce sang fut emporté au loin. Il prit de l'eau dans ses mains et but, une gorgée à la fois. La brûlure au fond de sa gorge se calma un peu. Il aperçut son paquetage en lambeaux et tout poussiéreux, quelques mètres plus loin sur la rive, mais il avait trop mal pour aller le ramasser. Le soleil qui montait était encore froid et, s'accrochant au bord du ravin, projetait une lame d'ombre tranchante sur la rive opposée. Ming s'agenouilla près de la rivière et recommença à boire. Petit à petit, la lumière du soleil suivit l'ombre du ravin et traversa le ruisseau. Elle toucha la tête de l'homme mort et illumina ses cheveux, un couronnement posthume.

Ming savait que Huxton était bel et bien mort. Mais il avait aussi vu cet homme tituber et se remettre sur ses pieds malgré un trou béant dans le crâne. Il devait s'assurer que tout était fini. Son corps tout entier lui faisait encore mal. Serrant les dents pour repousser la douleur, il leva le revolver et ramena le chien en arrière. Il tendit le bras, criant presque tant l'effort était grand, appuya le canon du revolver contre la tempe de Huxton et tira sa dernière balle dans la tête du bandit. L'eau devint soudain rose et un flot de sang noir jaillit sous la tête du hors-la-loi, les filets de sang épais s'étirant et se diluant dans le flux du courant. Haletant, Ming rengaina son arme et leva les yeux vers le ciel. Il passa un long moment étendu là à respirer, rien de plus. Le moindre mouvement lui causait des souffrances. Il rassembla ses forces et, en gémissant, la mâchoire serrée, rampa jusqu'à son paquetage. Ses doigts meurtris se recroquevillèrent quand il ouvrit le fermoir et il se mit à chercher désespérément l'ampoule du curieux laudanum que lui avait donné le médecin de Winnemucca, il y avait une éternité de ça. Enfin, il la trouva. La petite fiole de verre avait résisté à la chute, elle était intacte. Il l'ouvrit de son poing crispé, son front trempé de sueur par la douleur épouvantable qu'il éprouvait. Il sortit l'ampoule de son paquetage, en brisa le col de verre et en déversa le contenu dans sa bouche. Le liquide avait un goût de métal, de fleurs et de racines amères et il eut un haut-le-cœur avant d'arriver à l'avaler.

Il rampa jusqu'au fond du ravin et s'assit en s'appuyant

contre la paroi. La lame du soleil le poursuivait. Il ferma les yeux. Quand il les rouvrit, le crépuscule était là. Puis la nuit vint. Les constellations se déplaçaient autour de l'étoile Polaire. Un autre jour se leva, un autre crépuscule. Le curieux laudanum fit son effet et la douleur qui avait envahi son corps s'évanouit dans les airs. Dans la nuit profonde, il se releva enfin et se dirigea vers le ruisseau. Il s'agenouilla en amont de l'endroit où le cadavre du hors-la-loi pourrissait et but longuement, les fines particules de terre en suspension dans l'eau craquant entre ses dents. Quand il fut enfin désaltéré, il arracha le manche du couteau de la main figée par la rigidité cadavérique qui le tenait encore et dégagea la lame plantée dans le cadavre. Une odeur de pourriture envahit l'atmosphère comme du sang et de l'eau s'échappaient de la coupure béante. Ming détacha le fourreau de la taille de l'homme et le fixa autour de la sienne. Dans l'eau du ruisseau, il nettoya la lame. Quand tout fut fini, il descendit le ruisseau jusqu'à ce que le paysage s'adoucisse et que les rochers alentour approchent du lit du cours d'eau, puis il en sortit. Les contreforts accidentés s'étendaient devant lui à l'infini, leurs contours épaissis par la chaleur semblant se chuchoter des secrets dans l'obscurité.

55

Peut-être l'étrange laudanum qui coulait dans ses veines, pourtant dilué à présent, lui faisait-il encore de l'effet, ou peut-être des vertiges dus à sa chute récente persistaient-ils toujours, mais quand Ming repartit encore une fois vers l'ouest, il se sentit entouré d'ombres et privé de tout synchronisme, un peu comme si, en tombant dans ce ravin, il avait quitté un monde et, sans s'en apercevoir, en était remonté dans un monde tout différent. La terre était différente, les arbres bougeaient différemment. L'air lui laissait un goût amer dans la bouche. C'était un monde qui se rétractait sous le toucher de sa main. Il traversa le jour qui se levait, puis l'après-midi, et la sensation persista. Le soleil projetait chaleur et lumière et pourtant il ne faisait que passer à travers lui, ne lui piquant que faiblement la peau. Plus d'une fois, il se retourna pour regarder le sol derrière lui, cherchant son ombre, et, en la trouvant, ne ressentit aucun soulagement, mais plutôt le bourdonnement d'un étrange pressentiment. Il n'était plus en harmonie avec cette terre. De ce sentiment curieux, il ne parvenait plus à se défaire. Il se prit à souhaiter que le prophète fût encore en vie.

À la tombée de la nuit, presque un jour entier après avoir quitté le ravin, il avait laissé derrière lui les contreforts et commencé à cheminer dans les sierras proprement dites. Dans l'espace qui sépare le coucher du soleil du lever de la lune, le monde était noir et brisé, et c'est alors que Ming s'assit sur le sol de la forêt de pins et vida le contenu de son sac, le caressant du bout des doigts. Le métal froid du canon de son revolver. Le cuivre à rainures moletées de sa lunette d'approche. Les lingots de plomb froids et difformes. Sa corne à poudre toute usée qui imitait le bruit de la pluie quand il la tournait entre ses mains. D'un seul coup, un souvenir lui revint à l'esprit. Le bruit de la pluie qui tombait sur le toit, le feu qui brûlait dans l'âtre, Ada qui se réchauffait à côté du feu. Il approcha la corne à poudre de son oreille et la retourna à nouveau. Le chuintement lisse se répéta et il ferma les yeux, mais les ombres grises et floues peinaient à prendre corps dans sa mémoire. Il retourna la corne encore une fois et entendit de nouveau le bruit de la pluie sur le toit, mais, alors qu'il tentait de se plonger dans ses souvenirs, la pièce de sa vision se désintégra dans l'air glacé. Il ouvrit les yeux et exhala un petit nuage de vapeur dans la nuit froide des montagnes. La corne à poudre était toujours entre ses mains. Il la posa sur le sol et entendit une fois de plus le même son, mais cette fois, ce n'était que le bruit des grains de poudre frottant les uns contre les autres.

Aucun souvenir ne nous vient sans qu'on l'ait convoqué.

La lune couleur de thé monta de biais à l'est, immense et

parsemée de taches brunes. Dans la lumière incertaine, Ming passa les doigts sur ses possessions et les compta. Il faisait encore trop sombre pour voir. Ses yeux s'ajustèrent et se réajustèrent, toujours défaillants, et il commença à voir des choses qui n'étaient pas vraiment là, les bords, les contours et les volumes d'arbres et de rochers fantômes. Ce monde imaginaire se transformait et miroitait, il referma les yeux et, à présent, dans des nuances plus noires, le monde imaginaire se défaisait et se refaisait devant lui. Il démonta son arme, reproduisant des gestes qu'il connaissait par cœur, ses doigts cherchant le levier de chargement et la goupille du barillet. Cela calmait ses pensées. Quand il eut fini de nettoyer son revolver, il le chargea et le rangea dans son étui. Enfin, il rouvrit les yeux. La lune brillait plus fort maintenant. Il pouvait distinguer les arbres, les pierres, la texture des aiguilles de pin qui recouvraient le sol.

Il rassembla ses affaires et les rangea dans son paquetage, puis se leva et brossa les aiguilles accrochées à son pantalon. L'étoile Polaire brûlait dans le ciel, claire et bleue. Le froid lui engourdissait le bout des doigts et il frappa ses mains l'une contre l'autre plusieurs fois de suite pour y faire revenir le sang. Alors qu'il se déplaçait, la sensation troublante l'envahit à nouveau, discrète et diffuse. Quelque chose le rongeait lentement, tout au fond de son estomac. Il n'avait rien mangé depuis des jours et des jours.

L'épuisement le gagna, soudainement et sans signe avant-coureur, en fin d'après-midi le jour suivant, alors qu'il arrivait au sommet du dernier col qui précédait les sommets gigantesques des sierras. Il s'assit pour boire un peu d'eau à sa gourde et, quand il eut fini, il n'avait plus la force de se relever. Il s'allongea sur le sol rugueux et posa son avant-bras sur ses yeux pour masquer le soleil. Quand il les ferma pour se reposer, le monde s'effondra autour de lui et, à moitié éveillé, à moitié endormi, il commença à rêver. Des bribes de souvenirs venaient à lui sans ordre et sans raison, défilant les uns après les autres tels des fantômes ressuscités.

Il était là, dans les montagnes, un traîneau à la main, James Ellis faisant les cent pas sur la pente en leur criant de travailler plus vite, des Chinois sans nombre et sans visage avançant autour de lui au rythme de leurs pas et des coups de masse. Il pouvait sentir le poids de l'arme cachée au fond de sa poche, il voyait le sourire cruel d'Ellis, il entendait ses moqueries, il se souvenait d'avoir lâché son traîneau et fait semblant de se réchauffer les mains dans les poches pour pouvoir empoigner le revolver et s'imaginer qu'il abattrait Ellis d'une balle dans la nuque dès que l'homme lui tournerait le dos.

La neige sur les montagnes fondit et il se retrouva au beau milieu du paysage rural jalonné de fermes innombrables à l'est de Sacramento, en train de tirer sur un homme qui venait de lui ouvrir la porte de sa maison. Des coups de feu provenant de la fenêtre du premier étage criblèrent de balles le sol autour de lui et il leva les yeux vers les deux hommes qui tentaient furieusement de le tuer, puis il fit volte-face et détala en courant. Il pouvait presque sentir les balles qui frappaient le sol derrière lui, ses pieds qui s'enfonçaient dans la terre meuble alors qu'il courait pour se mettre à l'abri. Ils le pourchassaient à travers un champ de maïs qui semblait n'avoir pas de fin. Et bien que ce fussent là ses propres souvenirs, il eut la sensation d'entrer dans le rêve de quelqu'un d'autre, comme s'il voyait une personne différente de lui-même revivre le passé. Il trouva à s'abriter dans une cabane vide où il s'allongea sur le sol, tandis qu'une grêle de balles transperçait les murs et que le soleil pénétrait à l'intérieur, l'air se remplissant de poussière. Les lattes du plancher lui rentraient dans la poitrine, son pouls lui tambourinait aux oreilles, mais dans sa main, son revolver était lourd et rassurant. Les deux hommes s'approchaient à pied, se criant des mots l'un à l'autre, leurs pas s'assourdissant sur la terre, leurs ombres perceptibles par instants entre les interstices des poutres. Et il décolla le regard du plancher, pour apercevoir une image du monde au-dehors, projetée de manière inversée et spectrale à travers les trous percés par les balles. Cernées de couleurs, les silhouettes des deux hommes se croisaient et se superposaient, l'arme à la main, comme des fantômes de lumière diffractée. Il tourna la tête de côté, redressant l'image projetée sur la pénombre du mur opposé, suivant des yeux le reflet de ses poursuivants, puis tirant enfin dans le ventre du premier au moment où il franchissait le seuil et touchant le second alors qu'il passait la tête devant la fenêtre.

Et alors, le toit de la cabane s'enroula et disparut et il se retrouva couché, Hazel à califourchon sur lui, les pointes de ses hanches traçant des arcs lents et profonds dans l'air, son corps constellé d'étoiles de lumière. Il n'avait pas oublié que ce souvenir n'était qu'un rêve, mais il se redressa tout de même pour l'attirer contre lui, plaça ses pouces dans le creux de son corps, là où ses cuisses rencontraient ses hanches, et la guida là où il voulait qu'elle soit, et elle respirait à son oreille, son souffle chaud et rapide, et il l'embrassa, mais le souvenir commençait à se déformer et à s'évanouir, et il resserra sa prise sur son corps et la supplia de ne pas s'en aller, et le sol se souleva sous lui, et le poids de son avant-bras sur ses yeux revint, et l'air froid de la nuit passa sur sa peau, et aussi vite qu'il était tombé dans ce demi-sommeil, il fut à nouveau éveillé et étendu tout seul au sommet d'un col en haut des sierras, sous un jeune ciel du soir.

56

En altitude, le temps s'écoule d'une façon différente. L'obscurité précède le coucher du soleil. Le paysage ne voit le matin venir que longtemps après que le ciel lumineux a bleui. Les jours perdent leur sens. Les montagnes ont leur propre vie. Celui qui aborde ces pentes traverse un royaume qui ne lui appartient pas entièrement. Dans l'air raréfié, son souffle est rapide et superficiel et il halète en grimpant. Et tout autour de lui, le monde descend, descend et descend encore, des descentes sans fin, des avalanches, des éboulements et des coulées de boue noirâtres provoquées par les orages capables d'emporter dans leur sillage bouillonnant des forêts entières au fond de la vallée. Il voit cette descente partout où il regarde, il sent les pierres glisser sous ses pieds. Dans les rivières et parmi les rochers, des courants invisibles entraînent en dernière instance toutes choses vers la mer.

Ming voyageait en décalage avec le lever et le coucher du soleil. Il dormait quand il était fatigué et marchait quand il ne l'était pas. Sa faim avait cessé de se manifester par morsures soudaines et elle l'accompagnait désormais en permanence sous la forme d'un râle continu montant au creux de son estomac. Il ne se souvenait plus de la dernière fois qu'il avait mangé. Il remplissait sa gourde avec la neige propre qu'il trouvait parfois, la glissant dans sa poche de poitrine pour que la neige fonde. À chaque brèche qu'il franchissait, il en voyait une autre se profiler devant lui. Une hydre de granit et de glace. Un millier de routes tracées sur ces pentes, certaines par les animaux, d'autres par les hommes. Il ne savait plus où il était, il avait même commencé à perdre son chemin mais, transcendé par l'épuisement et par la faim, il ne ressentait pas cette panique grandissante que la sensation de s'être perdu déclenche souvent. Il s'orientait grâce à cent points de repère tous identiques, naviguait à travers une cacophonie de pics et de vallées. La faim le tenaillait, brûlante et nette.

Il atteignit le sommet d'un col glacé et examina les montagnes devant lui, d'abord rapidement, en plissant les yeux dans la lumière du soleil, puis méticuleusement, avec sa lorgnette et sa boussole. Puis il sentit quelque chose, une flèche de métal filant dans la vallée, l'aspect d'un pin, ses aiguilles éclairées par le soleil levant, le goût de la glace dans l'air, et, en un éclair il sut précisément où il était. Sur la pente opposée, une ligne bien droite traversait les étendues de granit, noire et brillante, débarrassée de toute neige.

Ming se dirigea vers elle et un souvenir lointain lui revint en mémoire. Il regardait une carte d'arpenteur des sierras, son index courant sur le papier texturé, le vent hurlant à travers les interstices de la tente de toile, la lumière de la lampe vacillante et faible. Le prophète était là, à côté de lui, ses yeux anciens avaient la couleur de la neige durcie. Sans chaleur et minuscule, le soleil rasait le sommet des pics couronnés de neige. Silas venait tout juste de mourir. Ming se souvenait d'avoir écarté les pans de toile et de s'être précipité au-dehors dans l'air glacé, son souffle se givrant. Il se souvenait d'un pin couvert de glace sur le versant le plus éloigné, ses aiguilles brillantes et blanches contre le ciel encore sombre. Il se souvenait d'avoir trouvé l'est, là où il irait retrouver Ambrose, et il se souvenait du froid, intense et implacable.

À présent, il levait la tête et regardait le grand pin ponderosa brisé au-dessus de lui, solitaire sur ce pic sans nom. C'était cet arbre qu'il avait vu, le jour où il avait appris la mort de Silas Root. Enfin, il savait où il se trouvait.

De l'autre côté de la vallée scintillaient les rails de fer. Le souvenir de la carte gravait ses lignes et ses élévations dans son esprit et, pour la première fois, Ming visualisa le chemin qu'il prendrait pour traverser les montagnes. Avec sa longue-vue, il traça pour lui-même une route qui descendait perpendiculairement à la crête et rejoignait le chemin de fer. Il marcherait le long des rails et en dessous d'eux, les gardant à ses côtés, écoutant approcher les trains et puis plongeant au sol à leur passage. Et quand il apercevrait la Californie au loin, il sauterait dans le premier train qui le conduirait à Sacramento, où il finirait ce qu'il avait commencé.

Il posa sa lunette d'approche sur le sol avec précaution,

dégaina son crampon de rail et s'attaqua à la glace autour de lui, en détachant un gros éclat pour le fourrer dans sa bouche et d'autres plus petits pour remplir sa gourde. Le soleil du matin était monté haut dans le ciel et jetait couleurs et lumière là où il touchait les fragments de glace éparpillés sur la terre. Ming souleva un éclat de glace, froid et lourd dans sa paume, et tourna sa main de tous côtés, les couleurs ruisselant sur sa peau calleuse. La glace rétrécit à la chaleur de sa paume et, de la pointe étincelante de son crampon de rail, il la fit remuer avec un cliquetis musical. Quand il n'en resta presque plus, il inclina la paume vers l'avant et les derniers fragments glissèrent sur l'eau nouvellement créée et tombèrent de sa main, qu'il secoua pour la sécher et essuya sur son pantalon.

Sa route s'étendait devant lui, attendant la pression de ses pas pour prendre vie. Ming rangea ses affaires dans son paquetage et rengaina son crampon de rail. Au moment où il jetait son paquetage par-dessus son épaule, un vertige l'arrêta, une brume grise rétrécissant son champ de vision. Une fois le vertige passé, il fixa son sac sur son dos et se frotta le visage avec les mains. La faim commençait à l'épuiser.

Il descendait la pente de la montagne quand il remarqua un curieux rocher recouvert de neige, à une centaine de mètres des rails. Quand il l'attcignit, il vit que c'était un homme, de toute évidence mort, mais depuis combien de temps, ça, Ming ne pouvait le dire. Le cadavre était gelé, la peau du mort avait pris une pâleur sinistre à cause du soleil et de la glace. La couche de neige qui avait protégé le corps du dégel ne devait s'être envolée que tout récemment. Alors que Ming regardait le cadavre, un vent glacé balaya les congères.

Ils se trouvaient dans une cuvette formée par l'intersection de trois pics. Les nuages venus du Pacifique passaient vite au-dessus de leur tête et s'évaporaient dans l'air raréfié. L'homme était mort face contre terre dans la neige et ses membres avaient gelé sur place, drapés autour du petit rocher sur lequel il s'était arrêté. Ming s'accroupit près du cadavre et l'examina de plus près. Puis il prit l'homme par le poignet et le retourna sur le dos. Le corps tout raidi et froid comme le marbre oscillait d'avant en arrière sur la courbe que dessinait le dos du mort, ses bras et ses jambes étreignant un fantôme, bougeant comme une poupée de bois grandeur nature. Il y avait quelque chose de troublant et d'infantile dans la façon dont le cadavre avait gelé.

Même en l'absence de toute coloration visible sur le visage du mort, Ming pouvait facilement voir que c'était un Chinois. Des guenilles en lambeaux s'accrochaient encore à son corps gelé. Les charognards lui avaient arraché les yeux et la langue. Sa gorge avait été déchirée par quelque carnivore affamé et le sang avait gelé avant de sécher, une violente tache de glace rouge soudée à sa peau d'albâtre. De ses orbites vides, il fixait le bleu infini du ciel de la sierra. Ming estima que l'homme ne devait pas avoir plus de vingt ans. Il chassa la fine couche de neige restée sur une pierre toute proche et s'assit, contemplant le mort. Le monde était silencieux, à l'exception du bruit du vent qui sifflait à travers les arbres.

En haut de la pente, là où, le long des voies ferrées, le granit avait été arraché à la paroi rocheuse par la poudre et les mèches, l'air était frais et non oxydé. À l'échelle du temps géologique, la falaise avait été dynamitée hier. Ming ne se souvenait pas d'avoir travaillé à cet endroit, ni de ce Chinois mort et gelé. Et pourtant, il savait que l'homme avait dû être là. Il reconstitua un faux souvenir. Cela avait dû prendre plusieurs jours pour percer le flanc intact de la montagne et pour remplir soigneusement les trous de poudre noire. Il avait fallu fixer les mèches longues qui descendaient le long de la falaise. Puis le choc sonore des explosions, et les chocs en retour des échos de celles-ci, ricochant à travers le paysage. Une masse de roche et de neige envoyée cascader comme de l'eau. Les cristaux blancs scintillant dans la lumière. Une coulée de neige, un millier de tonnes de blanc dévalant la montagne, soulevant de terre le Chinois mort, le jetant au bas de ces pentes isolées et mouvantes, l'abandonnant aux charognards avant que les coulées suivantes ne l'ensevelissent sous une neige qui ne fondrait pas avant des années. Le souvenir était bon et il pouvait le visualiser dans son esprit.

Le Chinois mort luisait sous la lumière du soleil. Ming n'arrivait pas à décider s'il fallait l'enterrer ou non. Au-dessus de lui, un vautour décrivait paresseusement de grands cercles.

C'est par le labeur que les hommes peuvent se souvenir des choses, lui dit le prophète dans son imagination. Mais il n'avait pas de bêche pour creuser une tombe et, de toute manière, le sol ici était déjà trop durci par le gel pour céder sous la lame d'une pelle. Ming se leva du rocher sur lequel il s'était assis et reprit sa route, coupant à travers la pente en direction de la voie ferrée. Il ne fit qu'une douzaine de pas avant de s'arrêter à nouveau, troublé par quelque chose qu'il ne pouvait pas nommer. Le corps du Chinois mort oscillait doucement sur la pointe de sa colonne vertébrale, se déplaçant au gré du vent.

Ming se retourna et revint auprès du Chinois mort. « Je suis désolé », dit-il, surpris par le son de sa propre voix. Il était resté trop longtemps sans parler. Il se racla la gorge. « Je suis désolé, répéta-t-il. Je ne sais pas ce que je suis censé faire. » Il jeta un coup d'œil autour de lui, essayant de ne pas regarder directement le visage ravagé du mort. « Je n'ai rien pour t'enterrer. »

Le Chinois oscilla encore un peu avant de s'immobiliser. Le vent avait faibli. Ming prit le corps par une cheville glacée et le traîna vers l'ombre des pins les plus proches. La peau sur la cheville du mort commença à dégeler sous sa prise et, dans un soubresaut écœurant, Ming la sentit se ramollir suffisamment pour glisser sur les os de ses chevilles et il faillit lâcher le corps. Il secoua la tête, comme pour calmer ses pensées, entraîna l'homme vers une clairière ombragée entre les pins et, frissonnant, il lui lâcha la cheville. Sa main, engourdie par le froid, dégoulinait de glace fondue. Il se pencha, ramassa un peu de neige et en frotta ses paumes pour se nettoyer les mains. La colonne vertébrale gelée du mort avait creusé un sillon peu profond dans la neige quand il l'avait traîné. Il s'accrochait toujours au souvenir du rocher, les bras et les jambes crispés dans une étreinte macabre. D'un geste mesuré, Ming fit doucement basculer le Chinois sur le côté. Les doigts du mort s'enfoncèrent dans la neige fine du début de saison et y laissèrent des marques peu profondes. La lumière du soleil filtrait à travers la cathédrale de pins.

Ming récolta quelques branches mortes dont les aiguilles étaient devenues jaunes et cassantes et les déposa sur le Chinois. Il n'y en avait pas assez pour recouvrir le cadavre et, à travers les interstices des branches, on distinguait des éclairs de blanc nacré et d'écarlate, peau et sang. Ming détacha son paquetage, le posa, se rendit à l'endroit où il avait trouvé le mort affalé sur le rocher et commença à recueillir des pierres qui avaient roulé là après l'explosion. Quand ses bras furent bien chargés, il retourna vers le cadavre et entassa les pierres sur le Chinois mort. Il n'y en avait pas assez. Le visage livide de l'homme le regardait encore à travers les branches. Ming avait besoin de plus de pierres.

Il lui fallut six voyages, et chaque fois il revenait chargé de pierres, avant d'en avoir réuni assez pour le recouvrir. Il donna des coups de botte contre le tronc d'un pin pour faire circuler le sang dans ses pieds et fourra ses mains dans ses poches pour se réchauffer, serrant et desserrant les poings, sentant le bout de ses doigts gelés s'enfoncer dans la peau tendre de sa paume. Quand il eut suffisamment retrouvé ses sensations, il retira les mains de ses poches et s'assit jambes croisées près du corps masqué par les branches mortes et les pierres. Les articulations des bras et des jambes de l'homme restaient bloquées; Ming avait beau essayer, il ne pouvait pas les faire bouger, ne pouvait pas forcer les jambes gelées du Chinois à s'allonger bien droit, ni croiser ses poignets fins sur sa poitrine creuse. Son corps aurait tout aussi bien pu être sculpté dans le marbre.

Ming plaça une branche morte sur les orbites vides de l'homme et se servit des autres pour combler l'espace vide entre les membres du mort que le petit rocher occupait autrefois. Il commença à construire un grand cairn, pierre après pierre, un monticule de granit fracturé, de schiste noir et d'éclats cireux de chert vert-gris. Quand il eut terminé, le ciel commença à s'assombrir, la température baissant à chaque instant, et il contempla le cairn dans le jour qui tombait. Il ouvrit la bouche pour dire quelque chose, un simple adieu, peut-être, mais ne trouva pas ses mots. Il se demanda si, de son vivant, le Chinois mort enseveli sous les pierres aurait été capable de le comprendre. Il se demanda si le Chinois mort avait une famille de l'autre côté de la mer, qui attendait des nouvelles de ses succès. Et il se demanda si le Chinois mort l'aurait remercié d'avoir traîné son corps dans la forêt, de l'avoir recouvert de pierres, de rester à présent muet et pâle devant son corps gelé, pour témoigner enfin de sa mort.

Mourir sans nom et sans souvenir sur un remblai gelé dans un pays loin de chez soi. Qu'avait donc dit le vieil homme devant la tombe du maître de piste sur cette rive lointaine ?

Ming étendit ses mains gelées sur les pierres dans la lumière déclinante, exhalant de la vapeur dans l'air froid de la nuit. « Retourne d'où tu viens », murmura-t-il. Il garda les mains levées un moment encore, puis les remit dans ses poches, ses doigts le brûlant à mesure qu'ils se réchauffaient.

Il ramassa son paquetage et le jeta sur son dos, le bouclant du bout de ses doigts engourdis et maladroits. Une demi-lune se levait à l'est. Frissonnant, il se remit en route vers l'ouest. Cela prit des heures avant que la chaleur de l'effort physique ne vienne enfin à bout de l'air glacial de la montagne. Chaque pas le vidait de son énergie. Il était mort de faim. Il progressa de plus en plus lentement au fil de la nuit et, dans les petites heures qui précédaient l'aube, ses pieds insensibles et morts finirent par trébucher. Il bascula en avant, à peine encore capable de tendre les mains pour amortir sa chute, s'écrasa sur le sol, ses bras inutiles coincés sous son corps, des fragments de glace et de neige collés à son visage. Il essaya de se relever, mais ne réussit même pas à bouger les jambes ou les bras. Le ciel commençait tout juste à s'éclaircir. Le chant des oiseaux montait dans les arbres. Sa peau le brûlait, là où elle touchait la neige. Au prix d'un incroyable effort, il réussit à se retourner sur le dos et ses bras tombèrent mollement le long de son corps. Son paquetage s'enfonçait dans ses reins. Le matin arriva dans un millier de nuances de bleu-blanc. Il restait là sans bouger, étendu, haletant, et dans l'air froid, en apesanteur, son souffle se condensait au-dessus de lui et, à travers ce nuage, il regardait le ciel sans fin, le contenu de son esprit s'évaporant dans le néant.

« Je ne suis pas encore prêt », murmura-t-il, bien qu'il ne fût plus très sûr de pouvoir encore parler.

À présent, les oiseaux chantaient sans relâche dans les pins, les mélodies se superposant aux mélodies, les dissonances et les harmonies résonnant toutes à la fois. Ses paupières se fermèrent et, avec un léger grognement, il se força à les rouvrir et regarda le ciel du matin. Un embryon de pensée se forma dans sa tête. Y aurait-il quelqu'un pour lui construire un cairn de pierres ?

« Mon heure n'est pas encore venue », dit-il. À qui, il ne le savait pas.

Et maintenant, ses paupières devenaient lourdes comme du plomb. Il ne voulait pas s'en aller, mais il finit par fermer les yeux et, impuissant, s'enfonça de plus en plus profond, glissant sous la peau du monde.

57

Il fut réveillé par quelque chose d'humide et de rugueux qui lui raclait les joues. La chaleur d'un souffle lui caressa la face. Il ouvrit les yeux et, assis sur ses hanches et lui léchant le visage, il reconnu le puma albinos aux yeux rouges. Dans la noirceur de cette nuit déjà lointaine où le puma l'avait guidé jusqu'à l'eau, il n'avait pas vu que ses yeux brillaient d'un rouge aussi éclatant.

Ming tressaillit et le puma eut un mouvement de recul, surpris par son soudain retour à la vie. Faisant appel au peu de forces qui lui restaient, il se redressa en gémissant, le dos glacé de givre et de neige à demi fondue. La gueule du puma était ensanglantée et, un instant, Ming pensa que l'animal l'avait peut-être déjà à moitié dévoré. Mais un rapide examen de sa personne révéla qu'il était encore en un seul morceau. Un grondement bas et continu montait de la poitrine du puma. Le grand félin ronronnait. Il se mit sur ses pattes et décrivit un cercle autour de Ming, appuya la tête contre ses épaules, le poussant en avant. Ming tendit un bras mal assuré et posa délicatement la main sur le garrot du félin.

Celui-ci se raidit et en retour se pressa contre sa main, et il se mit debout, s'appuyant sur le puma, attendant que le vertige causé par la faim et la fatigue se dissipe.

Le puma grogna, par jeu, lui sembla-t-il, et fit un pas de côté. Ming faillit retomber par terre, mais se rattrapa d'une pirouette. Le félin le regarda, puis s'éloigna dans les pins. Ming le suivit, traînant les pieds dans la neige. Ils se frayèrent un chemin à travers la forêt de pins, l'homme marchant derrière la bête, jusqu'à ce qu'ils débouchent dans une petite clairière abritée par une canopée épaisse, où la terre nue était visible à la surface du sol. Là, un jeune faon gisait mort, la langue pendant grotesquement de sa bouche ouverte, des trous sanglants à la base de son cou. Son ventre blanc avait été déchiqueté et ses entrailles étaient éparpillées sur le sol de la forêt. Le puma s'allongea près de sa victime et se mit à ronger l'épaule de la carcasse, arrachant de gros morceaux de gibier.

Quand Ming s'accroupit près de l'arrière-train du faon, ses forces l'abandonnèrent et il s'écroula sur le sol à côté de l'animal mort. Il sortit de sa ceinture le couteau Bowie de Huxton et commença à découper la carcasse. Au bout d'un long moment, il réussit à détacher une large pièce de gibier et passa le couteau à plat le long de la membrane nacrée qui reliait la chair et la peau, séparant l'une de l'autre. Le couteau était couvert de sang et Ming haletait sous l'effort. Le puma s'arrêta de manger et le regarda. La pièce de gibier était encore chaude dans ses mains.

« Merci bien », dit-il.

Le puma ferma les yeux et fit mine de courber la tête.

Ming s'allongea sur la terre, appuyé contre les os minces du faon mort et mangea lentement, débitant des morceaux de viande avec le couteau Bowie tout en mâchant. La viande était riche et doucereuse et, alors que la force revenait dans son corps, il commença à manger presque goulûment, savourant l'arrière-goût métallique du sang, les stries de graisse goûteuses fondant sur sa langue. Quand il eut terminé sa pièce de gibier, il s'en tailla une deuxième, plus rapidement cette fois, sans même se donner la peine de retirer la peau, se contentant de détacher des morceaux de viande avec des mouvements circulaires rapides et de les avaler presque entiers. Une fois rassasié, il essuya ses mains et la lame sur la peau mate du faon et remit le couteau dans son fourreau. À eux deux, le puma et lui avaient réduit la carcasse à un tas d'os enchevêtrés.

Le puma déchira un dernier morceau de viande, sectionnant les tendons qui le rattachaient encore à la carcasse, et d'un seul élan de son cou puissant, il avala le morceau entier. Puis il baissa la tête et regarda Ming de ses yeux couleur de braise. Contre la terre sale et ensanglantée, sa fourrure blanche paraissait briller. Le soleil haut dardait ses rayons à travers la canopée de pins. Il était midi dans les montagnes. L'air commençait à se réchauffer. Ming se leva et brossa la terre et la glace encore accrochées à son pantalon. Le puma ronronnait, ses yeux rouges suivant Ming.

« Merci bien », dit-il à nouveau. Il s'apprêta à partir, puis se retourna vers le fauve élancé et immaculé. « Qu'est-ce que tu es, toi, au juste ? » lui demanda-t-il.

Le puma ouvrit la gueule comme s'il allait parler puis, ayant peut-être décidé de ne pas le faire après tout, il se contenta de bâiller largement, des fils roses de sang et de salive se tendant entre ses dents jaunies. Puis il referma sa gueule et se lécha le nez. Il n'avait rien à dire.

Ming laissa le puma derrière lui et redescendit la pente jusqu'à l'endroit où il était tombé et, de là, retrouva l'ouest. Son périple à travers les montagnes était presque terminé. De l'autre côté de la vallée escarpée, sur la pente la plus éloignée, apparaissait l'inimitable ligne droite artificielle de la voie ferrée. Sous les arbres de la ligne de crête au-dessus de lui, il entendit le bruit de pas feutrés et sentit qu'on l'observait, une sensation qui ne le quitta pas tout au long de l'après-midi et jusque dans la soirée. De temps à autre, il tournait la tête et scrutait les pins, dans l'espoir de surprendre son poursuivant. Mais chaque fois, il ne voyait rien. Une seule fois, alors que le monde virait au noir, il réussit à le voir. La silhouette élancée d'un puma, blanc comme la neige sur laquelle il passait, ses yeux brillant dans l'obscurité qui épaississait.

Cette nuit-là, Ming dressa son campement dans un renfoncement sous un éperon de granit couronné de neige qui faisait saillie sur le flanc de la montagne. En s'allongeant sous l'éperon rocheux, il vit que celui-ci possédait deux jointures, ses segments discontinus soudés les uns aux autres par une antique pression, et, dans ce début de crépuscule sans lune encore, il ressemblait à un doigt de géant pointant vers l'ouest, un signe de glace et de pierre.

58

Au matin, il se leva avec le soleil et repartit. Le paysage autour de lui se modifiait et évoluait au gré de transmutations presque imperceptibles. Pourtant, tous les quelques kilomètres, en regardant aux alentours pour se fixer un nouveau cap sur un nouveau pic, il se rendait compte qu'il se déplaçait sur des pentes moins fortes, coupant à travers des vallées plus plates. C'étaient là les pics décapités des chaînes les plus anciennes. Il entrait dans les contreforts de l'ouest.

Enfin, la Californie.

Il repéra la voie ferrée et la suivit dans sa descente, et à mesure qu'il quittait la zone d'altitude, sa propre route et la voie ferrée se mirent à converger. En fin d'après-midi, il escalada une petite falaise et, parvenu à son sommet, observa les rails. Au bout d'un moment, le sifflet d'une locomotive émit sa plainte solitaire et, peu après, un train jaillit d'une brèche entre les collines basses. De la cheminée sortait une fine brume grise tandis qu'il descendait la pente, tirant cinq, six, sept voitures de passagers et, derrière celles-ci, trois wagons de marchandises vides. À travers sa longue-vue, il vit le train ralentir puis s'arrêter près d'un dépôt ferroviaire, cinq kilomètres plus loin. On ravitaillait la locomotive en eau et en bois. Au bout d'une demi-heure, l'écho du sifflet lointain se répercuta dans les airs et le train se remit à rouler vers l'ouest, un grand panache de vapeur et de fumée s'élevant de la locomotive.

Il restait encore près de soixante-quinze kilomètres jusqu'à Sacramento et Ming connaissait bien la route ; il savait qu'elle lui ferait traverser une multitude de juridictions remplies d'hommes impatients de le tuer et de traîner son cadavre chez les frères Porter, qui à présent savaient sans aucun doute qu'il venait pour eux. Il avait déjà tué presque tous les shérifs entre le territoire de l'Utah et les sierras. Il prendrait le train. Il rangea sa lunette d'approche dans son sac et descendit de la falaise. Sur cette nouvelle terre dépourvue de reliefs, les rails disparaissaient presque.

À la tombée de la nuit, il attendit le train, couché à plat ventre dans les hautes herbes à côté du dépôt ferroviaire. Dans quelques heures, il serait à Sacramento. Faire preuve de patience était facile. Alors que le croissant pâle de la lune se levait au-dessus des sierras, les rails se mirent à vibrer. Bientôt, le train arriva, et s'arrêta devant lui, la masse brûlante de la locomotive envoyant des ondes de chaleur dans l'air frais de la nuit. Il entendit les hommes s'appeler les uns les autres, le bruit des bûches jetées dans la chaudière, le grondement sourd de l'eau qui remplissait le réservoir de la locomotive. Il se leva d'un bond et jeta un coup d'œil dans la nuit noire puis, ne voyant personne, il sauta par la porte ouverte du dernier wagon de marchandises. Dans un coin sombre de cette boîte de fer, il s'assit et appuya la tête contre la paroi de métal froid. Bientôt, il entendit le sifflement de la vapeur et, avec une secousse, le train redémarra, ses roues grinçant sur les rails, le wagon de marchandises se balançant tranquillement au milieu du vacarme assourdissant. Ming ferma les yeux et s'endormit.

Quand il se réveilla, une ombre planait au-dessus de lui, celle d'un employé du chemin de fer une lanterne à la main, son autre main reposant sur un long gourdin pendu à sa ceinture. Ming regarda la ceinture du cheminot, observa la façon dont sa veste bougeait quand il balançait sa lanterne près du visage de Ming. À part le gourdin, il n'était pas armé.

« Mon gars, dit l'employé du chemin de fer. Tu veux rentrer chez toi ? »

Ming garda les yeux fermés, continuant à faire semblant de dormir, et ne lui répondit pas.

Le cheminot se pencha et dévisagea Ming à la faible lueur de sa lanterne. Apparemment, il ne le reconnut pas. Il se redressa et flanqua à Ming un coup de pied dans la jambe. « Réveille-toi ! » aboya-t-il.

Ming ouvrit les yeux sur le visage crasseux de l'employé.

« On ne fait pas de voyages gratuits dans l'Ouest, dit le cheminot. Les seuls passagers clandestins dans ces trains, ce sont les voleurs et les meurtriers. Lequel des deux es-tu, Chinetoque ?

— Ni l'un ni l'autre. »

Le cheminot plissa les yeux. Un instant après, il pivota brusquement sur ses talons et partit, emportant sa lanterne.

Le wagon retomba dans l'obscurité bleutée. Ming sortit son revolver et releva le chien.

Peu de temps après, le cheminot revint, cette fois en compagnie d'un type qui portait un revolver à six coups à la ceinture. Un représentant de la loi, gros et lent.

Le policier posa une main sur l'étui de son revolver et l'autre sur la rambarde qui courait autour du wagon, pour garder son équilibre alors que le train penchait de part et d'autre. « John, dit-il.

— Ce n'est pas mon nom, dit Ming.

— Je suppose que non, en effet », dit le policier. Il le dévisagea à la faible lumière de la lampe à huile. Son visage s'illumina : il l'avait reconnu. « Je sais qui tu es, dit-il.

— Vraiment », dit Ming.

Le policier sortit son revolver et, de sa main libre, poussa l'employé du chemin de fer derrière lui. La lanterne disparut derrière la silhouette corpulente du policier et Ming s'évanouit dans l'obscurité. Le policier saisit le cheminot par le poignet et lui fit déplacer la lanterne pour éclairer le coin du wagon où se tenait Ming. « Va-t'en d'ici », ordonna-t-il, et il releva le chien de son revolver.

Ming ne bougeait pas.

« Je t'ai dit de t'en aller. » Du canon de son revolver, le policier désigna le paysage aride qu'on pouvait voir défiler par les portes grandes ouvertes du wagon.

La lune était suspendue très haut dans le ciel. Le vague paysage à peine visible avait un caractère spectral. Au-delà de ces portes, un oubli sans nom.

« Le train roule, dit Ming.

— Ça, je m'en fiche», répondit le policier, en s'avançant vers Ming tout en gardant son arme braquée sur sa poitrine.

Ming s'accroupit et le policier s'arrêta, sur ses gardes.

«Tu as de la chance qu'il ne t'ait pas tué sur-le-champ, lui dit le cheminot, une trace de peur à peine dissimulée dans la voix.

— C'est ta dernière chance, céleste fils de pute», s'écria le policier en se penchant vers Ming pour l'attraper par le bras.

Ming fit feu sur le policier en visant son ventre mou et l'homme poussa un cri de surprise et fit un demi-pas en arrière avant de tomber sur le plancher du wagon, sa tête rebondissant violemment sur le sol. Son arme lâcha un coup et la balle passa juste devant Ming, puis décrivit un arc inutile dans le désert et alla s'enfouir dans la terre. Ming jeta l'arme du policier par les portes de la baie, réarma son propre revolver et tira en plein dans la gorge du cheminot. La lanterne glissa des mains de l'employé et s'écrasa sur le sol. L'homme tituba en arrière et s'effondra, plaquant les mains sur son cou d'où jaillissait un sang sombre qui ruisselait sur sa chemise. Une odeur de kérosène envahit l'air, puis le sol du wagon s'enflamma tout à coup. Derrière Ming, le policier revint à lui en poussant un gémissement, roula sur le côté et rouvrit les yeux à la lumière brillante du feu. Sa main se referma sur le souvenir de son revolver, mais ses doigts ne rencontrèrent que le vide. Ming rangea son arme et dégaina son crampon de rail. Il franchit en deux enjambées la distance qui les séparait et plongea le crampon dans la poitrine du policier, qui eut à peine le temps de gémir avant que son sang lui coule dans la bouche et dans le nez et que la vie l'abandonne. Ming retira le crampon, l'essuya sur la chemise du policier et le remit dans son fourreau. Les flammes mouvantes du kérosène se rapprochaient, mais le feu se mit à crachoter et s'éteignit presque aussi vite qu'il avait pris, le combustible liquide dénaturé par le sang. La pression de la chaleur sur son visage disparut.

De l'air froid. Il cligna des yeux et le monde défila devant lui.

Ming déshabilla rapidement les deux morts, ne leur laissant que leurs sous-vêtements. Il étala leurs vestes et leurs chemises brûlées sur le plancher du wagon et les tapota. Rien de bien utile dans ces poches miteuses : un paquet de tabac, un petit couteau à découper, un oiseau en balsa à moitié sculpté, des détritus. Il fit rouler l'énorme cadavre du policier jusqu'aux portes du wagon et, d'un coup de talon, le fit dégringoler au bas du talus. L'agent des chemins de fer ne pesait pas lourd et, à en juger par son visage gris marqué par l'acné, il ne devait pas avoir plus de dix-neuf ans. La balle avait fait éclater sa pomme d'Adam avant de traverser sa nuque de part en part. Ming le saisit par un poignet osseux et traîna son corps vers les portes. De petites taches noirâtres de sang séché s'écaillaient sur la peau du jeune mort comme de la suie tombée d'un conduit de cheminée. La nuit était envahie par les cliquètements rythmiques du train. Ming ferma les yeux du garçon, envoya son cadavre rouler hors du train et le suivit du regard jusqu'à ce qu'une gerbe de poussière s'élève à l'endroit où sa silhouette inerte et anguleuse finit sa course. Le train continua d'avancer ; en quelques instants, le petit nuage de poussière se transforma en une tache sinistre qui s'éloignait à l'horizon, puis en rien du tout, juste un champ d'étoiles et des nuages déchiquetés dans le ciel enveloppant.

Ming s'assit, ferma les yeux et essaya de sommeiller un peu. Quand il les rouvrit, une aube grise se levait. Le soleil montait à l'est, sa lueur pure scintillant sur les canaux d'irrigation qui couraient dans l'obscurité, une toile d'araignée de fissures tissée sur le passage du train. Ses mains filèrent le long de son corps, confirmant la présence du revolver, du carnet de notes, du crampon. Son paquetage aussi, juste à côté de lui. Le vent avait déjà chassé du wagon l'odeur puissante du kérosène.

Il se leva, s'approcha des portes ouvertes et, dans la faible lumière, contempla l'étendue absolument plate de la Central Valley, se pencha sur le côté et regarda le long des rails vers l'ouest, jusqu'à un point où brillait une lumière lointaine. Il resta là un moment, au bord du wagon de marchandises, tandis que la lumière isolée commençait à se fragmenter en une infinité de points lumineux, une pluie d'étoiles jaune vif déposées sur la terre. Et alors, la ville commença à apparaître plus nettement, la silhouette des murs et des toits se découpant sur un ciel que l'aube blanchissait vite.

Le train frissonna et les freins se mirent à chanter. Quand la locomotive ralentit à la vitesse d'une marche rapide, Ming fixa son paquetage sur son dos et s'accroupit près de la porte, ses bottes dépassant du bord du wagon et, donnant une petite impulsion, il dévala le talus, le corps droit comme un bourroir, tournant sur lui-même encore et encore jusqu'à ce qu'il s'arrête tout en bas de la pente. Un moment plus tard, il se ressaisit et, chassant la poussière de son pantalon et de sa chemise de travail, il se releva enfin.

Il sortit sa lunette d'approche, souffla la poussière sur les lentilles et l'examina, espérant qu'elle avait survécu à son saut. L'image était nette et sans traces. Il vit Sacramento au loin, à trois ou quatre kilomètres de là, et remit la lorgnette dans son sac, puis jeta un coup d'œil à la voie ferrée en haut du talus et commença à prévoir son itinéraire. Il vérifia revolver, crampon et couteau. Tout y était. Son travail était presque terminé. Bientôt, il la reverrait.

Un moment, il demeura là, immobile, comme s'il attendait qu'un grand volant d'inertie enfoui tout au fond de son corps prenne de la vitesse. Puis, en silence, prêt à tuer, il se remit en mouvement.

59

Il faisait plein jour quand il arriva à Sacramento. Il gardait le bord de son chapeau baissé sur le visage tandis qu'il marchait, analysant les rues numérotées, les triant en chemins mémorisés de longue date. Il sentait les regards s'accrocher à lui, le suivre le long des ruelles et des voies vides. Les rues s'enfoncèrent de plus en plus dans la terre et une eau claire et plate comme un miroir commença à s'élever au-dessus de la chaussée. Le cuir de ses bottes trempées noircissait. Il bifurqua dans une rue latérale tout aussi inondée et pataugea dans l'eau peu profonde, jetant des coups d'œil sur sa gauche et sur sa droite pour vérifier si on le suivait.

Mais nul ne lui prêtait attention. Il était entré dans China Slough et, à présent, des douzaines de Chinois avec des visages comme le sien s'affairaient dans les rues, des centaines de bottes parcouraient les rues inondées. Enfin, il était devenu un homme ordinaire. Il arriva devant un bâtiment délabré à un étage, aux fenêtres condamnées, qui semblait abandonné depuis cent ans au moins. L'eau était grise et trouble ici et elle léchait les marches en bois toutes fissurées menant à la porte d'entrée vétuste. Ming s'avança et frappa d'un coup sec.

Une fente s'ouvrit dans le battant à hauteur d'œil et deux yeux fripés regardèrent au-dehors dans la lumière du soleil.

« Je suis un ami, dit Ming.

— Je le sais », répondit la voix. La fente se referma, suivie du bruit métallique d'un pêne dormant que l'on tire. La porte s'entrouvrit. « Entre, mon enfant », appela la voix.

Ming balaya la rue des yeux pour voir si quelqu'un l'observait. Rassuré, il ouvrit un peu plus grand la porte et se glissa à l'intérieur. Quelques lanternes pendaient au mur, brûlant faiblement, révélant par des ombres et des reflets une multitude d'armes accrochées à des patères sur les murs, des fusils et des revolvers et des armes de chasse par douzaines. L'air sentait le moisi et l'humidité. Lentement, les yeux de Ming s'adaptèrent à l'obscurité.

Derrière lui, un vieil homme à la colonne vertébrale déformée par l'âge et par le labeur fit glisser le verrou. Il se retourna, traversa la pièce dans la pénombre et s'assit sur un haut tabouret, à côté d'un comptoir. Il leva les pieds, croisa les jambes et entrelaça ses doigts fins sur ses genoux. Chacun de ses mouvements possédait une légèreté étrange et troublante, comme si c'était un jeune acteur jouant le rôle d'un vieillard. « Viens, dit-il. Assieds-toi et repose-toi. » Il indiqua un tabouret vide à côté de lui.

Ming s'exécuta. « Où est l'armurier ? » demanda-t-il.

Le vieil homme dénoua ses mains et fit un geste pour se désigner lui-même. « C'est moi, l'armurier.

— Je ne te reconnais pas, lui dit Ming.

— Moi non plus. »

Ming considéra longuement le vieil homme, essayant de se souvenir du visage de l'armurier qu'il avait connu autrefois, et il découvrit qu'il ne pouvait même pas se rappeler si cet armurier-là était jeune ou vieux. Mais le curieux individu assis en tailleur sur son tabouret n'était pas l'armurier. De cela, il était certain. Et pourtant, le vieil homme qui attendait à son côté lui était familier d'une manière vague et désarticulée, comme si Ming l'avait déjà rencontré auparavant, dans la brume, ou peut-être dans un rêve oublié depuis longtemps. Mue par un instinct plus rapide que la pensée, sa main fila vers son arme et il se demanda s'il devait abattre l'armurier sur-le-champ.

« Non », dit le vieil homme, comme s'il avait entendu la pensée de Ming. Tout doux, mon enfant. » Il descendit de son tabouret et passa derrière le comptoir, là où un escabeau s'appuyait contre le mur. « Je te connais ici et maintenant, dit -il, et je sais pourquoi tu es venu. » Il pencha la tête vers les armes à feu. « Je dois t'armer, n'est-ce pas ? »

La peau de Ming se hérissa et une vague d'énergie étrange et chargée d'anxiété le traversa. « C'est toi, vieil homme ? » dit-il. Les mots se bloquèrent presque dans sa gorge.

« Je ne sais pas.

— Prophète, dit Ming. C'est moi. »

L'armurier parut ne pas l'entendre et grimpa sur l'escabeau et décrocha un fusil de ses tiges de support. « Fusil Henry à répétition », dit-il, appuyant l'arme contre son épaule tandis qu'il redescendait. Il posa l'arme sur le comptoir et s'apprêtait à se retourner vers le mur pour en attraper une autre quand Ming tendit la main et le saisit par le poignet.

« Prophète », dit-il à nouveau, très doucement cette fois. Il s'était à moitié levé de son siège, un coude appuyé sur le comptoir, le poignet de l'armurier osseux et parcheminé dans sa main. Le vieil homme arborait un sourire bienveillant et ses yeux étaient ridés aux coins ; Ming cherchait à détecter sur ce visage très ancien tout ce qui aurait pu ressembler à un signe de reconnaissance. Il lâcha prise et se rassit sur son tabouret. « Tu ne te souviens plus de moi, n'est-ce pas, vieil homme ?

— Non », dit l'armurier. Il soutint le regard de Ming pendant un long moment. « Dis-moi ce dont tu espérais que je me souviendrais.

— Je t'ai vu mourir », lâcha Ming, incapable de s'en empêcher. Ses yeux le piquaient et il savait que des larmes en coulaient, et sa voix était pâteuse et étrangère. Il regarda l'armurier avec un mélange d'angoisse, de désespoir et de pur épuisement infini.

« Où cela ? » demanda l'armurier.

Ming fit des gestes larges, pointant vers l'extérieur, au-delà des murs de cette armurerie obscure, au-delà de la vallée plate, au-delà des montagnes déchiquetées et froides. « Là-bas, dit-il. Tu es mort tout là-bas. À l'est des sierras. »

L'armurier ne lui répondit pas.

« Et ensuite j'ai traversé les sierras, dit Ming, s'adressant en partie à lui-même, en partie à l'armurier et en partie à l'obscurité. J'ai tué Huxton et j'ai enterré un jeune Chinois que j'avais trouvé, et je n'ai eu personne d'autre à mes côtés pendant tout ce temps. » Il prit une inspiration lente et profonde, puis la relâcha dans un staccato irrégulier. « Je n'ai pas eu l'occasion de te le dire, poursuivit-il d'une voix étouffée. Je n'ai pas pu te dire de retourner d'où tu viens.

— Ça n'a pas d'importance, mon enfant.

— Je t'ai abandonné là-bas.

— Tu as abandonné un corps là-bas, mon enfant. C'est tout. » Il tendit la main et toucha l'épaule de Ming.

Ming rencontra ses yeux. « Vieil homme, dit-il. Allez. » Sa voix était douce et suppliante. « Tu ne me reconnais vraiment pas du tout ? »

L'armurier secoua la tête. « Non, dit-il. Mais je sais pourquoi tu es là. » Il se dirigea vers l'escabeau et le traîna sur le sol jusqu'au mur et, après l'avoir stabilisé, il recommença à monter. Il voulut prendre une arme longue, mais ses doigts ne réussirent pas à l'atteindre. Avec un petit grognement, il sauta un peu au-dessus de l'échelon et d'un coup sec il fit tomber le fusil, qu'il rattrapa dans son autre main au moment où celui-ci tombait. Il descendit de l'escabeau et posa le fusil à côté du Henry sur le comptoir. « Fusil de chasse, dit-il. À deux coups. » L'armurier ramassa une poignée de cartouches dans une boîte non marquée et les déversa sur le comptoir avant de poser soigneusement chaque cartouche debout sur une de ses extrémités.

Ming pressa le bout de ses doigts froids sur ses yeux et se frotta le visage avec ses mains. Il leva à nouveau les yeux vers l'armurier. « Tu étais aveugle avant, tu sais.

— Je ne m'en souviens pas. »

Ming ricana. « Non, bien sûr. » Il dévisageait l'armurier

qui comptait les cartouches de laiton devant lui. « Qui diable es-tu donc, vieil homme ? dit-il enfin.

— Courage, mon enfant, dit l'armurier, ignorant la question de Ming. Ton labeur touche à sa fin.

— Je suis fatigué, vieil homme.

— Je sais. » L'armurier désigna les munitions et les armes sur le comptoir. « Pour toi, dit-il. Deux pour le fusil de chasse, seize pour le Henry. » Il fit le tour du comptoir et s'assit à nouveau sur son tabouret. « Elle est ici, dit le vieil homme, avec Abel et Gideon. Et l'enfant aussi. Tu trouveras leur bureau à la sortie de la ville. Tu devrais pouvoir être là-bas à midi. »

Ming acquiesça sans rien dire de plus et se leva. Il fourra les munitions dans ses poches et croisa les fusils en bandoulière dans son dos avant de se diriger vers la porte. Dans la pénombre, ses doigts cherchèrent à tâtons le pêne dormant.

« Homme sans limites », dit la voix de l'armurier derrière lui.

Ming se retourna pour le regarder, sentant un sourire se dessiner aux commissures de ses lèvres. « Oui, vieil homme ?

— Combats en toute liberté. »

60

Il resta allongé dans la poussière devant le bureau des frères Porter jusqu'à la tombée du jour, observant les hommes aller et venir. Enfin, le soleil commença à rougir et il se mit debout et, jetant des coups d'œil rapides à la rue déserte, il marcha jusqu'à la porte du bureau et là, sur le seuil, il s'arrêta un instant.

Combats en toute liberté, avait dit l'armurier.

Il prépara le Henry, calant le fusil contre son épaule et visant le long du canon. Encore une fois, il regarda le long de la rue en terre battue. Il n'y avait personne dans les parages. Il recula de quelques mètres, s'éloignant de la porte, puis se plaça bien en face d'elle, prit une profonde inspiration et sentit son corps se détendre, ses muscles souples et rapides prêts pour le mouvement. Ming fit deux pas en avant et ouvrit la porte d'un grand coup de pied.

Le commis chargé de l'accueil se leva d'un bond, sa chaise basculant en arrière avec fracas. « Il est là ! » s'écria-t-il d'une voix apeurée.

L'employé tenta de dégainer un petit derringer sur sa

hanche mais, sans s'arrêter dans son élan, Ming leva son fusil à la hauteur de son œil et tira en plein milieu de sa poitrine. Le mur derrière l'homme s'assombrit d'une giclée de sang, il poussa un grognement discret et tomba en arrière, le corps tout mou, les yeux fixes et le regard flou. Ming actionna le levier du fusil Henry, une douille de laiton fumante jaillit du mécanisme d'éjection et il tira une seconde fois dans la mâchoire du commis avant même que celui-ci ait touché le sol. Des hommes avaient commencé à crier au premier étage, leurs bottes martelant le plafond, et alors qu'un bruit de pas précipités retentissait dans le couloir de l'étage, Ming le suivit à travers le plafond et fit feu. Un homme cria, heurta le sol avec un choc sourd et bruyant et des coups de feu furieux et désordonnés traversèrent le plafond, faisant pleuvoir des éclats de bois sur Ming. Au premier étage, le blessé ne cessait pas de crier. Ming tira une nouvelle fois dans le plafond et les cris se calmèrent et se changèrent en faibles gémissements.

Gardant le fusil à hauteur d'œil, Ming se dirigea rapidement vers le mur derrière le corps inerte du commis et balaya le couloir de son arme, visant la cage d'escalier tout au fond. Ses oreilles bourdonnaient encore sous l'effet des détonations. Il entendit des cris étouffés à l'étage. « Descendez ! Tuez-le, tuez-le ! » Un homme déboula de la cage d'escalier, ses bottes ressemblant à un roulement de tonnerre ; quand ses jambes entrèrent dans le champ de vision de Ming, celui-ci tira et le toucha et l'homme trébucha et vint s'écraser sur le plancher au pied de l'escalier. Ming fit monter une nouvelle cartouche dans le canon du Henry et tira encore et l'homme cessa de bouger. De l'autre côté du mur derrière lui, un autre lança une série de jurons. Ming s'accroupit, chargea une nouvelle balle et fit feu à travers le mur contre lequel il s'appuyait. L'homme jaillit, la tête et les épaules les premières, à travers la porte de la pièce et Ming se releva et tira à nouveau et la tête de la cible sursauta violemment, un petit trou apparaissant sur sa tempe. D'autres gens se précipitaient déjà vers lui à grand bruit. Il restait huit balles dans le Henry. Ming franchit en vitesse la porte et regarda à l'autre bout du couloir. Il y avait une pièce par là-bas, la porte oscillait encore lentement sur ses gonds. Celui qu'il avait abattu à travers le mur devait venir de là.

Ming quitta son abri en actionnant le levier du Henry et franchit le seuil, la douille vide rebondissant sur le sol derrière lui. En deux enjambées, il atteignit la pièce d'où était sorti l'homme et, y pénétrant, il balaya la pièce de son fusil et n'y trouva personne. Il y avait du raffut dans la cage d'escalier, des hommes juraient bruyamment en dévalant les marches de bois. Bientôt, ils allaient envahir cette pièce et il n'aurait plus nulle part où s'enfuir. Il devait absolument traverser le couloir.

Combats en toute liberté.

Ming fit quelques pas pour prendre de la vitesse et surgit hors de la pièce, portant son fusil à son œil tandis qu'il tirait de biais et faisait pleuvoir une grêle de balles dans le couloir, tirant encore et encore sur les hommes tandis que leurs projectiles crépitaient sur le mur derrière lui. Une seconde plus tard, il était à nouveau à couvert, adossé au mur de la pièce de réception, le corps de l'employé toujours étendu sur le sol. Son fusil était vide. Il le jeta par terre, saisit le fusil de chasse et ressortit dans le couloir. Trois hommes morts gisaient devant la cage d'escalier et un autre, blessé, gémissait alors qu'on le traînait par les poignets, du sang coulant de sa jambe. Le blessé se mit à pousser des hurlements incohérents quand il vit Ming qui se précipitait dans le couloir, griffant les mains qui le soulevaient et pointant vers Ming un index tremblant et ensanglanté. L'homme qui le tirait vers l'escalier le lâcha et chercha à atteindre son arme. Arrivé au pied de l'escalier, Ming lui tira un coup de fusil en pleine poitrine et l'homme rebondit contre les marches avant de le dégringoler. Ming appuya la bouche de son fusil contre le front du blessé.

Les mains affaiblies de l'homme se levèrent pour retenir l'arme, laissant des empreintes sanglantes sur le canon. Ses yeux étaient fous de terreur. « Ne me tuez pas, je vous en prie, je vous en prie, ne me tuez pas, supplia-t-il. S'il vous plaît ne tirez pas, s'il vous plaît ne me tuez pas.

— Tais-toi, grogna Ming. Et baisse la voix. » Il retira l'arme des mains ensanglantées de l'homme et l'appuya à nouveau sur son crâne. L'homme joignit les mains et ferma les yeux et continua à supplier Ming. « Est-ce qu'elle est ici ? » demanda Ming.

L'homme déglutit avec difficulté et acquiesça de la tête.

« Où ça ?

— En haut, dit l'homme en s'étouffant. Elle est à l'étage. Avec le bébé.

— Et avec Abel et Porter ? »

L'homme hocha frénétiquement la tête.

Des pas retentirent à l'étage. Ming jeta un coup d'œil vers le haut pour suivre leur trajet, puis baissa à nouveau le regard vers l'homme qui pleurnichait sur les marches. « Combien d'entre vous reste-t-il ? demanda-t-il.

— Je ne sais pas, dit l'autre avec désespoir, sa voix grimpant dans les aigus. Je ne sais pas, je ne sais pas.

— Je t'ai dit de baisser ta foutue voix », dit Ming, les dents serrées. Il souleva le menton de l'homme avec le canon de son fusil et le dévisagea froidement. « Tu ne me mentirais pas ? lui demanda Ming.

— Je ne mens pas, je le jure, je ne mens pas », bredouilla-t-il, au bord des larmes.

Ming éloigna son arme de la tête de l'homme et regarda autour de lui, comptant les corps dans sa tête. Sept morts. L'autre gémissait toujours. Ming lui demanda combien d'hommes les Porter gardaient à leur service.

« Huit, lâcha l'homme, apparemment soulagé d'avoir une réponse à fournir.

— Toi compris ? »

L'homme acquiesça.

Ming pencha un peu la tête de côté. Le bourdonnement à ses oreilles commençait à s'estomper. Il se retourna et visa avec son fusil de chasse les cadavres amoncelés dans le couloir derrière eux et posa un doigt sur ses lèvres pour signifier au blessé de se taire, puis tira sa deuxième cartouche dans le plancher. Il posa sans faire de bruit le fusil sur les marches et dégaina son revolver. « Dis-leur que tu m'as eu », fit-il à voix basse. Il leva les yeux vers le premier étage, indiquant les frères Porter. « Vas-y. »

Sans cesser de fixer le visage de Ming, l'homme lança un appel vers le haut des escaliers. « Je l'ai eu », dit-il sans conviction. Sa voix était très faible.

« Encore, ordonna Ming. Plus fort.

— Je l'ai eu », répéta l'homme, un peu plus fort.

À l'étage, une porte s'ouvrit en grinçant. « C'est toi, Walt ? »

Une décharge électrique parcourut le corps de Ming quand il entendit cette voix. Abel Porter. « Réponds-lui », grogna Ming, d'une voix à peine audible.

— Oui, cria l'homme.

— Qui reste-t-il ? demanda Abel.

— Il ne reste plus que moi, monsieur, répondit l'homme.

— Eh bien, ça par exemple, nom de Dieu, dit Abel, la voix soudainement éclatante. Monte donc ici, viens toucher ta prime. »

L'homme qu'Abel avait appelé Walt jeta un regard paniqué à Ming.

« Dis-leur que tu montes », lui intima Ming en relevant du pouce le chien de son revolver.

Le visage de l'homme blêmit et il secoua la tête, terrifié, commença à bredouiller des suppliques à moitié formulées pour que Ming ne le tue pas.

« Tais-toi donc, siffla Ming, mais l'homme ne s'arrêtait pas.

— Walt ! appela Abel. Tout va bien ? »

Il y eut le bruit d'un pas hésitant qui franchissait un seuil à l'étage et Ming tendit le bras et serra sa main puissante comme un étau sur la bouche de l'homme blessé, qui gémissait encore et se mit à hurler de plus belle.

« Walt ! » cria Abel, une pointe d'inquiétude dans la voix.

Des pas rapides se firent entendre à l'étage, suivis du déclic du chien d'un revolver qu'on relève. Il n'était plus temps d'attendre. Ming enleva sa main de la bouche de l'homme, carra le canon de son revolver entre les dents tachées de tabac et tira, et le corps sans vie glissa dans les escaliers. Ming était déjà en train de grimper au premier, l'arme dans une main, prenant de l'autre appui contre le mur. Il approchait du sommet de l'escalier quand Abel sortit de son bureau, un revolver étincelant au poing, et Ming lui tira trois fois dans la poitrine ; le revolver s'envola de sa main et il s'effondra sur le sol. Ming franchit les dernières marches d'un seul bond et franchit la distance qui le séparait d'Abel en trois enjambées mesurées. À la quatrième, sa botte rencontra les os du visage d'Abel. Du sang coula de son nez brisé.

Ming envoya le revolver d'Abel valdinguer en bas des marches, s'accroupit près de son visage détruit, l'empoigna par sa barbe et le redressa de force. « Où est Gideon ? » aboya-t-il.

Abel se mit à rire, d'abord d'un rire sifflant et douloureux, puis il rit à gorge déployée, alors même que le sang coulait à flots des coins de sa bouche.

Ming lui cogna la tête contre le mur. « Où est Gideon ? » rugit-il.

Abel haussa les épaules; son visage n'était plus qu'un

masque qui affichait un terrible sentiment de dérision. Il se remit à rire. Ses yeux filèrent vers le couloir et, au moment même où Ming suivait son regard, un coup de tonnerre chargé de grenaille de plomb dépassa sa tête et creusa dans le mur un trou de la taille d'un poing fermé. Un épais rayon de soleil jaillit de l'ouverture, inondant la pièce de lumière et aveuglant momentanément Ming. Il plongea vers le sol au moment où une autre explosion identique secouait le couloir, le manquant de peu alors qu'il déboulait la tête la première dans une pièce vide.

Des bruits de pas se rapprochaient dans le couloir. « Sors de là, sale fils de pute », lança une voix. Celle de Gideon.

On entendit le craquement d'un fusil à canon scié que l'on cassait en deux et ensuite celui des cartouches en laiton qui s'abattaient sur le sol. À croupetons, Ming tendit la main vers le couloir et tira deux fois à l'aveuglette, s'en voulant déjà d'avoir gaspillé ses balles avant même que son arme n'ait cessé de tressauter. Il se maudit lui-même tout bas : il n'aurait jamais dû faire ça. Il se releva, prit une série d'inspirations profondes, s'appuya contre le mur derrière lui. Un jugement obscurci par la fureur n'est pas un bon jugement.

« Tu m'as raté ! s'écria Gideon, et il eut un rire cruel et tranchant. Bon Dieu, Ming, voilà ce que c'est que de manquer d'entraînement ! » Puis retentit le claquement de son fusil qui se refermait.

D'une main habile, Ming échangea le barillet encore chaud de son Remington contre son deuxième et dernier barillet déjà chargé. Il respira profondément, calmé par le poids familier de son arme, mortelle et prête à tirer. Puis il laissa aller sa tête en arrière et ferma les yeux un instant.

« Tu viens m'attaquer là où je mène mes affaires ? s'écria Gideon. Tu viens tuer mes hommes, tuer mon frère, ma propre chair, mon propre sang ! hurla-t-il d'une voix qui grimpait encore. Tu viens mettre en danger ma femme et mon fils ? Et tu penses que je ne vais pas t'arrêter, espèce de foutu coolie de mes deux ? » Ses pas marquèrent une pause, juste sur le seuil. « Sors de ton trou, espèce de sale chien jaune ! »

Ming ouvrit les yeux et releva le chien de son revolver. Il ne fit pas un geste de plus. Pendant un moment, il y eut un silence, puis on entendit les faibles pleurs étouffés d'un bébé.

« Tu entends ça ? s'exclama Gideon. Personne ne peut m'enlever ça. »

D'un coup de poignet, Ming envoya le barillet vide rouler sur le plancher, dans le couloir. L'entendant, Gideon tira et une autre éruption d'éclats de bois monta dans l'air. Ming s'élança dans le couloir et tira une balle dans la poitrine de Gideon. De sa main libre, il agrippa le canon du fusil braqué sur lui et le retourna brutalement. L'index de Gideon se coinça dans le pontet qui protégeait la détente et se brisa au niveau de la jointure et Gideon poussa un grognement de douleur. Le fusil tomba sur le plancher et Ming tira encore deux fois.

Gideon fit un pas en arrière et s'arrêta, vacillant doucement. Du sang coulait sur le devant de sa chemise et aux coins de sa bouche. Il jeta un coup d'œil au fusil à canon scié qui gisait aux pieds de Ming et fronça les sourcils, concentré, comme s'il essayait de trouver la réponse à une énigme. « Toi... », commença-t-il.

Ming lui tira une nouvelle balle dans la poitrine et Gideon tomba sur les fesses, son corps s'affalant sur le côté. Ses yeux suivaient Ming, ils s'assombrissaient peu à peu, déconcertés et apeurés. Ses lèvres formaient des mots sans émettre de sons et Ming s'approcha de son visage pour les entendre.

« Ada », répétait-il.

Ming se leva, ramassa le fusil et entrouvrit le canon scié. Il restait une dernière cartouche à l'intérieur de l'arme. Les pieds de Gideon tressautaient et son regard parcourait le couloir à l'infini, en boucle et sans se fixer sur rien, indifférent au monde. Ming appuya le canon scié du fusil sur la tempe de Gideon et tira. Une moitié de la tête de Gideon disparut et tout redevint silencieux, sauf le bébé qui pleurait toujours derrière une porte fermée au bout du couloir.

Ming lâcha le fusil à pompe vide et se dirigea vers les pleurs. Il colla son oreille contre la porte. Aux pleurs du bébé répondait le bruit d'une autre respiration plus lourde. « Ada », appela-t-il.

Il ne reçut pas de réponse.

« Ada », répéta-t-il. Il fit tourner la poignée et ouvrit la porte.

Elle se tenait là debout, aussi belle que dans son souvenir, luisante de sueur. Elle avait un fusil de chasse à la main et se tenait devant un berceau, d'où montaient les pleurs du bébé. En dehors des pleurs, il n'entendait que le bruit de sa respiration et le tintement des coups de feu qui résonnait en s'amenuisant à ses oreilles.

« Ada, souffla Ming.

— Toi », dit-elle, la voix tremblante. Il fit mine de s'approcher d'elle et, frénétiquement, elle ramena le fusil contre son épaule et le coucha en joue. « Ne t'approche pas !

— C'est moi, dit Ming tout doucement. Ada, c'est moi.

— Je sais », cracha-t-elle. Son visage se tordait et son souffle se bloquait dans sa gorge en sanglots étouffés. Le canon de son fusil vacillait, incertain. Elle écarta une main et essuya rageusement les larmes qui coulaient sur son visage. Ming fit à nouveau un pas vers elle et, en un éclair, elle remit la main sur son arme et tira un coup de feu sur le sol, à mi-chemin entre eux. Ming s'immobilisa. « Je ne plaisante pas », dit-elle. Ses larmes coulaient maintenant, laissant des traces brillantes sur ses joues.

« J'ai réussi, dit Ming. Nous pouvons à nouveau être ensemble.

— Pourquoi es-tu venu jusqu'ici ? lui cria Ada. Mais pourquoi diable avais-tu besoin de venir ici ? »

Dans son dos, les pleurs du bébé ne cessaient pas.

« Je n'ai jamais eu le choix, dit Ming. J'étais obligé, ils t'ont enlevée... »

Un gémissement torturé d'Ada l'interrompit. « C'est moi qui leur ai demandé de le faire, cria-t-elle. Je t'aimais, je t'aimais, je t'aimais. » Ses yeux étaient féroces et brillants. « Mais comment aurais-je pu élever un enfant avec un meurtrier ?

— Mais Gideon..., commença-t-il.

— Tu l'as tué ! Tu as tué le père de mon bébé ! » Son visage torturé se changea en un masque de chagrin et de fureur. Elle tremblait de tout son corps, mais tenait toujours fermement le fusil de chasse, le pointant vers Ming à travers ses larmes. Elle prit une ou deux inspirations et se calma.

« Tu leur as demandé de le faire ? dit Ming.

— J'avais tellement peur de toi, lui dit Ada, sa voix à présent froide et calme.

— Ma chérie », murmura-t-il. Son pouls ralentit et le monde se pressa contre lui avec force, lourd et écrasant.

« Est-ce que tu savais qu'ils voulaient te tuer ? demanda-t-elle. Je les ai suppliés de ne pas le faire, de trouver une autre façon d'agir. Parce que je t'aime. » Elle prit une respiration et relâcha son souffle par petites bouffées, ses doigts ajustant leur prise sur le fusil. « Je t'aimais, oui. Mais je ne commettrai pas deux fois la même erreur, dit-elle en relevant le chien.

— Non, pas ça, dit Ming, sa voix se brisant. Ne me force pas à le faire. »

Ada ferma un œil et appuya sa tête contre la crosse du fusil, braquant le canon vers la poitrine de Ming. Son doigt se recourba sur la détente.

Il se dit qu'il aurait pu ressentir de la rage, de la fureur ou un sentiment de perte. Mais aucune brûlure ne traversa son corps et aucune douleur ne lui tordit la poitrine. Il était parvenu au bout de ses forces. Le visage d'Ada se durcit et elle ajusta le canon du fusil, et Ming sentit venir ses propres mouvements, souples, sûrs et bien entraînés, les mêmes mouvements qu'il avait répétés d'innombrables fois auparavant, son corps répondant aux impératifs d'une obligation qui bientôt s'évanouirait, une arme se tordant dans une main qui ne semblait plus tout à fait lui appartenir. La rage avait quitté son corps. La soif de vengeance aussi. Tout cela s'était envolé de lui. Il ne restait plus que l'impulsion originelle qui anime le cœur de tous les hommes, celle qui tire les corps vers le fond, vers le fond, toujours plus loin vers le fond.

Elle tomba sans grâce, un fatras de membres, de cheveux et de métal, le sang coulant du trou petit et parfait qui était apparu si soudainement dans sa joue. Le tir de son fusil de chasse se perdit, passant à travers le plafond, laissant entrer la riche lumière de cette belle fin d'après-midi.

Pendant un long moment, il resta là, dans la pièce illuminée par le soleil, à regarder le sang couler, brillant et propre, sur le sol, suivant des ruisseaux parallèles et bien nets le long des joints du plancher. Le bourdonnement dans ses oreilles s'atténua et, avec le temps, même les pleurs du bébé se calmèrent. Il s'approcha d'Ada, s'accroupit devant son corps et examina son visage dévasté, étudiant ses yeux qui ne cillaient pas dans l'air poussiéreux tandis qu'un filet de sang coulait encore sur ses joues. Son visage était familier et pourtant étranger, comme s'il s'agissait de quelqu'un qu'il avait déjà vu au loin, le rêve de quelqu'un d'autre, peut-être les souvenirs de quelqu'un d'autre. Il la fixa jusqu'à ce que son visage ne soit plus du tout un visage, mais seulement un assemblage inachevé de traits qu'il aurait pu reconnaître par le passé. Il savait qu'il avait enfin commencé à oublier, et cette prise de conscience s'accompagna d'une douleur sourde, peut-être aussi d'un soulagement, ou de la sensation d'un chagrin qui s'épuisait. Il remit son arme dans son étui et se frotta le visage avec les mains, et à présent les images lui venaient d'elles-mêmes, tranquilles et calmes. Le regard vitreux du prophète. Monsieur Loyal, les yeux bandés, dans la tombe. Proteus, ce géant instable, et les machinistes, l'étrange pouvoir des mains, les tâches que les mains pouvaient accomplir. Hunter, un os aiguisé dans les siennes. Et Hazel, sa forme et son visage, engloutis par des langues de feu.

Encore ce sentiment d'une obligation ancienne.

Les yeux d'Ada étaient toujours ouverts. Il referma ses paupières sur ses yeux qui ne voyaient plus, laissant de longues traces de sang sur son visage. Il lui vint à l'esprit qu'il devait dire quelque chose et il trouva des mots déjà tout prêts. Il étendit ses mains sur le corps de la jeune femme et les y maintint un moment.

« Retourne là d'où tu viens », murmura-t-il.

Cela fait, Ming se leva et regarda son corps, sa robe trempée de sang, le berceau derrière elle, où dormait un orphelin, un autre orphelin comme lui, dont il savait qu'il ne pourrait pas supporter de voir le visage. Dans sa bouche, il y avait un goût de métal et de fleurs. Il avait l'impression de ne pas avoir dormi depuis cent ans, ou peut-être de s'éveiller enfin d'un rêve très ancien.

Alors, il tourna les talons et, un instant plus tard, il n'était plus là.

ÉPILOGUE

Les rails commencent à bourdonner bien avant que le train n'apparaisse, et c'est un bourdonnement sourd, qui dure longtemps, ponctué par le cliquetis et les grincements intermittents du fer sur le fer, là-bas au loin. L'homme se tient debout, son sac en cuir porté en bandoulière, fixé bas et près du corps, et il contemple l'est de ses yeux sombres, le regard rivé sur les rails. Les autres voyageurs sur le quai lui laissent de la place, ils chuchotent entre eux, à son sujet sans doute, même s'il ne les écoute pas. Peut-être que le train a pris du retard. L'homme s'éloigne du quai et se dirige vers le guichet, pour voir si le préposé est revenu. Mais les volets de bois sont toujours fermés. Ce n'est pas bien grave. Il pourra payer son passage à bord du train. Il s'adosse au guichet de vente des billets, à côté d'une mère et de son enfant, et la mère attire son fils plus près d'elle et lui jette un regard méfiant.

Le gamin lève les yeux vers l'homme. « C'est un vrai revolver, monsieur ? »

La mère, mortifiée, rapproche encore un peu plus son fils et lui dit de se taire.

L'homme regarde le petit garçon et lui fait un sourire. « Oui », dit-il.

L'enfant lui demande alors s'il peut toucher l'arme.

« Tais-toi », lui intime la mère. Puis, à l'homme : « Désolé s'il vous a embêté, monsieur.

— Il n'embête personne », dit l'homme avec bienveillance. Il dégaine son arme et, d'un geste habile, en retire le barillet et l'empoche. Il fait passer l'arme dans son autre main, puis la tend au gamin, qui la prend avec une crainte teintée d'admiration.

L'enfant tourne l'arme à feu entre ses mains, caresse la détente, lève le revolver et vise l'air au loin.

L'homme pose alors une main lourde et sûre sur le canon et le pousse vers le bas. « Fais bien attention. Ce n'est pas un jouet.

— Rends son arme au monsieur », dit la mère à son fils. Le gamin secoue la tête et serre le revolver contre sa poitrine. Sa mère se baisse et arrache l'arme de ses petites mains. Elle le rend à l'homme et le remercie.

« Pas de problème, madame », dit-il. Il remet le barillet à sa place dans l'arme et la range dans son étui.

« Vous êtes célèbre, monsieur ? demande le petit garçon.

— Non, lui répond l'homme.

— Vous êtes vraiment sûr que vous n'êtes pas célèbre, monsieur ? demande encore une fois le gamin. J'ai déjà vu votre visage quelque part. »

L'homme le regarde et réfléchit un moment. « Alors, il doit y avoir quelqu'un qui me ressemble », dit-il.

Un sifflement lointain annonce un train à l'approche.

L'homme fait un signe de tête au petit garçon et à sa mère et se dirige à nouveau vers les rails, frissonnant sous le soleil de l'aube. Le scintillement à l'horizon se transforme en une fine brume grise à mesure que la locomotive se rapproche. L'homme baisse les yeux sur sa main et essuie un peu de sang séché sur ses phalanges. Il fouille dans sa poche et en sort une liasse de billets froissés, les aplatit un par un avant de les plier en deux et de les remettre dans sa poche. La locomotive s'arrête en grinçant et le mécanicien descend de la cabine, le visage et les bras noirs de suie, la sueur perlant sur son front.

Un peu plus loin sur la voie, le chef de train se penche à la porte d'un wagon et regarde un instant sa montre de gousset avant de la remettre dans son gilet. « C'est le six-cent trente-neuf pour Promontory, appelle le chef de train. Tout le monde à bord. »

Il y a un surcroît d'activité quand les hommes et les femmes sans visage commencent à rentrer dans les wagons, leurs sacs, valises et paquets à la main.

L'homme attend encore un peu et, une fois qu'il n'y a plus personne sur le quai, s'approche de la porte du wagon où se tient le chef de train et monte à bord. « Je n'ai pas de billet, explique-t-il. Le préposé n'était pas à son guichet. »

Le chef de train hoche la tête, puis le regarde de haut en bas. « Tu peux me verser directement le prix du billet, lui dit-il. Quelle est ta destination, le Chinois ? »

L'homme croise le regard du conducteur avec une expression étrange et un sourire fatigué.

« Reno. »

REMERCIEMENTS

L'auteur tient à remercier : Jonathan Lethem, Lisa Queen, Ben George, Gregg Kulick, Ben Allen, Marie Mundaca, Alyssa Persons, Kimberly Sheu, Laura Mamelok, Evan Hansen-Bundy, Massey Barner, Bruce Nichols, Arden Reed, Wen Yue, Lin Jianhao, Li Xiuhua, Wen Guanglie, Lin Guomin, Chen Yaxiang et Pia Struzzieri. Ce livre a été écrit sur les terres du peuple Patwin.

DANS LA MÊME COLLECTION

ANTOINE PELOT, L'ouest ici-bas
JOACHIM B. SCHMIDT, Kaltmann
ANTOINE CHAINAS, Bois aux renards
JUAN SASTURAIN, Le dernier Hammett
RON RASH, Serena et autres nouvelles
PATRICK PECHEROT, Pour tout bagage
SÉBASTIEN RUTÉS, Pas de littérature !
JEAN-BERNARD POUY, En attendant Dogo
ELSA MARPEAU, L'âme au fusil
TIM WINTON, La cabane du berger
SHELBY FOOTE, Tourbillon
CAROLINE DE MULDER, Manger Bambi
SHELBY FOOTE, September September
SÉBASTIEN RUTÉS, Mictlán
RON RASH, Un silence brutal
WILLIAM GAY, Stoneburner
HERVÉ PRUDON, Nadine Mouque

Direction artistique : Anne Lagarrigue
Maquette de couverture : Martin Corbasson

Composé en Greta Sans, Caponi Text et Times Europa par APS-ie
Achevé d'imprimer en France en janvier 2023
Imprimeur : Normandie Roto Impression s.a.s.
N° d'impression : 2206341
Dépôt légal : janvier 2023
ISBN : 978-2-07-294626-4

394962

LA NOIRE

LA NOIRE
LA NOIRE
LA NOIRE
LA NOIRE
LA NOIRE
LA NOIRE

LA NOiRE

LA NOiRE
LA NOiRE
NOiRE
LA NOiRE
LA NOiRE
LA NOiRE